국어 교과서 작품 읽기
고등 수필

국어 교과서 작품 읽기: 고등 수필

전면 개정판 1쇄 발행 • 2017년 12월 27일

엮은이 • 왕지윤 이종호
펴낸이 • 강일우
책임편집 • 정편집실
조판 • 신성기획
펴낸곳 • (주)창비
등록 • 1986년 8월 5일 제85호
주소 • 10881 경기도 파주시 회동길 184
전화 • 031-955-3333
팩시밀리 • 영업 031-955-3399 편집 031-955-3400
홈페이지 • www.changbi.com
전자우편 • ya@changbi.com

ⓒ (주)창비 2017
ISBN 978-89-364-5871-3 44810
ISBN 978-89-364-5971-0 (전4권)

국어 교과서 작품 읽기

고등
수필

왕지윤·이종호 엮음

창비

지금 여러분의 책꽂이에는 교과서나 참고서 말고 어떤 책이 꽂혀 있나요? 서점에 갔다가 직접 구입한 책도 있고 누군가에게서 선물받은 책도 있을 것입니다. 시험공부나 어떤 목적을 위해 의무감으로 읽기 시작한 책도 간혹 우리에게 뜻밖의 즐거움을 선사하지요. 그러니 좋아서 펼친 책, 읽고 싶어서 읽는 책은 더욱 특별합니다. 작가의 개성이나 새로운 작품에 대한 관심으로 시집이나 소설책, 에세이를 펼치면 문학과 나의 오롯한 만남이 시작됩니다. 그 만남 속에서 우리는 작가들이 시대에 던진 물음과 비판, 삶에 대한 애정과 고뇌, 자아에 대한 성찰과 깨달음 등 폭넓은 세계를 마주합니다. 그리고 '지금 여기' 내 삶의 모습을 발견하고 보람과 위로, 통찰을 얻습니다. 이렇듯 문학이 펼쳐 보이는 풍경은 너르고 다채롭습니다.

　'국어 교과서 작품 읽기' 시리즈는 2010년 처음 선보인 이래 수많은 학생, 학부모, 선생님들에게서 큰 사랑을 받아 왔습니다. 그리고 2013년 개정판을 거쳐 이번에 '2015 개정 교육 과정'에 따른 전면 개정판을 새로 내놓게 되었습니다. 이번 개정 교육 과정에서는 이전에 I, II로 나뉘어 있던 고등 국어 교과서가 한 권으로 압축되면서 작품 이해와 감상의 밀도가 더욱 높아졌습니다. 문학 작품의 내용을 현실에 비추어 스스로 해석하고 자신의 삶에 반영하는 주체적인 수용 능력이 더욱 강조된다고 볼 수 있습니다. 이처럼 청소년이 문학과 자발적이고 자유롭게 만나는 경험이 중요해진 때에 이 시리즈는 좋은 동행이자 벗이 되어 줍니다. '국어 교과서 작품 읽기' 시리즈는 2018학년도부터 사용되는 새로 바뀐 고등학교 검정 교과서 『국어』11종을 분석하여 주요 작품을 엄선했습니다. 시, 소설, 수필로 나누어 각 장르의 특성에 따라 목차를 구성했습니다. 나아가 창의 융합형 활동을 강조하는 개정 교육 과정에 발맞추어 현대 작품과 고전 작품을 함께 배치하여 시대와 역사적 갈래를 넘나들며 유연하게 감상할 수 있도록 하였습니다. 책의 크기와 편집에 있어서도 가독성을 높이고자 노력했습니다.

문학 작품은 작가의 손을 떠나는 순간, 시간과 공간을 달리하는 독자들의 삶 속으로 들어가 스스로 생명력을 얻게 됩니다. 시의 화자, 소설의 주인공, 수필 속의 진솔한 인물은 오늘 우리에게 간절한 말을 건네고 있는지도 모릅니다. 그 말을 귀 기울여 듣고 이해하고 자기 삶으로 가져와 빛나게 만드는 것은 독자의 몫입니다. 책을 펼쳐 드는 순간, 우리는 잠들어 있던 작품의 메시지와 아직 알려지지 않은 감동을 두드려 깨우는 제2의 창작자가 되는 셈입니다. 여러분 모두가 문학 작품에서 자기만의 질문을 발견하고, 작품의 새로운 가능성을 열어젖히는 창작자가 되기를 바라는 마음입니다.

우리는 요즘 손 안에 작은 세상을 하나씩 쥐고 다닙니다. 처음에는 목소리로 서로의 안부를 묻고 대화하던 통신기기였는데, 어느새 세상과 다양한 방식으로 소통하는 창이 되었습니다. 우리는 그곳에 많은 이야기들을 퍼 나르기도 하고, 때론 자신의 이야기를 솔직하게 쏟아내기도 합니다. 비로소 글 쓰는 것을 주저하지 않는 시대가 되었고 글을 통해 자신을 표현하는 것이 낯설지 않은 시대가 된 것이지요. 소설이나 시와 같은 틀을 갖춘 글은 아니어도 손가락 가는 대로 자신의 생각과 감정을 한 바이트, 한 바이트 채워 가며 글 쓰는 즐거움을 느끼고 있습니다. 예전엔 '붓 가는 대로' 쓰는 글을 수필이라 했으나, 이제는 손가락 움직이는 대로 쓰는 글도 수필이라 할 수 있을 겁니다. 고로 우리에게 수필은 아주 가까운 곳에 있는 친구 같은 문학입니다.

　수필은 일정한 형식을 따르지 않고 인생이나 자연 또는 일상생활에서의 느낌이나 체험을 생각나는 대로 쓴 글입니다. 생활 주변에서 일어나는 사소한 일을 소재로 쓰는 경수필부터, 주로 무거운 내용을 담고 있는 논리적이고 객관적인 수필인 중수필까지 수필이 갖는 스펙트럼은 아주 넓습니다. 우리는 이러한 다양한 수필을 읽으면서 세상의 많은 이야기들을 만나게 됩니다. 그리고 글쓴이들이 깨달은 바를 우리의 삶에 적용해 보며 자신의 삶을 성찰해 보기도 하고, 위로를 받으며 공감하기도 하며, 비판하고 성토하기도 합니다. 그리고 이를 통해 자신을 발견하고, 인간과 세계를 이해하며, 우리를 둘러싼 사회와 세상을 둘러보게 됩니다.

　이 책은 새로운 교육 과정에 따른 고등학교 국어 교과서 11종에 실려 있는 수백 편의 수필 중 37편의 작품을 가려 뽑아 엮은 것입니다. 바탕글부터 학습 활동에 실린 작은 글들까지 꼼꼼하게 검토하면서 여러분들에게 더욱 가까이 다가갈 수 있는 좋은 글들을 추려 보았습니다. 정성 들여 추린 37편의 글은 크게 1, 2부로 나누었습니다. 1부에는 문학성이 돋보이는 문인의 작품을 주로 넣었고, 2부에는 글을 통해 좀 더 확장된 사고를 불러일으킬 수 있는 다양한 분야의 작품을 넣었습니다. 각 부는 다시 공통점이 있는 작품들을 묶어서 네 개의 마당으로 묶었습니다. 그리고 각 마당별로 작품들에 대한 이해를 묻는 질문과 이를 바탕으로 직접 글을 써 볼 수 있는 '활동'을 구성하였습니다. 또한 각 마당의 끝에는 작품을 이해하는 데 도움이 될 수 있는 '작품 이해'라는 길잡이 글을 달았습니다. 각 마당별로 작품을 읽고 감상한 후에 '작품 이해'와 내면화를 돕는 '활동'으로 마무리한다면 충분히 혼자서도 자기주도적인 문학 감상이 가능할 것입니다.

이 책이 문학의 한 갈래로서 수필이 갖는 특성을 이해하고 작품을 감상하는 능력을 키우는 데 도움이 되었으면 좋겠습니다. 또한 다양한 삶의 경험을 담은 글들을 대하면서 자신을 성찰하고, 인간과 세계에 대한 이해의 폭을 넓히며, 나를 둘러싼 세상에 대해 깊이 있는 관심을 가질 수 있기를 바랍니다. 마지막으로, 이 책을 통해 우리와 가장 친근한 문학으로서의 수필을 벗할 수 있는 기회가 많아졌으면 하는 바람을 전합니다.

2017년 12월
왕지윤 이종호

차례

일러두기

1. '2015 개정 교육 과정'에 따른 고등학교 검정 교과서 11종 『국어』에 수록된 수필 중에서 37편을 가려 뽑아 엮었습니다.

2. 단행본에 수록된 글을 저본으로 삼았고, 비문학 산문의 대부분은 집필진이 손질한 교과서 수록 글을 저본으로 삼았습니다.

3. 한자는 모두 한글로 바꾸고 필요한 경우에만 괄호 안에 넣었습니다.

4. 본문 아래쪽에 낱말 풀이를 달았습니다.

5. 활동의 예시 답안은 창비교육 홈페이지(www.changbiedu.com)의 '창비교육 자료실―기타 자료실'에 있습니다.

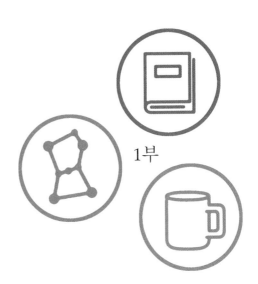

1부

소년 시절의 맛

성석제

　내가 라면을 처음 먹어 본 것은 초등학교 5학년 무렵이다. 하굣길에 읍내 아버지 사무실에 갔다가 사환으로 있던 동네 형을 만났다. 아버지는 안 계셨고 형은 그때 마침 라면을 끓여 도시락과 함께 먹으려는 찰나였다. 꼬불꼬불한 국수 모양이 신기했고 납작한 양은 냄비, 거기서 풍겨 나오는 냄새는 읍내에서 십리 길 가까운 시골에 사는 내게는 도시적이다 못해 이국적인 느낌마저 불러일으켰다. 물론 나는 라면을 처음 본 순간부터 먹어 보자는 말은 하지 않았다. 그냥 조용히 지켜보고 있었다. 형 역시 주고 싶은 마음은 눈곱만큼도 없었으므로 혼자서 후루룩거리며 잘도 먹어 댔다. 그다음에는 도시락의 밥을 말아 국물 하나 남김없이 해치웠다. 함께 집으로 가는 길에 형은 내가 아버지에게서 받은 용돈으로 라면을 사서 먹는 게 어떻겠냐고 말했다. 그리고 라면이 얼마나 현대적이며 맛있는 음식인지 집으로 돌아오는 길 내내 설파했다.° 결국 나는 길가에 있는 새마을 구판장°에서 라면 두 개를 샀다. 우리는 곧 황혼이 어룽거리는° 들판에 들어섰고 추수가 끝난 뒤 쌓아 놓은 짚가리°가 있는 곳에 다다랐다. 놀랍게도 그 짚가리 안에는 그슬릴 대로 그슬리고 찌그러질 대로 찌그러진 양은 냄비와 나뭇가지를 꺾어 만든 젓가락 한 쌍, 비밀 요원 같은 성냥이 숨겨져 있었다. 형은 내게 그 양은 냄비에 도랑물을 떠 오라고 시켰고 자신은 짚단을 끌어 내려 불을 피웠다. 초겨울 찬 바람이 손을 시리게 만드는 저녁 무렵, 나는 생애 최초로 라면을 먹었다. 그 맛은 기존의 질서에서 살짝 일탈한 위반의 맛이었다. 동시에 인스턴트했고 중독의 예감을 안겨 주는 맛이었다. 그 후로 우리는 일주일에 한두 번씩 황야의 무법자처럼 작당을 해서 그 장소에서 라면을 끓여 먹었다. 대부분 내가 라면을 샀고 끓이는 일은 형이 맡았다.

그로부터 삼 년 뒤에 나는 서울의 변두리 동네로 전학을 와서 어느 독서실에 출입하게 되었다. 독서실에도 그 형 또래의 형들이 득시글거렸고 그들 역시 내게 라면을 끓여 먹는 방법을 가르쳐 주었다. 그 대신 그들이 먹을 라면값은 내가 내도록 했다. 어쩌면 형이란 작자들은 시골이나 서울이나 그렇게 똑같은지. 돈이 없으면 조용히 굶을 일이지 몽매한° 아우들의 쥐꼬리만 한 용돈을 갈취해서 제 배를 채우려고 드는가 말이다. 독서실에서

• 설파하다 어떤 내용을 듣는 사람이 납득하도록 분명하게 드러내어 말하다.
• 구판장 조합 따위에서 생활용품 등을 공동으로 사들여 조합원에게 싸게 파는 곳.
• 어룽거리다 뚜렷하지 아니하고 흐리게 어른거리다.
• 짚가리 짚단을 쌓아 올린 더미.
• 몽매하다 어리석고 사리에 어둡다.

라면을 끓이는 방법은 환경에 걸맞게 더욱 도시적이고 현대적이었다. 빈 분유 깡통에 물을 넣고 라면과 수프를 함께 넣은 다음 뚜껑을 덮는다. 비닐 뚜껑에는 미리 뚫어 놓은 구멍이 두 개 있는데 그 구멍에 전극이 연결된 젓가락을 꽂는다. 그러면 곧 몇 분도 지나지 않아 깡통 안의 물이 끓어오른다. 물이 끓는 것과 동시에 젓가락을 빼고 자기 자리로 깡통을 들고 와서 몇 분 기다렸다가 먹으면 된다. 요즘으로 치면 컵라면과 비슷하지 싶다. 그 라면은 시골에서 먹던 것보다 짰고 더욱 인스턴트했고 냄새가 강했다.

그로부터 대략 이 년 뒤, 서울 도심에 있는 고등학교로 진학했다. 그 학교는 내가 들어가던 해가 개교 90주년이라고 했다. 학교가 오래되었다는 게 중요한 게 아니고 학교 앞에 있는 분식집들의 전통이 만만치 않다는 것이 중요하다. 수업이 끝난 뒤 우리는 각자 밥을 꽉 눌러 채운 도시락을 하나씩 들고 분식집에 모였다. 그러면 주인은 미리 껍질을 벗겨 놓은 라면을, 역시 미리 수프를 풀어 끓여 놓은 냄비 속에 빠뜨렸다. 그러고는 시큼하고 커다란 단무지 세 쪽 아니면 네 쪽을 접시에 담아 냄비와 함께 가져다주었다. 식탁에 있는 고춧가루를 살짝 풀어 라면과 함께 밥을 말아 먹으면 도서관에서의 한밤까지도 든든했다. 그때 그 라면이 얼마나 맛있었으면 도서관에 남아 공부를 하려고 라면을 먹는지, 라면을 먹으려고 도서관에 남아 있는지 잘 모를 지경이었다.

어떤 이들은 군대에서 진정한 라면의 맛을 보았다고 한다. 나 역시 예외는 아니다. 그때 훈련소에서는 공식적으로 일요일 아침마다 날계란과 함께 라면을 주었는데 그 라면은 끓인 것이 아니고 찐 것으로 수프를 미지근한 물에 타서 부어 주는 식이었다. 당연히 맛을 따질 계제*가 되지 않았다. 훈련병이던 나는 어느 날 훈련소 식당 주방장의 연애편지를 대필해 주고 나서 라면을 얻어먹게 되었다. 주방장은 빈 쇼트닝* 깡통을 가져오더니 바닥이 가려질 정도만 물을 붓고 취사용으로 쓰는 대포 같은 초대형 가스버너에 깡통을 올려놓았다. 십 초도 되지 않아 물이 요란하게 끓기 시작했다. 주방장은 라면 봉지의 앞면, 곧 이음선이 없는 부분을 밀어 라면이 깡통 안으로 떨어지게 만들고 수프를 뿌렸다. 그러곤 곧 버너의 불을 껐고 내게 기다란 조리용 젓가락을 건네주며 먹으라고 말했다. 그 맛 역시 잊을 수 없었다. 수천 명이 이용하는 취사도구(버너, 주방장, 젓가락)를 계급도 없는 훈련병 혼자 독점한 기분이 주는 맛이 특별하지 않을 도리가 없었다.

그런데 언제부터인가 라면의 맛을 잃어버렸다. 라면의 종류는 과거와 비교할 수 없이 많아졌고 재료 역시 좋아졌지만 내가 찾는 그 맛은 어디에도 없었다. 한동안 나는 초겨울 빈 들에 구하기도 힘든 찌그러진 양은 냄비를 들고 나가 짚으로 라면을 끓여 먹어 보기도 했다. 또 어렵사리 분유 깡통을 구해 젓가락을 넣다가 합선 사고를 내기도 했고 납작한 양은 냄비를 찾아 시장을 헤맨 적도 있다. 여러 사람의 자문을 얻어 이것저것 실험도

---

* 계제 어떤 일을 할 수 있게 된 형편이나 기회.
* 쇼트닝 과자나 빵을 만드는 데에 많이 쓰는 반고체 상태의 기름.

해 보았다. 라면을 끓이는 냄비는 성냥불만 닿아도 파르르 반응하도록 얇을수록 좋다, 수프는 미리 찬물에 풀고 그 물을 최대한 오래 끓인 뒤 면을 넣는데 뚜껑은 덮지 말고 면을 섞거나 뒤집지 않는다, 날씨는 추울수록 좋고 끓는 부분과 차가운 대기에 접촉하는 면이 공존해야 한다, 면을 넣은 뒤 최소한의 시간만 익히고 곧 먹어야 한다, 등등. 이런 식으로 한겨울에 마당에서 라면을 끓여 먹다가 아이들에게 놀림을 받은 적도 있다. 그렇지만 그때와 같은 맛은 결코 돌아오지 않았다.

　얼마 전에 나는 나름의 결론을 내렸다. 나는 라면을 먹고 싶어 하는 것이 아니라 그때 그 시절을 먹고 싶어 하는 거라고. 무지개를 찾는 소년처럼 헛되이, 저 멀리에서 황홀하게 빛나는 그 시절을 되찾으려는 것이라고.

내 유년의 울타리는 탱자나무였다

나희덕

어린 시절 내 손에는 으레* 탱자* 한두 개가 쥐어져 있고는 했다. 탱자가 물렁물렁해질 때까지 쥐고 다니는 버릇이 있어서 내 손에서는 늘 탱자 냄새가 났었다. 크고 노랗게 잘 익은 것은 먹기도 했지만, 아이들은 먹지도 못할 푸르스름한 탱자들을 일없이 따다가 아무 데나 던져 놓고는 했다. 나 역시 그런 아이들 중 하나였는데, 그렇게 따도 따도 탱자가 남아돌 만큼 내가 살던 마을에는 집집마다 탱자나무 울타리가 많았다.

지금도 고향 하면 탱자의 시큼한 맛, 탱자처럼 노랗게 된 손바닥, 오래 남아 있던 탱자 냄새 같은 것이 먼저 떠오른다. 그리고 뾰족한 탱자 가시에 침을 발라 손바닥에도 붙이고 코에도 붙

---

* 으레 두말할 것 없이 당연히. 틀림없이 언제나.
* 탱자 탱자나무의 열매. 향이 좋으며 약용하기도 한다.

이고 놀던 생각이 난다. 가시를 붙인 손으로 악수하자고 해서 친구를 놀려 주던 놀이가 우리들 사이에 한창인 때도 있었다. 자그마한 소읍˙에서 자라나는 아이들이 할 수 있는 놀이란 고작 그런 것이었다.

그래서 탱자 가시에 찔리곤 하는 것이 예사˙였는데, 한번은 가시 박힌 자리가 성이 나 손이 퉁퉁 부었던 적이 있다. 벌겋게 부어오른 상처를 보면서 나는 생각했다. 왜 탱자나무에는 가시가 있는 것일까. 그리고 찔레꽃, 장미꽃, 아카시아…… 가시를 가진 꽃이나 나무들을 차례로 꼽아 보았다. 그 가시들에는 아마 독이 들어 있을 거라고 혼자 멋대로 단정해 버리기도 했다.

얼마 후에 아버지는 내게 가르쳐 주셨다. 가시에 독이 있는 것은 아니고, 그저 아름다운 꽃과 열매를 지키기 위해 그런 나무들에는 가시가 있는 거라고. 다른 나무들은 가시 대신 냄새가 지독한 것도 있고, 나뭇잎이 아주 써서 먹을 수 없거나 열매에 독성이 있는 것도 있고, 모습이 아주 흉하게 생긴 것도 있고…… 이렇게 살아 있는 생명에게는 자기를 지킬 수 있는 힘이 하나씩 주어져 있다고.

그러던 어느 날 탱자 꽃잎을 보다가 스스로의 가시에 찔린 흔적을 발견하게 되었다. 바람에 흔들리다가 제 가시에 쓸렸으리라. 스스로를 지키기 위해 주어진 가시가 때로는 스스로를 찌르기도 한다는 사실에 나는 알 수 없는 슬픔을 느꼈다. 그걸 어렴

˙소읍 주민과 산물이 적고 땅이 작은 고을.
˙예사 보통 있는 일.

풋하게 느낄 무렵, 소읍에서의 내 유년은 끝나 가고 있었다.

언제부턴가 내 손에는 더 이상 둥글고 향긋한 탱자 열매가 들어 있지 않게 되었다. 그 손에는 무거운 책가방과 영어 단어장이, 그다음에는 누군가를 향해 던지는 돌멩이가, 때로는 술잔이 들려 있곤 했다. 친구나 애인의 따뜻한 손을 잡고 다니던 때도 없지는 않았지만, 그 후로 무거운 장바구니, 빨랫감, 행주나 걸레 같은 것을 들고 있을 때가 더 많았다.

생활의 짐은 한 번도 더 가벼워진 적이 없으며, 그러는 동안 내 속에는 날카로운 가시들이 자라나기 시작했다. 가시는 꽃과 나무에게만 있는 것이 아니었다. 세상에, 또는 스스로에게 수없이 찔리면서 사람은 누구나 제 속에 자라나는 가시를 발견하게 된다. 한번 심어지고 나면 쉽게 뽑아낼 수 없는 탱자나무 같은 것이 마음에 자리 잡고 있다는 것을, 뽑아내려고 몸부림칠수록 가시는 더 아프게 자신을 찔러 댄다는 것을 알게 되었다. 그 후로 내내 크고 작은 가시들이 나를 키웠다.

아무리 행복해 보이는 사람에게도 그를 괴롭히는 가시는 있기 마련이다. 어떤 사람에게는 용모나 육체적인 장애가 가시가 되기도 하고, 어떤 사람에게는 가난한 환경이 가시가 되기도 한다. 나약하고 내성적인 성격이 가시가 되기도 하고, 원하는 재능이 없다는 것이 가시가 되기도 한다. 그리고 그 가시 때문에 오래도록 괴로워하고 삶을 혐오하게 되기도 한다.

로트레크라는 화가는 부유한 귀족의 아들이었지만 사고로 인해 두 다리를 차례로 다쳤다. 그로 인해 다른 사람보다 다리가 자유롭지 못했고 다리 한쪽이 좀 짧았다고 한다. 다리 때문에 비관한 그는 방탕한 생활 끝에 결국 불우한 생을 마감했다. 그러나 그런 절망 속에서 그렸던 그림들은 아직까지 남아서 전해진다.

"내 다리 한쪽이 짧지 않았더라면 나는 그림을 그리지 않았을 것이다."라고 그는 말한 적이 있다. 그에게 있어서 가시는 바로 남들보다 약간 짧은 다리 한쪽이었던 것이다.

로트레크의 그림만이 아니라, 우리가 오래 고통받아 온 것이 오히려 존재를 들어 올리는 힘이 되곤 하는 것을 겪곤 한다. 그러니 가시 자체가 무엇인가 하는 것은 그리 중요한 문제가 아닐지도 모른다. 어차피 뺄 수 없는 삶의 가시라면 그것을 어떻게 받아들이고 다스려 나가느냐가 더 중요하지 않을까 싶다. 그것마저 없었다면 우리는 인생이라는 잔을 얼마나 쉽게 마셔 버렸을 것인가. 인생의 소중함과 고통의 깊이를 채 알기도 전에 얼마나 웃자라* 버렸을 것인가.

실제로 너무 아름답거나 너무 부유하거나 너무 강하거나 너무 재능이 많은 것이 오히려 삶을 망가뜨리는 경우를 자주 보게 된다. 그런 점에서 사람에게 주어진 고통, 그 날카로운 가시야말로 그를 참으로 겸허하게 만들어 줄 선물일 수도 있다. 그리고 뽑혀지기를 간절히 바라는 가시야말로 우리가 더 깊이 끌어안고 살아야 할 존재인지도 모른다.

가시 박힌 상처가 벌겋게 부어올라 마음이 쉽게 가라앉지 않는 날, 나는 고향의 탱자나무 울타리를 떠올리곤 한다. 둥근 탱

• 웃자라다 쓸데없이 보통 이상으로 많이 자라 연약하게 되다.

자를 손에 쥐고 다니던 그때, 탱자 가시로 장난을 치곤 하던 그때, 내 삶에 이런 가시들이 돋아나리라고는 짐작조차 할 수 없었던 그때…… 그 평화롭던 유년의 울타리가 탱자나무로 되어 있었다는 사실이 내게는 어떤 전언* 처럼 받아들여진다.

내게 열매와 꽃과 가시를 처음으로 가르쳐 준 나무. 내가 살아가면서 잃어버려야 할 것과 지켜 가야 할 것을 동시에 보여 준 나무. 그러면서 나와 함께 좁은 나이테를 늘려 가고 있을 탱자나무. 눈앞에 그 짙푸른 탱자나무를 떠올리고 있으면 부어오른 마음도 조금은 가라앉게 되는 것이다.

언젠가 탱자나무 울타리를 다시 지나게 된다면…… 아마도 나는 그사이에 더 굵어진 가시들을 조심조심 어루만지면서 무어라 중얼거릴 것이다. 그러고는 오래전에 잃어버린 탱자 한 알을 슬그머니 따서 주머니에 넣고는 그 푸른 울타리를 총총히 떠날 것이다. 만일 가시들 사이에서 키워 낸 그 향기로운 열매를 내게도 허락해 준다면.

• 전언(傳言) 말을 전함. 또는 그 말. 메시지.

드높은 삶을 지향하는 진정한
합격자가 되십시오
−새 출발점에 선 당신에게

신영복

'예비 합격자' 명단에서 당신의 이름을 보고 축하를 해야 하나 말아야 하나 망설여 왔습니다. 1등만을 기억하는 세상에서 수능 점수 100점으로 예비 합격한 당신을 축하할 자신이 내게도 없었습니다. 지금쯤 당신은 어느 대학의 합격자가 되어 대학생활을 시작하고 있거나 아니면 기술 학원에 등록을 해 두었는지도 모릅니다만 어쨌든 나는 당신과의 약속을 지키기 위하여 축하의 편지를 씁니다. 이제 대학 입시라는 우리 시대의 잔혹한 통과 의례를 일단 마쳤기 때문입니다.

나와 같이 징역살이를* 한 노인 목수 한 분이 있었습니다. 언젠가 그 노인이 내게 무얼 설명하면서 땅바닥에 집을 그렸습니

• 나와 같이 징역살이를 지은이는 1968년 통일혁명당 사건으로 구속되어 20년간 감옥 생활을 했다.

다. 그 그림에서 내가 받은 충격은 잊을 수 없습니다. 집을 그리는 순서가 판이하였기 때문입니다. 지붕부터 그리는 우리들의 순서와는 거꾸로였습니다. 먼저 주춧돌을 그린 다음 기둥·도리·들보·서까래·지붕의 순서로 그렸습니다. 그가 집을 그리는 순서는 집을 짓는 순서였습니다. 일하는 사람의 그림이었습니다. 세상에 지붕부터 지을 수 있는 집은 없습니다. 그럼에도 불구하고 지붕부터 그려 온 나의 무심함이 부끄러웠습니다. 나의 서가(書架)가 한꺼번에 무너지는 낭패감이었습니다. 나는 지금도 책을 읽다가 '건축'이라는 단어를 만나면 한동안 그 노인의 얼굴을 상기합니다.

차치리(且置履)라는 사람이 어느 날 장에 신발을 사러 가기 위하여 발의 크기를 본으로 떴습니다. 이를테면 종이 위에 발을 올려놓고 발의 윤곽을 그렸습니다. 한자(漢字)로 그것을 탁(度)이라 합니다. 그러나 막상 그가 장에 갈 때는 깜박 잊고 탁을 집에 두고 갔습니다. 신발 가게 앞에 와서야 탁을 집에다 두고 온 것을 깨닫고는 탁을 가지러 집으로 되돌아갔습니다. 제법 먼 길을 되돌아가서 탁을 가지고 다시 장에 도착하였을 때는 이미 장이 파하고 난 뒤였습니다.

그 사연을 듣고는 사람들이 말했습니다.

"탁을 가지러 집까지 갈 필요가 어디 있소. 당신의 발로 신어 보면 될 일이 아니오."

차치리가 대답했습니다.

"아무려면 발이 탁만큼 정확하겠습니까?"

주춧돌부터 집을 그리던 그 노인이 발로 신어 보고 신발을 사는 사람이라면 나는 탁을 가지러 집으로 가는 사람이었습니다.

탁(度)과 족(足). 교실과 공장. 종이와 망치. 의상(衣裳)과 사람. 화폐와 물건. 임금과 노동력. 이론과 실천…… 이러한 것들이 뒤바뀌어 있는 우리의 사고(思考)를 다시 한번 반성케 하는 교훈이라고 생각합니다.

나는 당신을 위로하기 위하여 이 이야기를 전하는 것이 아닙니다. '위로'는 진정한 애정이 아닙니다. 위로는 그 위로를 받는 사람으로 하여금 스스로가 위로의 대상이라는 사실을 확인케 함으로써 다시 한번 좌절하게 하는 것이기 때문입니다.

나는 당신이 대학의 강의실에서 이 편지를 읽든 아니면 어느 공장의 작업대 옆에서 읽든 상관하지 않습니다. 어느 곳에 있건 탁이 아닌 발을 상대하고 있다면 상관없다고 생각합니다. 만일 당신이 사회의 현장에 있다면 당신은 당신의 살아 있는 발로 서 있는 것입니다. 그리고 만일 당신이 대학의 교정에 있다면 당신은 더 많은 발을 깨달을 수 있는 곳에 서 있는 것입니다. 대학은 기존의 이데올로기를 재생산하는 '종속의 땅'이기도 하지만 그 연쇄의 고리를 끊을 수 있는 '가능성의 땅'이기도 하기 때문입니다.

당신은 그동안 못했던 일을 하고, 만나고 싶은 사람을 만나고, 가고 싶은 곳을 찾아가겠다고 했습니다.

대학이 안겨 줄 자유와 낭만에 대한 당신의 꿈을 모르지 않습니다. 지금까지 얽매여 있던 당신의 질곡*을 모르지 않습니다.

---

* 질곡 몹시 속박하여 자유를 가질 수 없는 고통의 상태를 비유적으로 이르는 말.

당신은 지금 그러한 꿈이 사라졌다고 실망하고 있지나 않은지 걱정됩니다. 그러나 '자유와 낭만'은 그러한 것이 아닙니다. 자유와 낭만은 '관계의 건설 공간'이란 말을 나는 좋아합니다. 우리들이 맺는 인간관계의 넓이가 곧 우리들이 누릴 수 있는 자유와 낭만의 크기입니다. 그러기에 그것은 우리들의 일상에 내장되어 있는 '안이한 연루(連累)'를 결별하고 사회와 역사와 미래를 보듬는 너른 품을 키우는 공간이어야 합니다.

그리하여 당신이 그동안 만들지 않고도 공부할 수 있게 해 준 수많은 사람들의 얼굴을 만나는 연대의 장소입니다. 우리 사회를 지탱하고 있는 발의 임자를 깨닫게 하는 '교실'입니다. 만약 당신이 대학이 아닌 다른 현장에 있다면 더 쉽게 그들의 얼굴을 만날 수 있습니다. 당신이 바로 그 사람이 될 수 있기 때문입니다. 그래서 나는 당신의 수능 시험 성적 100점은 그야말로 만점인 100점이라고 생각합니다. 그것은 올해 당신과 함께 고등학교를 졸업한 67만 5천 명의 평균 점수입니다. 당신은 친구들의 한복판에 서 있다는 것을 잊지 말아야 합니다. 중간은 풍요한 자리입니다. 수많은 곳, 수많은 사람을 만나는 자리입니다. 그보다 더 큰 자유와 낭만은 없습니다.

언젠가 우리는 늦은 밤 어두운 골목길을 더듬다가 넓고 밝은 길로 나오면서 기뻐하였습니다. 아무리 작은 실개천도 이윽고 강을 만나고 드디어 바다를 만나는 진리를 감사하였습니다. 주춧돌에서부터 집을 그리는 사람들의 견고한 믿음입니다. 당신이 비록 지금은 어둡고 좁은 골목길을 걷고 있다고 하더라도 나는 당신을 걱정하지 않습니다. 당신의 발로 당신의 삶을 지탱하고 있는 한 언젠가는 넓은 길, 넓은 바다를 만나리라고 믿고 있습니다. 드높은 삶을 '예비'하는 진정한 '합격자'가 되리라고 믿고 있습니다. 그리고 그 길의 어디쯤에서 당신과 만날 수 있기를 기대합니다.

우리에겐 꿈을 쉽게 포기하는 버릇이 있다

정여울

어린 시절 가장 많이 받은 질문.

"너 커서 뭐가 될래?"

내 꿈은 계절마다 바뀌어서 지금은 기억조차 가물가물하다. 하지만 초등학교 시절까지 가장 오래 간직했던 꿈은, 부끄럽지만 피아니스트였다. 사실 피아니스트의 삶이 어떤 건지는 잘 몰랐지만 나는 그저 피아노가 좋았다. 내가 피아노를 치면 웃어주는 아빠의 미소가 좋았고, 나 몰래 숨어서 내가 치는 피아노곡을 조용히 연습하는 동생의 귀여운 모방 심리도 좋았고, 내 피아노 소리에 맞춰서 춤추고 노래하는 막냇동생의 재롱이 좋았다. 합창단의 반주를 하는 일도 재미있었고, 대회에 나가기 위해 한 곡만 죽어라 쳐 대는 것조차 좋았다. 피아노를 '잘 쳐서' 좋은 것이 아니라, '그냥 좋아서' 좋아했다. 특출한 재능이 있는 것은 아니었다. 하지만 그렇게 앞뒤를 재지 않고 무언가를 순수하게 좋아하는 일은 인생에 다시 없을 것만 같다.

꿈의 불꽃이 타오르기 시작한 순간은 이상하게도 잘 기억나지 않는데, 꿈의 불꽃이 사그라지던 순간은 정확히 기억난다. 어린 시절 우리 집에서 같이 살던 이모와 곧잘 수다를 떨었는데, 이모가 하루는 나에게 이런 질문을 했다.

"여울아, 넌 커서 뭐가 될래?"

난 또 아무 대책 없이 해맑게 대답했다.

"뭘 물어, 피아니스트지."

이모는 걱정스러운 얼굴로 물었다.

"아직도? 그거 돈 엄청 많이 드는 거, 알아?"

"응? 돈?"

난 무슨 말인지 몰라 눈을 깜빡거리며 물었다. 난 그저 피아노만 있으면 되는데, 돈이 더 필요하다니?

"그거 부잣집 딸들이나 하는 거다. 뒷바라지하는 거, 엄청 힘들어."

난 할 말을 잃었다. 내가 그저 어떤 꿈을 꾼다는 것이 부모님께 부담이 된다는 것을 미처 헤아리지 못했던 것이다. 조숙한 척만 했지 전혀 철들지 못했던 초등학생에겐 너무 커다란 충격이었다.

그다음부터 나는 피아노 연습을 게을리하기 시작했다. 피아노를 보는 눈이 달라졌다. 이제 피아노는 '꿈'이 아니라 '취미'가 되어버렸다. "넌 공부도 잘하니까, 너무 피아노만 좋아하진 마라."고 말씀하시던 어른들의 충고가 그제야 들리기 시작했다. 피아노보다는 공부에 집중하는 것이 부모님을 기쁘게 해 드리는 것임을 깨닫기 시작했다.

부모님과는 그런 이야기를 한 번도 직접적으로 해 본 적이 없다. 그런데 시간이 지날수록 부모님이 나 때문에 마음 아파하신다는 것을 알게 되었다. 정작 나는 중학생이 되면서 피아노에 대한 꿈은 완전히 접었는데, 부모님은 오랫동안 나를 예고에 보내지 못하신 걸 미안해하셨다. 게다가 내가 공부 때문에 스트레스를 받을 때마다 부모님은 악기를 사 주셨다. 중학교 때는 멋진 통기타를 사 주셨고, 고등학교 때는 전자 키보드를 사 주셨다. 그리고 일곱 살 때 아빠가 사 주신 낡은 피아노는 내 방에서 수호천사처럼 늘 나를 지켜 주었다.

나는 음악 시간이나 수련회나 합창 대회가 있을 때 단골 반주자가 되었고 그 역할에 100퍼센트 만족했다. 사춘기 시절 내 별명은 '딴따라'였다. 그리고 그 별명의 뉘앙스는 '샌님 같은 범생이가 의외로 놀 줄 안다.'는 것이었다.

그 후로도 나는 꿈을 여러 번 포기했다. 때로는 성적이 모자라서, 때로는 사람들의 평가가 두려워서, 때로는 그저 꿈만 꾸는 것이 싫증 나서 수도 없이 꿈을 포기했다. 내 꿈의 역사는 '포기의 역사'였다. 그런데 그 수많은 꿈들을 포기하며 살아가다 보니, 정말 인정하기 싫지만 나의 진짜 문제를 알게 되었다. 실패가 두려워 한 번도 제대로 된 도전을 해 보지 못했다는 것을. 아무리 이모의 조언이 충격적이었더라도, 내가 피아노를 좀 더 뜨겁게 사랑했다면, 좀 더 세상과 싸워 볼 용기가 있었다면, 그렇게 쉽게 포기하진 않았을 것이다.

나는 계란으로 바위 치는 심정으로 자신의 꿈을 향해 도전하며 처절하게 실패하는 사람들을 마음속 깊이 질투하고 존경한다. 이제야 알았기 때문이다. 포기의 역사보다는 실패의 역사가 아름답다는 것을. 제대로 부딪쳐 보지도 않은 채 포기하는 것보다는, 멋지게 도전하고 처참하게 실패하는 사람들이 훨씬 많은 것을 배운다는 것을. 꿈을 이루는 데 실패하더라도 삶에서 실패하는 것은 아님을.

얼마 전 내 소중한 벗이 함께 술을 마시다가 내게 불쑥 물었다. "넌 왜 그렇게 매사에 자신감이 없냐?"
나는 아무렇지도 않다는 듯 적당히 둘러대긴 했지만, 그 말이 오랫동안 아팠다. 가슴에 날카로운 사금파리˙가 박힌 것처럼 시리게 아팠다. 내 삶의 치명적인 허점을 건드리는 말이었기 때문이었다. 나를 오래 알아 온 사람만이 알아볼 수 있는 내 아픔이었기 때문이다. 어린 시절 엄마는 늘 나를 걱정했다. '꿈속에 사는 사람'이라고. 나는 꿈을 포기하는 것이 좀 더 현실적인 사람이 되는 법이라 믿었다. 내 꿈은 늘 허황됐으므로. 내 꿈은 늘 나와 어울리지 않았으므로.
나는 이제야 깨닫는다. 피아노를 포기한 것이 문제가 아니라, 그때부터 '포기하는 버릇'을 가슴 깊이 내면화한 것이 문제라는 것을. 도전하기 전에, 미리 온갖 잔머리를 굴려 내 인생을 머릿속으로 그려 보고, 안 되겠구나 싶어 지레 포기하는 것. 아주 어릴 때부터 나도 모르게 생긴 버릇이라 쉽게 고칠 수도 없었다.

˙ 사금파리 사기그릇의 깨어진 작은 조각.

내게 주어진 현실을 실제 상황보다 훨씬 나쁘게 인식하는 것. 내가 가진 것을 실제보다 훨씬 작게 생각하는 버릇. 가슴 깊이 감추어진, 생에 대한 뿌리 깊은 비관. 그것은 금속에 슬기 시작한 '녹' 같다. 처음에는 아주 하찮아 보이지만 나중에는 가득 덮인 녹 때문에 원래 모습조차 알 수 없게 되어 버리는. 나는 진로에 대한 공포 때문에, 미래에 대한 비관 때문에, 나의 원래 모습마저 잃어버린 것 같았다.

나의 글을 읽는 젊은이들은 나 같은 실수를 반복하지 말았으면 한다. 진로를 생각할 때 '실현 가능성'부터 생각하지 말았으면 한다. 진로를 생각할 때 곧바로 '직업'과 연결하지도 말았으면 한다. 미래를 생각할 때 생활의 안정을 1순위로 하지 말았으면 좋겠다.

하지만 이런 건 괜찮다. 예컨대, 내가 얼마나 그 꿈에 몰두해 있을 수 있는지 실험해 보는 것. 밥 먹는 것도 잊고, 잠자는 것도 잊고, 약속 시간도 잊고, 무언가에 몰두해 본 적이 있는가. 그게 바로 우리들의 가슴을 뛰게 하는 것이다. 그것이 무엇이든, 밥이 되는 안 되든, 그런 건 우리의 짐작만큼 중요하지 않다.

아이들의 장래 희망 1순위가 '연예인'인 시대도 문제였지만, 이제 아이들의 장래 희망 1순위가 '공무원'인 시대는 더욱 앞이 캄캄하다. 희망의 직종이 문제가 아니라 희망의 획일성이 문제다. 그것은 '장래 희망'이 아닌 '장래를 향한 강박'으로 느껴진다.

활동

1 유년 시절을 다룬 첫째 마당의 글을 읽고 다음 질문에 답해 봅시다.

(1) 「소년 시절의 맛」에서 글쓴이가 예전에 맛본 라면의 맛을 찾지 못한 까닭은 무엇인지 말해 봅시다.

(2) 「내 유년의 울타리는 탱자나무였다」에서 화가 로트레크의 말을 통해 글쓴이가 하고 싶은 말은 무엇인지 적어 봅시다.

(3) 어린 시절을 떠올려 기억나는 단어나 사물을 적어 보고, 그중에 하나를 골라 짧은 글을 써 봅시다.

2 진로와 관련된 첫째 마당의 글을 읽고 다음 질문에 답해 봅시다.

(1) 「드높은 삶을 지향하는 진정한 합격자가 되십시오」에서 글쓴이가 새로운 출발점에 선 사람에게 목수와 차치리의 이야기를 들려준 까닭은 무엇인가요?

(2) 「우리에겐 꿈을 쉽게 포기하는 버릇이 있다」에서 글쓴이가 "포기의 역사보다는 실패의 역사가 아름답다."고 말한 까닭은 무엇일까요?

(3) 진로에 대해 고민하는 친구나 동생에게 힘이 되어 주는 말을 건네고 싶을 때, 어떤 말이 좋을지 찾아봅시다.

「소년 시절의 맛」은 라면에 얽힌 추억을 유년 시절부터 되짚어 보는 글입니다. 초등학교 5학년 때 동네 형과 함께 찌그러진 양은 냄비에 처음으로 끓여 먹었던 라면의 맛은 결코 잊을 수 없지요. 그 후 서울로 전학 와서 중학교, 고등학교 때 먹던 라면, 군대에서 연애편지를 대필해 주고 얻어먹던 라면 이야기로 이어집니다. 각 시기마다 라면을 끓여 먹는 방법을 생생하고 흥미롭게 보여 줍니다. 그러다가 어른이 되고 언젠가부터 라면의 맛을 잃어버리게 되는데요. 갖은 방법을 동원해 옛날 그때의 라면 맛을 되살려 보려 하지만 소용이 없습니다. 글쓴이는 나중에 자신이 되찾고 싶었던 것은 '라면의 맛'이 아니라 '그 소년 시절'이었다는 걸 깨닫습니다.

「내 유년의 울타리는 탱자나무였다」는 유년 시절의 경험을 들려주면서 삶의 고통을 다스리며 살아가는 것의 중요성을 일깨워 줍니다. '탱자나무 가시'를 가지고 놀던 무렵, 스스로를 지키려고 생겨난 가시가 스스로(꽃잎)를 찌르기도 한다는 사실을 발견하지요. 가시는 꽃과 나무에만 있는 것이 아닙니다. 아무리 행복해 보이는 사람에게도 자신을 괴롭히는 '가시'가 있기 마련인데, 글쓴이는 "크고 작은 가시들이 나를 키웠다."고 말합니다. 뽑아내려고 몸부림칠수록 더 아프게 자신을 찔러 대는 가시. 이를 슬기롭게 다스려 삶의 자양분으로 삼을 수 있다면 더없이 좋겠지요.

「드높은 삶을 지향하는 진정한 합격자가 되십시오」는 서간체 형식을 빌려 새로운 출발점에 선 이들에게 진정한 배움과 합격의 의미를 생각해 보게 하는 글입니다. 드높은 삶이란 무엇이고 진정한 합격자는 어떤 사람일까요? 집을 짓는 순서에 따라 주춧돌부터 그리는 어느 목수와, 신발을 사러 장에 가다가 '탁'(본)을 가지러 집으로 가는 차치리의 이야기는 우리에게 어떤 교훈을 전하고 있을까요? 1등만 기억하는 세상, 눈에 보이는 성과만 중요시하는 이 시대에 진정한 합격자가 되기 위해선 어떤 노력이 필요한지 다시금 생각해 보는 기회가 되었으면 싶습니다.

「우리에겐 꿈을 쉽게 포기하는 버릇이 있다」는 실패가 두려워서 한 번도 제대로 도전해 보지 못한 글쓴이 자신의 경험을 들려줍니다. 여러분에게 자신이 겪은 실수를 반복하지 말라고 조언해 주는 글이지요. 우리가 꿈을 꿀 때나 진로를 모색할 때 '하고 싶은 것'과 '할 수 있는 것' 사이에서 고민하는 경우가 많습니다. 현실적인 조건을 이리저리 따지다가 이 글의 제목처럼 자신의 꿈을 쉽게 접기도 하지요. '자신의 꿈을 향해 멋지게 도전하고 처참하게 실패를 경험하는 사람이, 부딪쳐 보지도 않고 포기하는 사람보다 더 많은 것을 배울 수 있다.'는 걸 잊지 마세요.

플루트 연주자

피천득

배턴을 든 오케스트라의 지휘자는 찬란한 존재다. 그러나 토스카니니 같은 지휘자 밑에서 플루트를 분다는 것은 또 얼마나 영광스러운 일인가. 다 지휘자가 될 수는 없는 것이다. 다 콘서트 마스터가 될 수도 없는 것이다. 오케스트라와 같이 하모니를 목적으로 하는 조직체에 있어서는 멤버가 된다는 것만도 참으로 행복된 일이다. 그리고 각자의 맡은 바 기능이 전체 효과에 종합적으로 기여된다는 것은 의의 깊은 일이다. 서로 없어서는 안 된다는 신뢰감이 거기에 있고, 칭찬이거나 혹평이거나 '내'가 아니요 '우리'가 받는다는 것은 마음 든든한 일이다.

자기의 악기가 연주하는 부분이 얼마 아니 된다 하더라도, 그리고 독주하는 부분이 없다 하더라도 그리 서운할 것은 없다. 남의 파트가 연주되는 동안 기다리고 있는 것도 무음(無音)의 연주를 하고 있는 것이다.

베이스볼 팀의 외야수(外野手)*와 같이 무대 뒤에 서 있는 콘트라베이스를 나는 좋아한다. 베토벤 교향곡 제5번 '스케르초(Scherzo)'*의 악장 속에 있는 트리오 섹션에는 둔한 콘트라베이스를 쩔쩔매게 하는 빠른 대목이 있다. 나는 이런 유머를 즐길 수 있는 베이스 연주자를 부러워한다.

「전원 교향악」 제3악장에는 농부의 춤과 아마추어 오케스트라가 나오는 장면이 묘사되어 있다. 서투른 바순이 제때 나오지 못하고 뒤늦게야 따라 나오는 대목이 몇 번 있다. 이 우스운 음절을 연주할 때의 바순 연주자의 기쁨을 나는 안다. 팀파니스트가 되는 것도 좋다. 하이든 교향곡 94번의 서두가 연주되는 동안은 카운터 뒤에 있는 약방 주인같이 서 있다가, 청중이 경악(驚愕)하도록 갑자기 북을 두들기는 순간이 오면 그 얼마나 신이 나겠는가?

자기를 향하여 힘차게 손을 흔드는 지휘자를 처다볼 때, 그는 자못 무상의 환희를 느낄 것이다. 어렸을 때 나는 공책에 줄 치는 작은 자로 교향악단을 지휘한 일이 있었다. 그러나 그 후 지휘자가 되겠다는 생각을 해 본 적은 없다. 토스카니니가 아니라도 어떤 존경받는 지휘자 밑에서 무명(無名)의 플루트 연주자가 되고 싶은 때는 가끔 있었다.

---

* 외야수 야구에서, 외야를 지키는 우익수·좌익수·중견수를 통틀어 이르는 말.
* 스케르초 베토벤이 미뉴에트 대신 소나타, 교향곡 등의 제3악장에 채용한 3박자의 쾌활한 곡. 보통은 스케르초-트리오-스케르초의 겹세도막 형식이다. 이후 쇼팽과 브람스의 피아노곡, 어두운 성격의 스케르초와 서정적인 트리오가 되었다.

비닐우산

정진권

언제 어디서 샀는지도 알 수 없지만, 우리 집에도 헌 비닐우산이 서너 개나 된다. 아마도 길을 가다가 갑자기 비를 만나서 내가 사 들고 온 것들일 게다. 하지만 그 가운데 하나나 제대로 쓸 수 있을까? 그래도 버리긴 아깝다.

비닐우산은 참 볼품없는 우산이다. 눈만 흘겨도 금방 부러져 나갈 듯한 살하며, 당장이라도 팔랑거리면서 살을 떠날 듯한 비닐 덮개하며, 한 군데도 탄탄한 데가 없다. 그러나 그런대로 우리의 사랑을 받을 만한 덕(德)을 갖추고 있기 때문에, 아주 몰라라 할 수만은 없는 우산이기도 하다.

우리가 길을 가다가 갑자기 비를 만날 때, 가난한 주머니로 손쉽게 사 쓸 수 있는 우산은 이것밖에 없다. 물건에 비해서 값이 싼지 비싼지 그것은 알 수 없지만, 어떻든 일금 백 원으로 비를 안 맞을 수 있다면, 이는 틀림없이 비닐우산의 덕이 아니겠는가?

값이 이렇기 때문에 어디다 놓고 와도 섭섭하지 않은 것이 또한 이 비닐우산이다. 가령 우리가 퇴근길에 들른 대폿집에다 베우산*을 놓고 나왔다, 이렇게 생각해 보라. 우리의 대부분은 버스를 돌려 타고 그리로 뛰어갈 것이다. 그것은 물론 오래 손때 묻어 정이 들었기 때문이기도 하겠지만, 그러나 백 원짜리라면 아마도 그러지 않았을 것이다. 그래서 고가(高價)의 베 우산을 받고 나온 날은 어디다 그 우산을 놓고 올까 봐 신경을 쓰게 된다. 하지만 하루 종일 썩인 머리로 대포 한잔하는 자리에서까지 우산 간수 때문에 걱정을 할 수는 없지 않은가? 버리고 와도 께름할 게 없는 비닐우산은 그래서 좋은 것이다.

비닐우산을 받고 위를 쳐다보면, 우산 위에 떨어져 흐르는 물방울이 보인다. 그리고 빗방울이 떨어지면서 내는 그 환한 음향도 들을 만한 것이다. 투명한 비닐 덮개 위로 흐르는 물방울의 그 맑고 명랑함, 묘한 리듬을 만들어 내는 빗소리의 그 상쾌함, 단돈 백 원으로 사기에는 너무 미안한 예술이다.

바람이 좀 세게 불면 비닐우산은 홀딱 뒤집히기도 한다. 그것을 바로잡는 한동안, 비록 옷은 다소의 비를 맞는다 하더라도 우리는 즐거운 짜증을 체험할 수 있고, 또 행인들에게 가벼우나마 한때의 밝은 미소를 선사할 수 있어서 좋다. 그날이 그날인 듯, 개미 쳇바퀴 돌듯 하는 우리의 재미없는 생활 속에, 그것은 마치 반 박자짜리 쉼표처럼 싱그러운 변화를 불러일으키는 것

---

* 베 우산 비닐이 아니라 천인 베를 사용하여 만든 우산.

이다.

좀 오래된 이야기 하나가 생각난다. 퇴근을 하려고 일어서다 보니, 부슬부슬 창밖에 비가 내린다. 나는 캐비닛 뒤에 두었던 헌 비닐우산을 펴 들고 사무실을 나왔다. 살이 한 개 부러져 있었다. 비가 갑자기 세차졌다. 머리는 어떻게 가렸지만, 옷은 다 젖다시피 했다. 그때였다. 누군가가 뛰어들었다. 책가방을 든 어린 소녀였다. 젖은 이마에 머리카락이 흩어져 있었다. 나 하나의 머리도 가리기 어려운 곳을 예고도 없이 뛰어든 그 귀여운 침범자는 다만 미소로써 양해를 구할 뿐 말이 없었다. 우리는 버스 정류장까지 함께 걸었다. 옷은 젖지만, 그래도 우산을 받고 있다는 안도감이 있었다. 마침내 소녀의 버스가 왔다. 미소와 목례를 함께 보내고 그는 떠났다. 이상한 공허감이 비닐우산 속에 남았다. 그것은 백 원으로선 살 수 없는 체험일 것이다.

나도 곧 버스를 탔다. 차가 M 정류장에 설 때였다. 비는 여전히 쏟아지는데, 정류장엔 우산 꽃이 만발해 있었다. 아버지를 기다리는 아들딸들, 오빠나 누나를 기다리는 오누이들, 남편을 마중 나온 아낙네들일 것이다. 버스에서 내린 사람들은 용하게도 그를 맞으러 나온 우산을 찾아내었다. 아름다운 풍경이었다. 그때 나는 차창 밖으로 한 젊은 여인을 보았다. 그녀는 비닐우산을 받쳐 들고 버스 안을 살폈다. 남편을 기다리는 신혼의 여인이었을까?

버스는 또 떠났다. 그녀는 우두커니 서 있었다. 몇 번이나 버스를 그냥 보냈을까? 말없이 떠나는 버스를 조금은 섭섭하게 바라볼 그녀의 고운 눈매가 눈앞에 아른거렸다. 나는 눈을 감았다. 다음 버스에선 그녀가 기다리는 사람이 꼭 내렸을 것이다. 그리고 역시 용하게 알아보고는 그녀의 비닐우산 속으로 성큼 뛰어들었을 것이다. 왜 이렇게 늦었느냐는 원망의 눈길과 미안해하는 은근한 미소, 찬비에 두 온몸이 다 젖는대도 그 사랑은 식지 않을 것이다.

비닐우산은 참 볼품없는 우산이다. 한 군데도 탄탄한 데가 없다. 그러나 버리기에는 너무나도 아름다운 효용성이 있음으로 하여 두고두고 보고 싶은 우산이다. 그리고 값싼 인생을 살며, 조금만 바람이 불어도 넘어질 듯한 부실한 사람, 그런 몸으로나마 아이들의 머리 위에 내리는 찬비를 가려 주려고 버둥대는 삶, 비닐우산은 어쩌면 나와 비슷한 데도 적지 않은 것 같아서, 때때로 혼자 받고 비 오는 길을 쓸쓸히 걷는 우산이기도 하다.

반 통의 물

나희덕

1

"좀 넉넉히 넣어요. 넉넉히."

당근씨를 막 뿌리려는 남편에게 나는 몇 번이나 말했다. 다른 씨앗들은 한 번 키워 보았기 때문에 감을 잡을 수 있겠는데, 부추씨와 당근씨는 올해 처음 뿌리는 것이라 대중*이 서지 않았던 것이다.

게다가 아까부터 밭 주변을 종종거리는 참새 서너 마리가 어쩐지 마음에 걸린다. 작년에도 너무 얕게 씨를 뿌려 낭패를 본 적이 있기 때문이다. 씨 뿌린 지 두 주일이 넘도록 싹이 나오지 않아 웬일인가 했더니 새들이 와서 잘 잡숫고 간 뒤였다. 그제 야 농부들이 씨를 뿌릴 때 적어도 세 알 이상씩 심는 뜻을 알 것

---

* 대중 대강 어림잡아 헤아림.

같았다. 한 알은 새를 위해, 한 알은 벌레를 위해, 그리고 한 알은 사람을 위해.

워낙 넉넉히 뿌린 탓인지, 새들이 당근씨를 별로 좋아하지 않는 탓인지, 당근 싹은 좀 늦긴 했지만 촘촘하게 돋아 나왔다. 처음엔 그 어렵게 틔워 낸 예쁜 싹들을 솎아 내느니 차라리 잘고 못생긴 당근을 먹는 게 낫다고 그냥 두었다. 그러나 워낙 자라는 속도가 빨라 자리를 잡지 못하고 밀려 나오는 뿌리가 하나둘이 아니었다. 이러다가는 당근 전체가 제대로 자랄 수 없을 것 같았다.

그것을 보면서 식물에게는 적절한 거리라는 것이 매우 중요하다는 생각이 들었다. 사람과 사람 사이에서도 지켜야 할 최소한의 거리가 깨졌을 때 폭력과 환멸*이 생겨나는 것처럼, 좁은 땅에 서로 머리를 디밀며 얽혀 있는 그 붉은 뿌리들에서도 어떤 아우성이 들려오는 것 같았다. 내가 그들을 돕는 길은 갈 때마다 조금씩 솎아 주어서 그 아우성을 중재하는 일이었다. 농사를 배운다는 것은 바로 그들의 적절한 '거리'를 익히는 과정이 아닐까.

2
미운 풀이 죽으면 고운 풀도 죽는다는 속담이 있다. 김을 맬 때마다 나는 그 말을 자주 떠올린다. 그럼 내가 뽑고 있는 잡초는 미운 풀이고, 키우고 있는 채소는 고운 풀이란 말인가. 곱고

---

* 환멸 꿈이나 기대. 환상이 깨어짐. 또는 그때 느끼는 괴롭고도 속절없는 마음.

미운 것의 기준은 어디에 있을까. 사람이 먹을 수 있느냐 없느냐에 따라 잡초와 채소를 구분하여 하나는 죽이고 하나는 살리는 것이 이른바 농사다. 그러나 미운 풀이 죽으면 고운 풀도 죽는다고 하지 않는가. 선택보다는 공존이 땅의 본래적 질서라고 할 때, 밭은 숲보다 생명에 덜 가깝다.

그래서 밭을 일구면서 가장 고민되는 문제가 풀이다. 사람의 손이 미치기 오래전부터 이 둔덕˚에는 명아주, 저 둔덕에는 개망초, 이 고랑에는 돼지풀, 저 고랑에는 질경이…… 그들이 바로 이 땅의 주인이었던 것이다. 그런데 달갑지 않은 침입자가 삽과 호미를 들고 나타나 그것도 생명을 키운답시고 원주민을 쫓아내니, 사실 원주민 풀들에게는 명목이 서지 않는 노릇이다.

그렇다고 풀을 그냥 두면 뿌려 놓은 채소들이 자라지 못하게 되니 어느 정도는 뽑아 주어야 한다. 이런 걱정 덕분에 우리 밭에는 채소가 반이고 잡초가 반이다. 변명 같지만, 다른 밭보다 우리 밭에 풀이 무성한 것은 게으름 때문만은 아니다. 만일 그렇다 해도 게으름이 농부의 악덕은 아닌 것이다.

3

밭 바로 옆에는 우물이나 수도가 없다. 조금 걸어가야 그 마을 사람들에게 농수를 공급하는 수로가 있는데, 호스나 관으로 연결하기에는 거리가 제법 된다. 또 그러기에는 작은 밭에 너무 수선스러운 일인 것 같아 그냥 물을 한 통 한 통 길어다 주었다.

˚둔덕 가운데가 솟아서 불룩하게 언덕이 진 곳.

푸성귀들을 키우는 것은 물이 아니라 농부의 발소리라는 말이 그냥 나온 게 아닌가 보다. 우리 밭을 흡족하게 적시려면 수로 까지 적어도 열 번은 왕복을 해야 하니 그것도 만만치 않은 노 릇이었다.

물통을 들고 걸을 때마다 생각나는 사람이 있다. 우리 집에서 가까운 텃밭을 일구시는 어떤 할아버지인데, 물을 주러 가는 모 습을 몇 번 본 적이 있다. 그 할아버지는 몸이 불편하여 걷는 게 그리 자유롭지 못하다. 한쪽 팔로 물통을 들고 걸어가는 모습은 거의 몸부림에 가까우면서도 이상한 평화 같은 것을 느끼게 한 다. 몸이 심하게 흔들릴 때마다 물은 찰랑거리면서 그의 낡은 바지를 적시고 길 위에 쏟아져, 결국 반 통도 채 남지 않게 된 다. 그렇게 몇 번씩 오가는 걸 나는 때로는 끌 듯이 지나가는 발 소리로 듣기도 하고, 때로는 마른 길 위에 휘청휘청 내고 간 젖 은 길을 보고 알기도 한다.

그 젖은 길은 이내 말라 버리곤 했지만, 나는 그 길보다 더 아 름답고 빛나는 길을 별로 보지 못했다. 그리고 어느 날부터인가 나 역시 그 밭의 채소들처럼 할아버지의 발소리를 기다리게 되 었다. 반 통의 물을 잃어버린 그 발소리를.

물통을 나르다가 문득 이런 생각이 들곤 한다. 내가 열 번 오 가야 할 것을 그 할아버지는 스무 번 오가야 할 것이지만, 내가 이 채소들을 키우는 일도 그 할아버지와 크게 다르지 않은 어떤 안간힘 때문은 아닐까. 몸에 피가 돌지 않는 것처럼 문득문득 마음 한쪽이 굳어져 가는 걸 느끼면서, 절뚝거리면서, 그러면서 도 남은 반 통의 물을 살아 있는 것들에게 쏟아붓고 싶은 마음,

그런 게 아니었을까.

  이 짤막한 이야기들은 그렇게 밭을 가꾸는 동안 절뚝거리던 내 영혼의 발소리 같은 것이다. 감히 농사라고는 할 수 없지만, 자연과의 행복한 합일이라고도 부를 수 없지만, 그 어둠과 불구에 힘입어 푸른 것들을 만나러 가곤 했다. 그들에게 물을 주고 돌아오는 물통은 언제나 비어 있다.

이옥설(理屋說)

이규보

　행랑채가 퇴락하여 지탱할 수 없게끔 된 것이 세 칸이었다. 나는 마지못하여 이를 모두 수리하였다. 그런데 그중의 두 칸은 앞서 장마에 비가 샌 지가 오래되었으나, 나는 그것을 알면서도 이럴까 저럴까 망설이다가 손을 대지 못했던 것이고, 나머지 한 칸은 비를 한 번 맞고 샜던 것이라 서둘러 기와를 갈았던 것이다. 이번에 수리하려고 본즉 비가 샌 지 오래된 것은 그 서까래, 추녀, 기둥, 들보가 모두 썩어서 못 쓰게 되었던 까닭으로 수리비가 엄청나게 들었고, 한 번밖에 비를 맞지 않았던 한 칸의 재목들은 완전하여 다시 쓸 수 있었던 까닭으로 그 비용이 많지

• 이옥설 '이옥'은 '집을 수리한다'는 뜻이다. '설(說)'은 사물에 대한 경험담을 제시하고 그에 대한 자신의 견해를 이끌어 내는 한문 문체의 한 종류로, 다른 사물에 빗대는 우의적인 방식으로 교훈을 드러내는 경향이 강하다.
• 퇴락하다 낡아서 무너지고 떨어지다.

않았다.

나는 이에 느낀 것이 있었다. 사람의 몸에서도 마찬가지라는 사실을. 잘못을 알고서도 바로 고치지 않으면 곧 그 자신이 나쁘게 되는 것이 마치 나무가 썩어서 못 쓰게 되는 것과 같으며, 잘못을 알고 고치기를 꺼리지 않으면 해(害)를 받지 않고 다시 착한 사람이 될 수 있으니, 저 집의 재목처럼 말끔하게 다시 쓸 수 있는 것이다.

그뿐만 아니라 나라의 정치도 이와 같다. 백성을 좀먹는 무리를 내버려 두었다가는 백성들이 도탄에 빠지고 나라가 위태롭게 된다. 그런 연후에 급히 바로잡으려 하면 이미 썩어 버린 재목처럼 때는 늦은 것이다. 어찌 삼가지 않겠는가.

수오재기(守吾齋記)*

정약용

수오재(守吾齋), 즉 '나를 지키는 집'은 큰형님*이 자신의 서재에 붙인 이름이다. 나는 처음 그 이름을 보고 의아하게 여기며, "나와 단단히 맺어져 서로 떠날 수 없기로는 '나'보다 더한 게 없다. 비록 지키지 않는다 한들 '나'가 어디로 갈 것인가. 이상한 이름이다."라고 생각했다.

장기*로 귀양 온 이후 나는 홀로 지내며 생각이 깊어졌는데, 어느 날 갑자기 이러한 의문점에 대해 환히 깨달을 수 있었다. 나는 벌떡 일어나 다음과 같이 말했다.

• 수오재기 '수오재'는 '나를 지키는 집'이라는 뜻이다. '기(記)'는 여러 가지 사물에 관해 기술한 산문 문학의 한 형식을 말한다.
• 큰형님 정약현(丁若鉉, 1751~1821)을 말함. 신유박해(1801)로 집안이 풍비박산 났지만, 자신과 집안을 잘 지켜 냈다.
• 장기(長鬐) 경상북도 포항시 장기면. 다산은 신유박해로 인해 그해 3월에서 10월까지 장기에서 유배 생활을 했다.

천하 만물 중에 지켜야 할 것은 오직 '나'뿐이다. 내 밭을 지고 도망갈 사람이 있겠는가? 그러니 밭은 지킬 필요가 없다. 내 집을 지고 달아날 사람이 있겠는가? 그러니 집은 지킬 필요가 없다. 내 동산의 꽃나무와 과실나무들을 뽑아 갈 수 있겠는가? 나무뿌리는 땅속 깊이 박혀 있다. 내 책을 훔쳐 가서 없애 버릴 수 있겠는가? 성현(聖賢)*의 경전은 세상에 널리 퍼져 물과 불처럼 흔한데 누가 능히 없앨 수 있겠는가. 내 옷과 양식을 도둑질하여 나를 궁색하게 만들 수 있겠는가? 천하의 실이 모두 내 옷이 될 수 있고, 천하의 곡식이 모두 내 양식이 될 수 있다. 도둑이 비록 훔쳐 간다 한들 하나둘에 불과할 터, 천하의 모든 옷과 곡식을 다 없앨 수는 없다. 따라서 천하 만물 중에 꼭 지켜야만 하는 것은 없다.

그러나 유독 이 '나'라는 것은 그 성품이 달아나기를 잘하며 출입이 무상하다.* 아주 친밀하게 붙어 있어 서로 배반하지 못할 것 같지만 잠시라도 살피지 않으면 어느 곳이든 가지 않는 곳이 없다. 이익으로 유혹하면 떠나가고, 위험과 재앙으로 겁을 주면 떠나가며, 질탕한* 음악 소리만 들어도 떠나가고, 미인의 예쁜 얼굴과 요염한 자태만 보아도 떠나간다. 그런데 한번 떠나가면 돌아올 줄 몰라 붙잡아 만류할 수가 없다. 그러므로 천하 만물 중에 잃어버리기 쉬운 것으로는 '나'보다 더한 것이 없다.

• 성현 성인(지혜와 덕이 매우 뛰어나 길이 우러러 본받을 만한 사람)과 현인(어질고 총명하여 성인에 다음가는 사람)을 아울러 이르는 말.
• 무상하다 일정하지 않고 늘 변하는 데가 있다.
• 질탕하다 신이 나서 정도가 지나치도록 흥겹다.

그러니 꽁꽁 묶고 자물쇠로 잠가 '나'를 굳게 지켜야 하지 않겠는가?

나는 '나'를 허투루 간수했다가 '나'를 잃은 사람이다. 어렸을 때는 과거 시험을 좋게 여겨 그 공부에 빠져 있었던 것이 10년이다. 마침내 조정의 벼슬아치가 되어 사모관대에 비단 도포를 입고 백주 대로를 미친 듯 바쁘게 돌아다니며 12년을 보냈다. 그러다 갑자기 상황이 바뀌어 친척을 버리고 고향을 떠나 한강을 건너고 문경 새재를 넘어 아득한 바닷가 대나무 숲이 있는 곳에 이르러서야 멈추게 되었다. 이때 '나'도 땀을 흘리고 숨을 몰아쉬며 허둥지둥 내 발뒤꿈치를 쫓아 함께 이곳에 오게 되었다. 나는 '나'에게 말했다.

"너는 무엇 때문에 여기에 왔는가? 여우나 도깨비에게 홀려서 왔는가? 바다의 신이 불러서 왔는가? 너의 가족과 이웃이 소내*에 있는데, 어째서 그 본고장으로 돌아가지 않는가?"

그러나 '나'는 멍하니 꼼짝도 않고 돌아갈 줄을 몰랐다. 그 안색을 보니 마치 얽매인 게 있어 돌아가려 해도 돌아갈 수 없는 듯했다. 그래서 '나'를 붙잡아 함께 머무르게 되었다.

이 무렵, 내 둘째 형님* 또한 그 '나'를 잃고 남해의 섬으로 가셨는데, 역시 '나'를 붙잡아 함께 그곳에 머무르게 되었다.

유독 내 큰형님만이 '나'를 잃지 않고 편안하게 수오재에 단

- 소내[苕川] 현재 경기도 남양주시 조안면 능내리 마현 마을. 마현(馬峴), 마재, 두릉(斗陵), 능내(陵內) 등으로도 불린다.
- 둘째 형님 정약전(丁若銓, 1758~1816)을 말함. 신유박해 때 신지도로 유배 갔다가 나중에 다시 흑산도로 옮겨져 그곳에서 세상을 떠났다. 저서에 『자산어보』가 있다.

정히 앉아 계신다. 본디부터 지키는 바가 있어 '나'를 잃지 않으신 때문이 아니겠는가? 이것이야말로 큰형님이 자신의 서재 이름을 '수오'라고 붙이신 까닭일 것이다. 일찍이 큰형님이 말씀하셨다.

"아버지께서 나의 자(字)를 태현(太玄)이라고 하셨다. 나는 홀로 나의 태현을 지키려고 서재 이름을 '수오'라고 하였다."

이는 그 이름 지은 뜻을 말씀하신 것이다.

맹자께서 말씀하시기를, "무엇을 지키는 것이 큰일인가? 자신을 지키는 것이 큰일이다."라고 하셨는데, 참되도다, 그 말씀이여!

드디어 내 생각을 써서 큰형님께 보여 드리고 수오재의 기문(記文)으로 삼는다.

활동

1 사소함에 대한 둘째 마당의 글들을 읽고 다음 질문에 답해 봅시다.

   (1) 「플루트 연주자」에서 글쓴이는 오케스트라 연주에서 어떤 연주자들을 주목하고 있고 그 이유는 무엇인가요?

   (2) 「비닐우산」에서 글쓴이가 말하는 비닐우산의 '아름다운 효용성'은 무엇인가요?

   (3) 우리 주변에서, 초라하거나 보잘것없어 보이지만 중요한 역할을 하는 사람이나 물건을 찾아보고, 이를 소재로 짧은 글을 써 봅시다.

2 발견과 관련된 둘째 마당의 글을 읽고 다음 질문에 답해 봅시다.

   (1) 「반 통의 물」에서 텃밭에 물을 주러 가는 할아버지가 걷는 길이 '아름답고 빛나는 길'이라고 한 까닭은 무엇인가요?

   (2) 「이옥설」에서 글쓴이는 집수리에서 얻은 깨달음을 통해 무엇을 말하고 있나요?

   (3) 「수오재기」에서 '나를 잃어버린다'는 것이 무슨 의미인지 생각해 보고, 여러분에게도 이와 유사한 경험이 있다면 말해 봅시다.

「플루트 연주자」는 무대 위의 연주자들 속에서 아주 짧은 순간 주목받는 이들에 대한 이야기를 들려줍니다. 수많은 이들이 함께 서로의 소리에 귀를 기울이며 아름다운 연주를 만들어 내는 공연에서 연주의 분량이나 스포트라이트는 중요하지 않습니다. 현란한 손놀림으로 배턴을 흔드는 지휘자나 아름다운 목소리를 지닌 가수의 음색도 근사하지만, 관객이 듣고 싶은 건 그들의 하모니일 테니까요. 환호와 조명을 받는 주인공을 돋보이게 하는 이들에게 눈길을 주는 글쓴이의 시선이 따뜻하게 다가옵니다.

가볍게 쓰고 버려지곤 하는 비닐우산은 초라한 물건입니다. 「비닐우산」은 비닐우산이 지닌 가치와 아름다움을 소박한 문체로 그리고 있습니다. 책가방을 든 어린 소녀의 미소와 목례, 고운 눈매를 가진 여인의 기다림이 비닐우산을 통해 돌려받은 것들이지요. 단조롭지만 질리지 않는 빗소리를 눈으로 볼 수 있는 것도 투명한 비닐우산만이 지닌 아름다운 효용성입니다. 자신의 삶을 초라한 비닐우산에 겸손하게 비유했지만, 우리는 글쓴이를 볼품없는 이라고 여기지 않겠지요?

「반 통의 물」은 두 해째 남의 땅을 빌려 아주 작은 밭을 일구어 온 글쓴이가 땅에서 발견한 식물과 거기에 깃든 사람들의 모습에서 얻은 감상을 담은 글입니다. 책에서는 "어리석은 사람은 반쯤 담겨진 그릇의 물과 같고 지혜로운 사람은 가득 찬 연못의 물과 같다는 말이 있다."며 부족함이 많은 자신을 반 통의 물에 비유하기도 합니다. 도시의 건조한 일상에 메마른 우리에게 자연과 가까이하며 알게 된 작은 발견의 순간을 들려주어 우리의 마음에도 찰랑이는 일렁임이 반짝일 듯합니다.

이어지는 두 편의 글은 모두 집을 소재로 한 고전 수필입니다. 고려 후기의 문인 이규보가 쓴 「이옥설」은 퇴락한 행랑채를 수리하면서 겪은 개인적 경험을, 사람의 몸과 나라의 정치로 확장시켜 교훈을 이끌어 내는 한문 양식의 글이지요. 「수오재기」는 다산 정약용이 큰형 정약현의 집에 붙인 당호 '수오재'의 의미에 대한 깨달음을 의문과 반성, 사색의 과정을 통해 드러내고 있습니다. 잘못을 알고 고치기를 꺼리지 않으면 말끔하게 다시 쓸 수 있는 사람이 된다거나, 긴 유배의 시간을 진정한 나를 찾을 수 있는 기회라고 말하는 이들의 모습에서 개성적이고 의연한 선비의 기개마저 느껴집니다.

오해

박완서

아파트에 살 때도 그러했지만 땅 집에 살고부터는 더더욱 쓰레기에 신경이 쓰인다. 아파트에서는 분류해서 내다 버리는 순간 쓰레기봉투는 익명의 것이 되어 버린다. 그러나 땅 집에서는 수거차가 오는 날 집 앞에 내다 놔야 하기 때문에 누구네 쓰레기라고 딱지를 써 붙인 거나 다름이 없다. 쓰레기이지만 깔끔하게 보이고 싶어 넘치지도 모자라지도 않게 담아서 꼭꼭 잘 여미게 된다.

쓰레기라도 깔끔하게 보이고 싶다는 내 허영심을 비웃듯이 수거차가 오기 전에 우리 쓰레기봉투가 무참하게* 파헤쳐지는 일이 빈번하다는 것을 알게 되었다. 생선이나 닭고기를 먹고 난 후에는 영락없이 그런 일을 당했다. 고양이들의 소행이었다. 개

• 무참하다 몹시 끔찍하고 참혹하다.

는 안 기르는 집이 없다시피 하지만 고양이 기르는 집은 거의 없는 것 같은데도 동네에는 고양이들이 많다. 이렇게 도둑고양이들이 많기 때문에 쥐가 거의 없다는 게 동네 사람들의 설명이었다.

아무리 그렇다고 해도 수거차가 지나간 후에도 문 앞이 깨끗하지 않고 닭 뼈나 생선 뼈가 어지럽게 널려 있다는 건 여간 속상한 일이 아니었다. 터져서 냄새나는 내용물이 꾸역꾸역 쏟아지는 쓰레기봉투를 들어 올렸을 미화원 아저씨에게는 또 얼마나 미안한 노릇인가. 그래서 생각해 낸 게 고양이가 좋아할 만한 먹이가 생기면 봉투 속에 넣지 않고 접시에 따로 담아 고양이가 잘 다니는 통로에다 놓아두는 거였다.

그것은 좋은 생각이었다. 적중했으니까. 그 후부터 쓰레기봉투가 훼손당하는 일은 안 생겼고, 나도 고양이를 챙기는 일에 재미를 붙이게 되었다. 비린 것을 탐하는 고양이의 식성은 츱츱했지만* 생선 뼈를, 머리칼처럼 가느다란 가시까지도 깨끗이 발라내는 솜씨는 가히 예술이라 부를 만했다. 그 대신 우리 식구들은 고양이 생각을 한답시고 닭고기나 생선을 먹을 때 점점 더 살을 많이 붙여서 남기게 되었다.

나는 한술 더 떠서 식구들이 잘 안 먹는 생선 조림이 생기면 고양이를 위해 냄비째 쏟아 버리기도 했다. 그러나 고양이는 절대로 과식하는 일이 없었다. 남겼다가 며칠에 걸쳐서 다 먹어 치웠다. 그래서 나는 속으로 우리 집 단골 고양이가 여간 아니

---

* 츱츱하다 너절하고 염치가 없다.

라고 생각했지만, 한 번도 녀석의 모습을 제대로 본 적은 없었다. 동네에는 여러 종류의 도둑고양이가 있었지만 우리 마당을 환각처럼 바람처럼 스쳐 지나가는 고양이는 베이지색 바탕에 검은 줄이 있는 상당히 아름다운 고양이라는 걸 알고 있을 뿐이었다.

오랜 장마가 갠 어느 날 오후였다. 마침 혼자 집을 지키고 있었다. 무더위가 한풀 꺾였다고는 하나 집 안에는 아직 곰팡내 섞인 습기가 많이 남아 있어 앞뒷문을 활짝 열어 놓고 있었다. 마루에서 책을 읽고 있다가 무심히 부엌 뒷문 밖을 내다보았을 때였다. 뒷문 밖에는 꽤 넓은 툇마루*가 있는데 거기 우리 집 단골 얼룩 고양이가 꼭 저 닮은 새끼를 다섯 마리나 거느리고 나란히 앉아 있는 게 아닌가. 어미는 산후라 그런지 털이 꺼칠했지만 새끼들은 털이 반지르르 윤이 흐르는 게 정말이지 눈이 부시게 아름다웠다. 어떤 인간의 가족에게서도 그렇게 아름다운 모습은 본 적이 없었다.

나는 거의 전율에 가까운 기쁨을 느꼈다. 그뿐이 아니었다. 나는 감동까지 하고 있었다. 나는 나에게 잘 얻어먹은 어미 고양이가 그동안 해산을 해서 반질반질 잘 기른 새끼들을 나에게 자랑도 할 겸, 감사와 친애의 표시도 할 겸해서 그렇게 가족 나들이를 나왔으려니 하고 있었다. 그 쌀쌀맞고 영악하기만 한 고양이로서는 기특하기 짝이 없는 마음 씀씀이 아닌가.

나는 마치 손주 새끼들 반기듯이 만면에 웃음을 띠고 두 손까

---

* 툇마루 큰 마루의 바깥쪽에 좁게 만들어 놓은 마루.

지 활짝 벌려 그들 고양이 가족을 환대한다˙는 표시를 하며 부엌문 쪽으로 갔다. 그러나 그다음에 나는 기절을 할 뻔하게 놀라고 말았다. 어미가 눈으로 불을 뿜으며 으르릉 이를 드러내고 나에게 공격 태세를 취하는 게 아닌가. 신속하고도 눈부신 적의(敵意)˙였다. 다행히 순간적이었다. 내가 혹시 대낮에 환상을 본 게 아닌가 싶게 고양이 가족은 소리도 없이 신속하게 모습을 감추었다. 그래도 나는 무서워서 부엌문을 닫아 버렸다.

두근거리는 가슴을 진정하고 나니까 고양이에 대한 내 오해가 하도 어처구니없어서 슬며시 웃음이 났다. 그까짓 먹고 남은 생선 뼈 따위 좀 챙겨 주고 나서 내가 녀석을 길들인 줄 알다니. 녀석은 챙겨 주는 것보다 스스로 쓰레기봉투를 뚫고 찾아내는 게 훨씬 스릴도 있고 보람도 있었을 것이다. 어쩌면 녀석이 나를 공격하려 했다는 것조차 오해일 수도 있었다. 나에 대한 녀석의 적의는 곧 저렇게 생긴 인간이라는 족속에게 길들여지면 절대로 안 돼, 라는 제 새끼들에 대한 강력한 경고가 아니었을까.

우리는 흔히 고양이는 은혜를 모르는 동물이라고 생각하며 길들이기를 꺼린다. 그게 인간들끼리 통하는 생각이라면 고양이들끼리 통하는 생각은 인간이라는 머리 검은 동물에게 길들여진다는 건 자유와 자존심을 담보로 해야 하는, 즉 죽느니만도 못한 짓이라는 것일지도 모르겠다.

˙환대하다 반갑게 맞아 정성껏 후하게 대접하다.
˙적의 적대하는 마음. 또는 해치려는 마음.

네가 누리는 축복을 세어 보라

장영희

　얼마 전 어느 잡지와 인터뷰를 했다. 최근 몇 년간 나에 대한 기사는 거의 암 환자 장영희, 투병하는 장영희에 국한되어 있어서 그냥 인간 장영희, 문학 선생 장영희에 초점을 맞춰 줄 것을 조건으로 인터뷰에 응했다. 나는 열심히 문학의 중요성, 신세대 대학생들의 경향 등등을 성의껏 말했다. 그런데 오늘 우송되어 온 잡지를 보니 기사 제목이 '신체장애로 천형(天刑) 같은 삶을 극복하고 일어선 이 시대 희망의 상징 장영희 교수'였다.

　'천형 같은 삶?' 그 기자의 의도와는 상관없이 난 심히 불쾌했다. 어떻게 감히 남의 삶을 '천형'이라고 부르는가. 맞다. 나는 1급 신체 장애인이고, 암 투병을 한다. 그렇지만 이제껏 한 번도 내 삶이 천형이라고 생각해 본 적은 없다. 사람들은 신체장애를

* 천형 하늘이 내리는 큰 벌.

갖고 살아간다는 건 너무나 끔찍하고 비참하리라고 생각하지만, 그렇지 않다. '이 없으면 잇몸으로 산다.'는 말이 있듯이 나름대로의 삶의 방식에 익숙해져 그런대로 큰 불편을 느끼지 않고 살아간다. 솔직히 난 늘 내 옆을 지키는 목발을 유심히 보거나 남들이 '장애인 교수' 운운할 때에야 '아 참, 내가 장애인이었지.' 하고 새삼 깨닫는다.

장애인이 '장애'인이 되는 것은 신체적 불편 때문이라기보다는 사회가 생산적 발전의 '장애'로 여겨 '장애인'으로 만들기 때문이다. 무언가를 못 해서가 아니라 못 하리라고 기대하기 때문에 그 기대에 부응해서 장애인이 되는 것이다. 하지만 그것은 단지 신체적 능력만을 능력으로 평가하는 비장애인들의 오만일지도 모른다.

서울 명혜학교 복도에는 윤석중* 씨가 쓴 다음과 같은 시가 걸려 있다.

사람 눈 밝으면 얼마나 밝으랴

사람 귀 밝으면 얼마나 밝으랴

산 너머 못 보기는 마찬가지

강 너머 못 듣기는 마찬가지

마음눈 밝으면 마음 귀 밝으면

어둠은 사라지고 새 세상 열리네

달리자 마음속 자유의 길

• 윤석중(1911∼2003) 아동문학가.

오르자 마음속 평화 동산

남 대신 아픔을 견디는 괴로움

남 대신 눈물을 흘리는 외로움

우리가 덜어 주자 그 괴로움

우리가 달래 주자 그 외로움

영어 속담에 "네가 누리는 축복을 세어 보라(Count your blessings)."라는 말이 있다. 누구의 삶에든 셀 수 없이 많은 축복이 있다는 사실을 전제하는 말이다. '천형'이라고 불리는 내 삶에도 축복은 있다.

첫째, 나는 인간이다. 개나 소, 말, 바퀴벌레, 엉겅퀴, 지렁이가 아니라 나는 인간이다. 지난주에 여섯 살짜리 조카와 함께 놀이공원에 갔는데 돈을 받고 아이들을 말에 태워 주는 곳이 있었다. 예닐곱 마리 말이 어린아이 하나씩을 등에 태우고 줄지어 원을 그리며 돌고 있었다. 말들은 목에 각기 '평야', '질주', '번개', '무지개', '바람' 등 무한한 자유를 의미하는 이름표를 달고 직경 5미터나 될까 말까 한 좁은 공간을 하루 종일 터벅터벅 돌고 있었다. 아, 그 초점 없고 슬픈 눈. 난 그때 내가 인간으로 태어난 축복에 새삼 감격하고 감사했다.

둘째, 내 주위에는 늘 좋은 사람들만 있다. 좋은 부모님과 많은 형제들 사이에서 태어난 축복은 말할 것도 없고, 내 주변은 늘 마음 따뜻한 사람들, 현명한 사람들, 재미있는 사람들로 가득하다. 이 세상에 태어나서 그들을 만난 것을 난 천운*이라고 생각한다.

셋째, 내게는 내가 사랑하는 일이 있다. 가치관의 차이겠지만, 난 대통령, 장관, 재벌 총수보다 선생이 훨씬 보람 있고 멋진 직업이라고 생각한다. 그것도 한국에서 손꼽히는 좋은 대학에서 똑똑한 우리 학생들을 가르칠 수 있는 게 천운이 아니고 무엇이겠는가.

넷째, 남이 가르치면 알아들을 줄 아는 머리와 남이 아파하면 같이 아파할 줄 아는 마음을 갖고 있다. 몸은 멀쩡하다손 쳐도 아무리 말해도 못 알아듣는 안하무인에, 남을 아프게 해 놓고 오히려 쾌감을 느끼는 이상한 사람들도 많은데, 나는 적어도 기본적 지력˙과 양심을 타고났으니, 그것도 이 시대에 천운이다.

그래서 나는 아름다운 사람들과, 함께 내가 좋아하는 일을 하며, 이 멋진 세상에서 하루하루 살아가는 축복을 누리며 살아간다. 얼마 전 다시 본 영화 「사운드 오브 뮤직(Sound of Music)」에서 대령과 사랑에 빠진 마리아가 「그 무언가 좋은 일(Something Good)」이라는 노래를 부르는 장면이 있었다.

"어린 시절 난 심술꾸러기였고, 내 청소년기는 힘들었는지 모르지만 이제 이렇게 사랑하는 당신이 거기에 서 있으니, 내가 과거에 그 무언가 좋은 일을 했음에 틀림없어요."

마리아의 논리로 따지면, 나도 이렇게 많은 축복을 누리고 살고 있으니 전생에 난 '그 무언가 좋은 일'만 많이 한 천사였음에 틀림없다. 아 참, 내가 누리는 축복 중에 아주 중요한 걸 하나

˙천운 하늘이 정한 운명.
˙지력 사물을 헤아리는 능력.

빠뜨렸다. 책은 아무나 내는 줄 아나? 이렇게 내 글을 읽어 주는 독자가 있어 책을 낼 수 있고 간간이 날 알아보는 독자가 "선생님 책을 읽고 힘을 얻었어요."라고 말해 주는 것은 내가 꿈도 못 꾸었던 기막힌 축복이다.

그러니 누가 뭐래도 내 삶은 '천형'은커녕 '천혜(天惠)'의 삶이다.

• 천혜 하늘이 베푼 은혜. 또는 자연의 은혜.

삶을 바꾼 만남

정민

절망의 시간에 만난 눈물겨운 제자, 황상

만남은 맛남이다. 누구든 일생에 잊을 수 없는 몇 번의 맛난 만남을 경험한다. 이 몇 번의 만남이 인생을 바꾸고 사람을 변화시킨다. 그 만남 이후로 나는 더 이상 예전의 나일 수가 없는 것이다. 어떤 사람은 그런 만남 앞에서도 길 가던 사람과 소매를 스치듯 그냥 지나쳐 버리고는 자꾸 딴 데만 기웃거린다. 물론 모든 만남이 맛난 것은 아니다. 만남이 맛있으려면 그에 걸맞은 마음가짐이 있어야 한다. 고장난명(孤掌難鳴)이라고, 외손뼉만으로는 소리를 짝짝 낼 수가 없다.

한 번의 만남으로 삶 자체가 달라지는 맛난 만남, 그런 만남

• 고장난명 외손뼉만으로는 소리가 울리지 아니한다는 뜻으로, 혼자의 힘만으로 어떤 일을 이루기 어려움을 이르는 말.

을 생각할 때면 떠오르는 얼굴이 있다. 다산 정약용과 그가 강진에서 유배 생활을 하던 시절 제자인 황상(黃裳)이다. 시골의 학구(學究)*에 불과했던 황상이 쓴 문집 『치원유고(梔園遺稿)』를 뒤적일 때마다 나는 시도 때도 없이 가슴이 뭉클해진다.

황상은 열다섯 살 나던 1802년 10월 다산을 처음 만났다. 당시 다산은 강진으로 귀양 와 있었다. 처음 강진에 도착했을 때 사람들이 모두 겁이 나 문을 꽁꽁 닫아걸고 받아 주려 하지 않아, 그는 하는 수 없이 동네 주막집 방 한 칸을 빌려 기식*하고 있었다.

아둔하고, 꽉 막히고, 융통성 없는 제자를 위한 가르침

황상은 강진 고을 아전*의 자식이었다. 서울에서 온 훌륭한 선생님이 아전의 아이들 몇을 가르친다는 말을 듣고 용기를 내어 주막집을 찾았다. 그렇게 며칠을 내처* 찾아가 쭈뼛쭈뼛 엉거주춤 글을 배웠다. 7일째 되던 날 다산은 수업을 마친 황상을 따로 불러 앉혀 놓고 말했다.

"공부를 열심히 해서 훌륭한 사람이 되어야지."

"하지만 선생님! 저는 머리도 나쁘고, 앞뒤가 꼭 막혔고, 분별력도 모자랍니다. 저도 공부할 수 있을까요?"

잔뜩 주눅 든 소년에게 다산은 기를 북돋워 준다.

• 학구 학문에만 열중하여 세상 물정을 모르는 사람을 비유적으로 이르는 말.
• 기식 남의 집에 붙어서 밥을 얻어먹고 지냄.
• 아전 조선 시대에, 중앙과 지방의 관아에 속한 벼슬아치.
• 내처 줄곧 한결같이.

"그럼 할 수 있고말고. 항상 문제는 제가 민첩하다고 생각하고, 총명하다고 생각하는 데서 생긴단다. 한 번만 보면 척척 외우는 아이들은 그 뜻을 깊이 음미할 줄 모르니 금세 잊고 말지. 제목만 주면 글을 지어 내는 사람들은 똑똑하다고는 할 수 있지만, 저도 모르게 경박하고* 들뜨게 되는 것이 문제다. 한마디만 던져 주면 금세 말귀를 알아듣는 사람들은 곱씹지 않으므로 깊이가 없지. 너처럼 둔한 아이가 꾸준히 노력한다면 얼마나 대단하겠니? 둔한 끝으로 구멍을 뚫기는 힘들어도 일단 뚫고 나면 웬만해서는 막히지 않는 큰 구멍이 뚫릴 거다. 꼭 막혔다가 뻥 뚫리면 거칠 것이 없겠지. 미욱한* 것을 닦고 또 닦으면 마침내 그 광채가 눈부시게 될 것이야. 그러자면 어떻게 해야 하겠니? 첫째도 부지런함이요, 둘째도 부지런함이며, 셋째도 부지런함이 있을 뿐이다. 너는 평생 '부지런함'이란 글자를 절대 잊지 말도록 해라. 어떻게 하면 부지런할 수 있을까? 네 마음을 다잡아서 딴 데로 달아나지 않도록 꼭 붙들어 매야지. 그렇게 할 수 있겠니?"

황상은 스승의 이 가르침을 평생을 두고 잊지 않았다.

어버이를 섬기는 마음으로 스승을 모시다

다산은 강진에서 19년에 걸친 긴 귀양살이를 마치고 서울로 올라갔다. 1818년 8월 그믐날, 다산은 강진을 떠나면서 제자들

• 경박하다 언행이 신중하지 못하고 가볍다.
• 미욱하다 하는 짓이나 됨됨이가 매우 어리석고 미련하다.

과의 작별이 못내 아쉬워 다신계(茶信契)를 결성했다. 그 후로도 제자들은 해마다 힘을 합쳐 차를 따서 서울에 계신 스승에게 부쳐 드리곤 했다. 하지만 스승을 잃은 다산초당(茶山草堂)*은 점차 황폐해져 갔던 듯하다. 황상은 스승의 체취가 못 견디게 그리우면 문득 다산초당을 찾아 한참을 머물다 가곤 했다. 이미 황폐해질 대로 황폐해진 초당의 옛터를 서성이며 스승이 손수 파서 새긴 정석(丁石)이란 두 글자를 어루만지다가, 스승이 일군 대숲과 연못을 보며 지난날의 맑은 풍정*을 그리워했다. 그러면서 스승이 계시던 옛터를 백 년도 지키지 못하는 자신의 무능을 서글퍼했다.

그러던 그가 다산이 강진을 떠난 18년 후 1836년 2월 무슨 느낌이 있었던지 두릉* 땅으로 다산을 찾아뵈었다. 스승 내외의 회혼례(回婚禮)*를 축하드리고, 살아 계실 때 한 번만이라도 얼굴을 뵙자는 생각이었다.

이때 다산은 병세가 위중해 잔치를 치를 수도 없는 상황이었다. 처음 만났을 때 열다섯 소년이었던 제자는 쉰을 눈앞에 둔 중늙은이가 되어 죽음을 앞둔 스승께 절을 올렸다. 곁에서 며칠 머물며 옛날이야기를 나누다 고향으로 돌아갈 것을 아뢰었을 때, 다산은 정신이 혼미한 중에도 그의 마디 굵은 손을 붙들고 작별을 아쉬워했다. 그냥 보내기 안타깝다며 접부채와 운서(韻

• 다산초당 다산이 1808년부터 유배 생활을 마칠 때까지 10여 년간 생활했던 곳으로, 이곳에서 『목민심서』 등을 저술하였다.
• 풍정 정서나 회포를 자아내는 풍치나 경치.
• 두릉(斗陵) 다산 정약용의 고향으로, 현재 경기도 남양주시 조안면 능내리 마현 마을.
• 회혼례 부부가 혼인하여 함께 맞이하는 예순 돌을 기념하는 잔치.

書)*, 피리와 먹을 선물로 주었다. 스승과 제자가 헤어지는 장면은 생각만 해도 그저 가슴이 먹먹해져 온다.

그렇게 헤어진 뒤 며칠이 안 되어 다산은 세상을 떴다. 황상은 도중에 스승의 부고*를 듣고, 그길로 되돌아와 스승의 영전*에 곡을 하고 상복을 입은 채로 고향으로 돌아갔다.

정황계를 맺은 뜻

황상은 스승의 10주기를 맞아 다시 두릉을 찾았다. 다산의 아들 정학연(丁學淵)은 10년 만에 기별도 없이 불쑥 나타난 황상을 보고 신을 거꾸로 신고 마당으로 뛰어 내려왔다. 황상은 이제 예순을 눈앞에 둔 늙은이였다. 꼬박 18일을 걸어와 스승의 묘 앞에 섰다. 검게 그을린 얼굴에 부르튼 발을 보고 학연은 아버지 제자의 손을 붙들고 감격해 울었다. 그의 손에는 그 옛날 스승이 주었던 부채가 들려 있었다.

아들은 아버지가 그립고 제자의 두터운 뜻이 고마워, 늙어 떨리는 손으로 아버지의 부채 위에 시를 써 주었다. 그러고는 정씨와 황 씨 두 집안 간에 계를 맺어, 이제부터 자손 대대로 오늘의 이 아름다운 만남을 기억할 것을 다짐했다. 그 「정황계안(丁黃契案)」은 황상의 문집에 실려 있다. 황상과 정학연, 정학유 형제의 아들과 손자의 이름과 자, 생년월일을 차례로 적은 뒤, 끝

• 운서 한자의 운을 분류하여 일정한 순서로 배열한 서적을 통틀어 이르는 말. 중국 수나라 때의 『절운』, 송나라의 『광운』, 원나라의 『운부군옥(韻府群玉)』 등이 있다.
• 부고 사람의 죽음을 알림. 또는 그런 글.
• 영전 신이나 죽은 사람의 영혼을 모셔 놓은 자리의 앞.

에다 이렇게 썼다.

이것은 우리 두 집안 노인의 성명과 자손의 이름을 적은 것이다. 정학연은 침침한 눈으로 천 리 먼 길에 써서 보낸다. 두 집안의 후손들은 대대로 신의를 맺고 우의를 다져 갈진저. 계를 맺은 문서를 제군들에게 돌리노니 삼가 잃어버리지 말라.

이해가 1848년이니 이때 정학연은 예순여섯, 황상은 예순하나였다. 그 옛날 더벅머리 소년에게 던져 준, 오로지 부지런하면 된다던 스승의 따스한 가르침은 이렇게 한 사람의 인생을 근본적으로 뒤바꾸어 놓았다.

통곡할 만한 자리*

박지원

7월 초8일 갑신일*

맑다.

정사(正使)*와 한 가마를 타고 삼류하(三流河)를 건너 냉정(冷井)에서 조반*을 먹었다. 십여 리를 가다가 산기슭 하나를 돌아 나가니 태복(泰卜)이란 놈이 갑자기 국궁(鞠躬)*을 하고는 말 머리로 쫓아와서 땅에 엎드리고 큰 소리로,

* 이 글(1780년 7월 초8일 일기)은 원문(『열하일기』 「도강록」)에는 제목이 없는데, 교과서에 실으면서 붙인 것이다. 미래엔 교과서에는 제목이 '통곡할 만한 자리'로, 금성 교과서에는 '아, 참 좋은 울음터로구나!'로 되어 있다.
* 갑신일 1780년(정조 4년) 7월 8일.
* 정사 사신 가운데 우두머리가 되는 사람 또는 그런 지위. 박지원의 팔촌 형인 박명원을 가리킴.
* 조반 아침 끼니를 먹기 전에 간단하게 먹는 음식.
* 국궁 윗사람 앞에서 존경하는 뜻으로 몸을 굽힘.

"백탑(白塔)이 현신°하였기에, 이에 아뢰나이다."

한다. 태복은 정 진사의 마두°이다.

산기슭이 가로막고 있어 백탑이 보이지 않기에 말을 급히 몰아 수십 보를 채 못 가서 겨우 산기슭을 벗어났는데, 안광°이 어질어질하더니 홀연히 검고 동그란 물체가 오르락내리락한다. 이제야 깨달았다. 사람이란 본래 의지하고 붙일 곳 없이 단지 하늘을 이고 땅을 밟고 이리저리 나다니는 존재라는 것을.

말을 세우고 사방을 둘러보다가 나도 모르게 손을 들어 이마에 얹고,

"한바탕 통곡하기 좋은 곳이로구나."

했더니 정 진사가,

"천지간에 이렇게 시야가 툭 터진 곳을 만나서는 별안간 통곡할 것을 생각하시니, 무슨 까닭입니까?"

하고 묻기에 나는,

"그렇긴 하나, 글쎄. 천고의 영웅들이 잘 울고, 미인들이 눈물을 많이 흘렸다고 하나, 기껏 소리 없는 눈물이 두어 줄기 옷깃에 굴러떨어진 정도에 불과하였지, 그 울음소리가 천지 사이에 울려 퍼지고 가득 차서 마치 악기에서 나오는 소리와 같다는 얘기는 들어 보지 못했네.

사람들은 단지 인간의 칠정(七情) 중에서 오로지 슬픔만이 울

• 백탑 중국 요나라와 금나라의 전탑(塼塔)을 이르는 말.
• 현신 다른 사람에게 자신을 보임.
• 마두 역마(驛馬)에 관한 일을 맡아보던 사람.
• 안광 눈의 정기.

음을 유발한다고 알고 있지, 칠정이 모두 울음을 자아내는 줄은 모르고 있네. 기쁨이 극에 달하면 울음이 날 만하고, 분노가 극에 치밀면 울음이 날 만하며, 즐거움이 극에 이르면 울음이 날 만하고, 사랑이 극에 달하면 울음이 날 만하며, 미움이 극에 달하면 울음이 날 만하며, 욕심이 극에 달해도 울음이 날 만한 걸세. 막히고 억눌린 마음을 시원하게 풀어 버리는 데에는 소리를 지르는 것보다 더 빠른 방법이 없네.

통곡 소리는 천지간에 우레와 같아 지극한 감정에서 터져 나오고, 터져 나온 소리는 사리˙에 절실한 것이니 웃음소리와 뭐가 다르겠는가? 사람들이 태어나서 사정이나 형편이 이런 지극한 경우를 겪어 보지 못하고 칠정을 교묘하게 배치하여 슬픔에서 울음이 나온다고 짝을 맞추어 놓았다네. 그리하여 초상이 나서야 비로소 억지로 '아이고' 하는 등의 소리를 질러 대지.

그러나 정말 칠정에서 느껴서 나오는 지극하고 진실한 통곡 소리는 천지 사이에 억누르고 참고 억제하여 감히 아무 장소에서나 터져 나오지 못하는 법이네. 한나라 때 가의(賈誼)˙는 적당한 통곡의 자리를 얻지 못해 울음을 참다가 견뎌 내지 못하고 갑자기 한나라 궁실인 선실(宣室)을 향해 한바탕 길게 울부짖었으니, 어찌 사람들이 놀라고 괴이하게 여기지 않을 수 있겠는가?"

하니 정 진사는,

˙ 사리 일의 이치.
˙ 가의 전한(前漢)의 정치가이며 문인. 당시의 정세를 분석하여 통곡할 일과 눈물지을 일, 한숨 쉴 일 등을 조목조목 따져서 올린 상소문이 전함.

"지금 여기 울기 좋은 장소가 저토록 넓으니, 나 또한 그대를 좇아 한바탕 울어야 마땅하겠는데, 칠정 가운데 어느 정에 감동받아 울어야 할지 모르겠습니다."

하기에 나는,

"그건 갓난아이에게 물어보시게. 갓난아이가 처음 태어나 칠정 중 어느 정에 감동하여 우는지? 갓난아이는 태어나 처음으로 해와 달을 보고, 그다음에 부모와 앞에 꽉 찬 친척들을 보고 즐거워하고 기뻐하지 않을 수 없을 것이네. 이런 기쁨과 즐거움은 늙을 때까지 두 번 다시 없을 터이니, 슬퍼하거나 화를 낼 이치가 없을 것이고 응당 즐거워하고 웃어야 할 것이 아닌가. 그런데도 도리어 한없이 울어 대고 분노와 한이 가슴에 꽉 찬 듯이 행동을 한단 말이야. 이를 두고, 신성하게 태어나거나 어리석고 평범하게 태어나거나 간에 사람은 모두 죽게 되어 있고, 살아서는 허물과 걱정 근심을 백방으로 겪게 되므로, 갓난아이는 자신이 태어난 것을 후회하여 먼저 울어서 자신을 위로하는 것이라고 한다면, 이는 갓난아이의 본마음을 참으로 이해하지 못해서 하는 말이네.

갓난아이가 어머니 태중[•]에 있을 때 캄캄하고 막히고 좁은 곳에서 웅크리고 부대끼다가 갑자기 넓은 곳으로 빠져나와 손과 발을 펴서 기지개를 켜고 마음과 생각이 확 트이게 되니, 어찌 참소리를 질러 억눌렸던 정을 다 크게 씻어 내지 않을 수 있겠는가!

• 태중 아이를 배고 있는 동안.

그러므로 갓난아이의 거짓과 조작이 없는 참소리를 응당 본받는다면, 금강산 비로봉에 올라 동해를 바라봄에 한바탕 울 적당한 장소가 될 것이고, 황해도 장연(長淵)의 금모래 사장에 가도 한바탕 울 장소가 될 것이네. 지금 요동 들판에 임해서 여기부터 산해관(山海關)까지 일천이백 리가 도무지 사방에 한 점의 산이라고는 없이, 하늘 끝과 땅끝이 마치 아교로 붙인 듯, 실로 꿰맨 듯하고 고금의 비와 구름만이 창창하니, 여기가 바로 한바탕 울어 볼 장소가 아니겠는가?”

　한낮에는 매우 더웠다. 말을 달려 고려총(高麗叢), 아미장(阿彌庄)을 지나서 길을 나누어 갔다. 나는 주부˙ 조달동, 변군, 박래원, 정 진사, 겸인(傔人)˙ 이학령과 함께 옛 요동으로 들어갔다. 번화하고 풍부하기는 봉성의 열 배쯤 되니 따로 요동 여행기를 써 놓았다. 서문을 나서서 백탑을 구경하니 그 제조의 공교하고˙ 화려하며 웅장함이 가히 요동 벌판과 맞먹을 만하다. 따로 백탑에 대해 적은 「백탑기(白塔記)」가 뒤편에 있다.

　(하략)

• 주부 조선 시대에, 각 아문의 문서와 부적(符籍)을 주관하던 종6품 벼슬.
• 겸인 청지기. 양반집에서 집일을 맡아보거나 시중을 들던 사람.
• 공교하다 솜씨가 재치 있고 교묘하다.

원이 아버지께 올리는 편지

이응태의 부인

당신 늘 나에게 말하기를 둘이 머리가 세도록 살다가 함께 죽자고 하시더니, 그런데 어찌하여 나를 두고 당신 먼저 가셨나요? 나와 자식은 누가 시킨 말을 들으며, 어떻게 살라고 다 던져 버리고 당신 먼저 가셨나요? 당신은 날 향해 마음을 어떻게 가졌으며 나는 당신 향해 마음을 어떻게 가졌던가요?

나는 당신에게 늘 말하기를, 한데 누워서, "여보, 남도 우리같이 서로 어여삐 여겨 사랑할까요? 남도 우리 같을까요?"라고 당신에게 말하였더니, 어찌 그런 일을 생각지 않고 나를 버리고 먼저 가시나요? 당신을 여의고 아무래도 난 살 힘이 없으니 빨리 당신에게 가려 하니 나를 데려가세요. 당신을 향한 마음은 이승에서 잊을 수가 없으며, 아무래도 서러운 뜻이 끝이 없으니 이내 마음은 어디에다 두고, 자식 데리고 당신을 그리워하며 어찌 살 수 있을까 생각합니다.

이내 편지 보시고 내 꿈에 와 자세히 말해 주세요. 꿈속에서 이 편지 보신 말 자세히 듣고 싶어 이렇게 써서 넣습니다. 자세히 보시고 내게 일러 주세요.

당신이 내가 밴 자식 나거든 보고 살 일 하고 그리 가시되, 그 밴 자식 나거든 누구를 아버지라 부르게 하시나요? 아무래도 내 마음 같을까요? 이런 천지가 아득한˙ 일이 하늘 아래 또 있을까요? 당신은 한갓˙ 그곳에 가 있을 뿐이니 아무래도 내 마음 같이 서러울까요? 한도 없고 끝이 없어 다 못 쓰고 대강만 적습니다. 이 편지를 자세히 보시고 제 꿈에 와서 보이고 자세히 말해 주세요. 저는 꿈에서 당신 볼 것을 믿고 있어요. 한꺼번에 와서 보여 주세요. 사연이 너무 한이 없어 이만 적습니다.

병술 유월 초하룻날 집에서 아내가

˙아득한 어떻게 하면 좋을지 몰라 막막한.
˙한갓 고작하여야 다른 것 없이 겨우.

1 셋째 마당의 글에서 주요 제재를 찾고, 그를 통해 성찰한 내용을 정리해 봅시다.

	주요 제재	성찰한 내용
오해		
네가 누리는 축복을 세어 보라		
삶을 바꾼 만남	삶을 바꾼 스승과의 만남	
통곡할 만한 자리		
원이 아버지께 올리는 편지		

2 다음의 수필에서 글쓴이가 경험을 통해 성찰한 내용이 무엇인지 이야기해 보고, 평소 자신의 생활 속에서 삶을 성찰해 본 경험을 글로 표현해 봅시다.

> 좌우봉원(左右逢源)이라는 말이 있다. 그러니까 주변에서 맞닥뜨리는 사물과 현상을 잘 헤아리면 근원과 만나게 된다는 뜻이다. 일상의 모든 것이 공부의 원천이라는 의미로도 풀이된다.
>
> 얼마 전 5호선 공덕역에서 생각지도 않은 깨달음을 얻었다. 사소한 장면 하나가 내 마음에 훅 하고 들어왔다. 퇴근 시간, 콩나물시루 같은 전동차에 가까스로 몸을 밀어 넣었다. '혹시나 했는데 역시나'였다. 빈 자리가 없었다. 승객들을 둘러봤다. 절반은 고개를 푹 숙인 채 뭔가를 들여다보고 있었고, 어떤 이들은 전화를 걸거나 동승한 사람과 와자지껄 이야기꽃을 피우고 있었다.
>
> 경로석에 앉은 노부부의 모습이 눈에 들어왔다. 백발이 성성한 할아

버지가 할머니 옆에서 휴대폰으로 뉴스를 보고 있었는데 제법 시끄러웠다. 게다가 어르신은 뉴스 한 꼭지가 끝날 때마다 "어허", "이런" 등의 추임새를 꽤 격렬하게 넣었다. 휴대폰에서 흘러나오는 앵커 멘트와 어르신의 목소리가 객차를 점령하다시피 했다.

그 모습을 지켜보던 할머니가 할아버지의 손등에 살포시 손을 얹으며 말했다.

"여보, 사람들 많으니까 이어폰 끼고 보세요."

그러자 할아버지는 "아, 맞다. 알았어요. 당신 말 들을게요."라고 대답했다 그리고는 주머니에서 주섬주섬 이어폰을 꺼내더니 보일 듯 말 듯 한 엷은 미소를 지으며 천천히 귀에 꽂았다. 일련의 동작이 마지못해 하는 행동은 아닌 듯했다.

그 모습을 보는 순간 "당신 말 들을게요."라는 어르신의 한마디가 내 귀에는 "여전히 당신을 사랑하오."라는 문장으로 들렸다.

흔히들 말한다. 상대가 원하는 걸 해 주는 것이 사랑이라고. 하지만 그건 작은 사랑인지도 모른다. 상대가 싫어하는 걸 하지 않는 것이야말로 큰 사랑이 아닐까.

사랑의 본질이 그렇다. 사랑은 함부로 변명하지 않는다.

사랑은 순간의 상황을 모면하기 위해 이리저리 돌려 말하거나 방패막이가 될 만한 부차적인 이유를 내세우지 않는다. 사랑은, 핑계를 댈 시간에 둘 사이를 가로막는 문턱을 넘어가며 서로에게 향한다.

—이기주 「사랑은 변명하지 않는다」, 『언어의 온도』, 말글터 2016, 23~25면

배고파하며 우리 집 앞 쓰레기봉투를 뒤지고 있는 주인 없는 고양이(일명 도둑고양이)를 만나게 된다면 여러분은 어떻게 할까요? 「오해」는 쓰레기봉투를 훼손한 도둑고양이를 살뜰히 챙겨 주다가 생긴 '오해'에 대한 이야기입니다. 종종 먹을 것을 챙겨 주었기에, 해산 후 나들이 나온 고양이 가족에게 살가운 반가움을 표현하려 했건만. 오히려 돌아온 것은 강한 적의의 표현이라니? 글쓴이는 순간 당황했지만 곧 깨닫습니다. 고양이에게 그까짓 먹을거리 좀 챙겨 주고 나서 길들인 줄 착각했던 자신의 오해를 말입니다. 상대의 의중을 이해하지 못한 행동은 종종 이런 오해를 불러옵니다. 그래서 끊임없이 소통하고 교감하려는 노력이 필요한 것이겠지요.

사람들은 종종 장애를 가진 사람이 아무것도 하지 못할 것이라 생각하며 연민과 동정의 시선을 보내는 때가 있습니다. 「네가 누리는 축복을 세어 보라」는 그러한 시선을 가진 사람들에게 부드럽지만 따끔한 충고와 같은 글입니다. 글쓴이는 이러한 시선이 단지 신체적 능력만을 능력의 전부로 평가하는 비장애인들의 오만일지도 모른다고 말합니다. 글쓴이는 누구의 삶에든 셀 수 없이 많은 축복이 있다는 사실을 말하며 장애인도 마찬가지라고 말합니다. 그리고 글쓴이가 누리고 있는 축복을 하나하나 일러 줍니다. 이 글을 읽어 보며 우리가 가지고 있는 편견의 벽이 오히려 차별의 벽을 만들어 내고 있는 것은 아닌지 성찰의 시간을 가져 보기 바랍니다.

인생을 살아가며 훌륭한 스승을 만나는 것만큼 중요한 일은 없을 겁니다. 「삶을 바꾼 만남」은 신분도 낮고 자신감이 없던 황상이 다산이라는 스승을 만나 참된 공부의 의미를 깨닫고 평생 스승의 가르침을 실천하는 이야기입니다. 스승은 부족한 제자의 기를 북돋워 주며 '부지런함'을 마음에 붙들어 매라는 가르침을 줍니다. 제자는 그런 스승의 가르침에 감사하며 어버이처럼 평생 섬기었고, 돌아가신 후에도 대를 이어 아름다운 만남을 이어 갑니다. 이처럼 서로에게 긍정적인 영향을 주고받은 다산과 황상은 바람직한 스승과 제자의 모습이 무엇인지 생각해 보게 합니다.

여러분은 최근에 언제 소리를 내어 울어 보았나요? 「통곡할 만한 자리」는 연암 박지원이 청나라를 여행하며 요동 지방의 넓게 펼쳐진 벌판을 보고 '울음'에 대해 이야기한 글입니다. 우리는 '울음'이라고 하면 먼저 슬픔을 떠올립니다. 하지만 연암은 이러한 일반적인 생각을 뒤집습니다. 그는 갓난아기가 세상에 태어나 처음 터뜨리는 울음을 떠올리며, 자신 또한 좁은 조선 땅을 벗어나 광활하게 탁 트인 벌판을 마주하고 느낀 벅찬 감동을 울음으로 표현한 것입니다. 이처럼 연암은 독특하고 창의적인 발상을 통해 자신만의 시각으로 세상의 이치를 발견해 내는 사람이었습니다.

세상에서 가장 슬픈 이별은 같은 하늘 아래 살고 있다는 작은 기대조차 할 수 없는 사별(死別)일 겁니다. 「원이 아버지께 올리는 편지」는 31세라는 짧은 생을 살다 떠난 남편과 이별하게 된 아내가 장례 직전 비통한 심정과 그리움을 담아 쓴 짧은 편지입니다. 비록 급하게 쓴 짧은 편지글이지만 편지를 읽고 꿈에 와서 답해 달라고 할 정도로 남편에 대한 절절한 그리움과 사랑이 담겨 있습니다. 이 편지는 1998년 택지 개발 현장에서 무덤을 이장하는 과정에 발견되었는데, 남편을 잃은 비통한 심정과 그리움이 400여 년의 세월을 건너뛰어 오늘날까지도 절절히 전해지는 것 같습니다.

한 그루 나무처럼

윤대녕

　북한산 근처로 이사를 와서 주말마다 산행을 한 지 2년 반쯤 되었다. 동행할 사람을 찾기 힘들어 대개는 혼자 산에 오른다. 처음엔 적적한 감이 없지 않았으나 그럭저럭 습관이 되니 오히려 생각할 시간도 많아지고 몸과 마음이 더욱 맑아지는 느낌을 받는다. 말을 주고받을 상대가 없으므로 무엇보다 사물의 미세한 변화가 눈에 잘 들어온다. 계곡 물가나 약수터에 앉아 보내는 혼자만의 시간도 이제는 더할 나위 없이 소중하고 충만하게 다가온다.

　지금 내가 살고 있는 정릉에서 일선사(一禪寺) 방향으로 올라가다 보면 두 개의 약수터가 있다. 일선사는 옛날에 시인 고은 선생이 잠시 머물렀던 곳으로 경내에 서면 성북구가 한눈에 내려다보인다. 올봄부터 나는 계속 이쪽 코스를 다녔는데 늘 두 번째 약수터에서 잠시 숨을 고른 다음 내처 오르곤 했다.

그런데 어느 날 약수터 옆에 서 있는 참나무 한 그루가 내 눈에 들어왔다. 인연이란 참으로 묘하디묘한 것이어서 하필이면 나무에 박혀 있는 녹슨 대못이 먼저 눈에 보였다. 오래전에 누군가 바가지를 걸어 놓기 위해 박아 놓은 것 같았다. 손으로는 빼낼 재간이 없어 그대로 내려왔는데 두고두고 그 대못이 가슴에 남았다.

그다음 주말에 나는 배낭에 장도리를 챙겨 넣고 약수터로 올라갔다. 녹슨 못을 빼내고 나니 마음이 그렇게 후련할 수가 없었다. 그 나무와의 인연은 그렇게 시작됐다. 바야흐로 4월이 되면서 참나무는 연둣빛의 아름다운 잎을 가지마다 무성하게 토해 내고 있었다. 그 후로 나는 그 참나무를 보기 위해, 아니 보고 싶어 산에 오르는 기분이 들었다. 괜히 마음이 심산스러울* 때, 남에게 무심코 아픈 말을 내뱉고 후회할 때, 또한 이유 없는 공허함에 사로잡힐 때면 나는 그 나무를 보러 올라가곤 했다. 나무는 언제나 그 자리에 서 있었고 내게 시원한 그늘을 내주며 때로는 미소를 짓거나 무어라 말을 건네 오는 것 같았다. 네가 그 못을 빼 주지 않았더라면 나는 계속 옆구리가 아팠을 거야. 혹은 내게 위로의 말을 전해 주기도 했다. 힘든 때일수록 한결같은 마음을 갖도록 노력해 봐. 나는 그 나무 아래 앉아 커피를 마시며 책을 읽거나 사과나 김밥을 먹기도 했다. 여름 한철을 나는 주말마다 새로 사귄 친구를 만나러 가듯 그렇게 설레는 마음을 안고 산으로 올라갔다.

* 심산하다 심란하다. 마음이 어수선하다.

우리의 옛 신화를 보면 '우주 나무'라는 게 있다. 지상과 천상을 이어 주는 나무로 아직도 시골에 가면 커다란 느티나무에 오색 천이 감겨 있는 것을 흔히 볼 수 있다. 우리네 민간 신앙으로 우주 나무는 사람의 염원을 하늘에 전달해 주는 역할을 한다. 이를테면 나는 평범하기 짝이 없는 참나무를 나의 우주 나무로 삼게 된 셈이었다.

가을이 시작될 무렵 지방에 살고 계신 어머니가 몸이 편찮으시다는 연락을 받았다. 곧장 내려가 볼 수 없었던 나는 마음을 달래려 저녁 무렵 산으로 올라갔다. 그리고 나무를 올려다보며 어머니의 건강을 빌었다. 모든 사물에 영혼이 깃들어 있다는 말을 이제 나는 믿는다. 또한 간절하게 원하면 누군가 도와준다는 말도 믿게 되었다. 내가 지방에 다녀오고 나서 얼마 후에 어머니는 가까스로 건강을 되찾았다.

지난 주말에도 나는 산에 다녀왔다. 눈이 내린 날이었다. 불과 일주일 만에 약수터의 참나무는 제 스스로 모든 잎을 떨군 채 찬바람 속에 무연히˚ 서 있었다. 그리고 침묵의 시간으로 돌아간 듯 더 이상 말이 없었다. 나는 내가 못을 빼냈던 자리를 찾아보았다. 상처는 아직도 완전히 아물지 않은 상태였다.

그 헐벗은 나무를 보며 나는 생각했다. 그동안 나는 사소한 일에도 얼마나 자주 마음이 흔들렸던가. 또 어쩌다 상처를 받게 되면 얼마나 많은 원망의 시간을 보냈던가. 그리고 나는 길을 잃은 사람이 다시 찾아올 수 있도록 변함없이 그 자리에 서 있

• 무연히 허탈해하거나 멍한 상태로.

었던 적이 있었던가. 그렇게 말없이 기다림을 실천한 적이 있었
던가.

　이제부터는 한 그루 나무처럼 살고 싶다. 자기 자리에 굳건히
뿌리를 내리고 세월이 가져다주는 변화를 조용히 받아들이며
가끔은 누군가 찾아와 기대고 쉴 수 있는 사람이 되었으면 싶
다. 겉모습은 어쩔 수 없이 변하더라도 속마음은 변하지 않는
사람이 되고 싶다. 한 그루 나무처럼 말이다.

우리는 어디로부터 왔는가

최인호

　오래전 봄날, 정원에 앉아 있다가 장미 나무 그늘 아래에서 무엇인가 팔짝팔짝 뛰어 깜짝 놀라 살펴보니 아주 작은 청개구리 한 마리였다. 이 도시의 정원에 청개구리 새끼라니, 깜짝 놀라서 눈을 비비고 개구리를 다시 보니 벌써 어디론가 사라지고 없어 내가 잘못 보았던가 까마득히 잊어버리고 있었다.

　그런데 그해 초여름 잔디를 깎다가 뭔가 팔짝팔짝 뛰면서 영산홍 나뭇가지 사이로 숨어 버리는 물건이 있어 재빨리 뛰어 달려가 바라보니 어린아이 주먹만 한 개구리 한 마리였다. 개구리는 그늘진 나무숲 사이에 숨어 가만히 앉아 있었으므로 나는 비로소 찬찬히 살펴볼 수 있었다.

　지난봄 잘못 보았다고 생각했던 그 청개구리가 자라서 어른 개구리가 되었는가 살펴보았더니 청개구리는 아니고 그냥 평범한 흑갈색 개구리였다. 도대체 이 개구리 한 마리가 어디서 찾아왔는가. 나는 신기해서 한참을 쳐다보았다. 우리 정원 잔디밭에 개구리 한 마리가 살고 있다는 소문은 여기저기 퍼져서 아내가 어느 날 내게 이렇게 말했다.

"우리 집 정원에 개구리가 있어요, 여보."

아들 녀석도 어느 날 잔디밭에 나갔다가 맨발로 뛰어와서 소리쳐 말했다.

"개구리다, 개구리! 우리 집에 개구리 한 마리가 살고 있다!"

맨발로 뛰어오는 아들 녀석의 기쁜 표정은 마치 우리 집 정원에서 유전이 발견되었다는 기쁨보다 훨씬 더 강렬한 것이었다.

아들의 표현대로 우리 집 마당에 개구리 한 마리가 숨어 살고 있었다. 그는 도대체 어디서 왔을까. 이 도시의 한복판 정원 속에서 어떻게 잉태되고 어떻게 태어났음일까.

정원에 나갈 때마다 우리는 그 영산홍 나뭇가지 아래의 숲 속을 한참 들여다보곤 했다. 행여 그 나뭇가지 그늘 어디엔가 개구리가 숨어 있다 인기척에 놀라 팔짝 뛰어오르기라도 하면 우리는 우리의 정원이 우리와 함께 살아 생명력을 지니고 숨 쉬고 있는 것 같은 기쁨으로 소리를 지르곤 했다.

"개구리다, 개구리. 개구리가 나타났다. 개구리가 나타났어."

가족 중의 하나가 소리 지르면 우리는 하던 일을 멈추고 모두 맨발로 달려가 개구리를 우리 가족의 한 사람인 것처럼 기뻐 쳐다보고 손뼉을 치며 반가워했다.

정원에서 살고 있는 것은 개구리뿐만이 아니다. 한낮에 잔디밭을 걸어가면 이따금 풀 사이에서 날개를 접고 잠자던 나방들이 놀라서 푸드덕 날아오르곤 하는데, 이 나방들을 먹기 위해서 하루에도 수백 마리가 넘는 참새들이 날아오곤 했다. 아침잠이 많은 나는 으레 새벽이면 떼 지어 지저귀는 참새 떼의 재잘거리는 울음소리에 눈을 뜨곤 했다.

도대체 저 참새 떼가 뭐 먹을 것이 있어 정원의 나뭇가지로 날아오고 저렇게 시끄럽게 잔디밭 위에 뛰노는가 궁금해서 오랫동안 살펴보았더니 참새들은 잔디밭 위를 뒤져, 한밤중을 날아다니다가 피곤하여 지쳐 풀섶˚에 잠든 나방들을 사냥하여 사이좋게 나눠 먹고 있음을 알 수 있었다.

이 황량한 도시의 어느 곳에서 저렇게 많은 새가 알로 태어나고, 부화하고, 새끼가 되어 자라나, 저렇게 날아다니면서 노래를 부르고, 사이좋게 먹이를 나눠 먹고 있음일까. 아침마다 날아오는 새들이 고마워서 나는 일간˚ 나무로 만든 새집을 하나 사다가 나뭇가지 위에 걸어 줄 생각을 했다.

정원에 날아드는 새는 참새들뿐 아니라 이름도 모르는 새들도 꽤 많이 있어 그들의 노랫소리도 제각각이고 그들의 모습도 제각각이어서 새집을 사다가 나무 위에 걸어 두면 분명히 집 새 한 마리쯤은 그 안에 들어가 알을 낳고 살림을 차릴 것이다. 나는 그 새에게 전셋돈도 받지 않고 무상으로 호화 주택을 분양해 줄 생각이다.

살아 있는 것이 어디 새와 개구리와 나방 같은 동물뿐이랴. 살아 숨 쉬는 것은 그 밖에도 많이 있다.

˚풀섶 '풀숲'의 방언. 풀이 무성한 수풀.
˚일간 가까운 며칠 안에.

1384년에 태어나 1481년에 죽은 일본의 선승(禪僧)˙ 잇큐(一休)는 일본 황실의 피를 받은 황자(皇子)˙ 였지만 왕비의 질투로 궁에서 물러나 20세에 승려가 되었다. 26세에 까마귀 울음소리를 듣고 깨달음을 얻었던 그는 평생 일본 최고의 선시(禪詩)˙ 들을 150여 편 써 남겼는데 그의 시 중에 다음과 같은 절창이 있다.

　　벗나무 가지를
　　부러뜨려 봐도
　　그 속엔 벗꽃이 없네.
　　그러나 보라. 봄이 되면
　　얼마나 많은
　　벗꽃이 피는가.

　정원에는 돌아가면서 아주 작은 나무들이 심겨 있었다. 새 집을 지어 이사했기 때문에 정원에는 아주 어린 나무들이 심겨 있는데 이 모든 나무와 꽃들이 우리 가족들과 더불어 살아 숨 쉬고 있는 셈이다.

　먼젓번 살던 집에서 모과나무 한 그루를 캐다가 이식한˙ 것이 가장 큰 나무이고 보면 우리 집 정원은 어린나무들의 유치원인 셈이다. 그런데도 감나무는 감나무대로 잎을 피우고 대추나무

* 선승 선종의 승려. 참선하는 승려.
* 황자 황제의 아들.
* 선시 모든 형식이나 격식을 벗어나 궁극의 깨달음을 추구하는 불교 시.
* 이식하다 옮겨심기하다.

는 그것대로 싹이 자란다. 한 해 터울로 열매를 많이 맺고 적게 맺곤 하던 모과나무가 일 년 전에 네 개의 열매를 맺었으니 그 해에는 열매가 많이 열릴 것이라 기대를 해도 이식하여 옮긴 첫해라, 나무도 몸살을 한다던데 제대로 열매를 맺을까 염려했지만 다닥다닥 가지마다 새파란 모과 열매가 무수히 맺혀 있었다.

잇큐의 시처럼 그 한겨울에 저 혼자만 우리 식구와 함께 이사 와서 덩그러니 한설˚ 몰아치는 정원에 홀로 서 있던 모과나무가 혹시 죽지 않을까 나는 몇 번이고 모과나무 가지를 부러뜨려 보기도 했다. 정원사의 말인즉, 한겨울에 옮겨 심은 나무는 살 가능성 반, 죽을 가능성 반이라던데 더욱이 보일러 기름을 넣을 때 기름이 넘쳐 나무뿌리 부분을 적셨으니 죽을 가능성이 더 크다고 하여 나는 가슴도 아프고 슬퍼서 행여 그 나무가 죽어 버릴까 자주자주 나뭇가지를 부러뜨려 보았다. 정원사는, 살 나무는 봄이 되어 가지를 부러뜨려 보면 그 안에 새파란 수액˚이 흐르고 물기로 촉촉이 젖어 있다는 것이었다.

조급한 성격의 나는 하루에 한 번쯤은 나무껍질을 손톱으로 긁어 보고 나뭇가지를 부러뜨려 보기도 했는데, 그러나 그 가지 속에는 잇큐의 시처럼 아무것도 보이지 않았다. 그러나 보라. 때가 되어 봄이 되자 모과나무에는 연분홍 수줍은 꽃들이 일제히 피어나더니 잎새도 눈부시게 피어나고, 그 꽃잎마다 알 수 없는 곳에서 날아온 벌들과 나비들이 꽃가루를 모아 열매를 맺

˚한설 차가운 눈.
˚수액 땅속에서 나무의 줄기를 통하여 잎으로 올라가는 액.

게 하더니 저리도 많은 모과가 열리게 하였다. 이 얼마나 놀라운 일인가. 이 황량한 도시의 어느 곳에서 벌들은 날아오고, 이 도시의 어느 곳에서 나비가 살아 날아다니고 있는가.

어디서 불어와서 어디로 불어 가는지 알 수 없는 바람도 그냥 제멋대로 불어 가는 것은 아니어서 화분(花粉)* 들도 함께 실어 날라 꽃사과의 꽃잎을 떨어뜨리더니, 어느새 저희끼리 짝짓고 저희끼리 신방을 차리고 임신케 하여 어느 날 갑자기 나무 가지 가지마다 꽃사과의 열매들이 주렁주렁 매달리게 했다.

잇큐의 시처럼 감나무의 가지를 부러뜨려 봐도 감은 보이지 않고 대추나무의 가지를 부러뜨려 봐도 대추는 보이지 않는다. 그런데도 이제 가을이 오면 감나무에는 감이 주저리주저리 열리고, 대추나무에는 대추가 주저리주저리 열릴 것이다.

그들을 위해 내가 따로 할 일은 없다. 그저 내버려 두면 그뿐인 것이다. 태양은 제가 알아서 알맞게 온도를 재어 열매를 숙성시킬 것이며 때맞춰 내리는 빗물은 저희끼리 알아서 그들의 갈증을 채워 주고 메마른 나무의 뿌리를 적셔 줄 것이다.

모과나무에서는 노오란 모과들이 알알이 열매 맺어 향기를 피울 것이고 나무 그늘 속에 숨어 살던 개구리가 만약 우리 집 식구의 희망 사항처럼 죽지 않고 그때까지 살아 있다면 아마도 우리 집 땅속을 파고 들어가 그 속에서 기나긴 겨울잠을 잘 것이다.

---

* 화분 종자식물의 수술의 화분낭 속에 들어 있는 꽃의 가루. 바람, 물, 곤충 따위를 매개로 암술머리에 운반된다.

이 모든 것이 흙 한 줌에서부터 나오는 것이니 아아, 흙이란 얼마나 신비한 것인가. 잇큐의 시처럼, 그대 나아가 뜨락의 흙 한 줌을 떠서 가만히 들여다보라. 그 흙 한 줌 속에서 나무가 자라고, 꽃이 피어나고, 풀이 우거지고, 개구리가 태어난다.

그 흙 한 줌 속에서 감이 열리고, 대추가 매달린다. 우리의 육체도 그 흙 한 줌에서 비롯되어 태어난 것이니, 아아, 우리는 누구인가. 그리고 어디로부터 와서 어디로 가고 있음인가.

당신이 나무를 더 사랑하는 까닭
─소광리 소나무 숲

신영복

오늘은 당신이 가르쳐 준 태백산맥 속의 소광리 소나무 숲에서 이 엽서를 띄웁니다. 아침 햇살에 빛나는 소나무 숲에 들어서니 당신이 사람보다 나무를 더 사랑하는 까닭을 알 것 같습니다. 200년, 300년, 더러는 500년의 풍상(風霜)을 겪은 소나무들이 골짜기에 가득합니다. 그 긴 세월을 온전히 바위 위에서 버티어 온 것에 이르러서는 차라리 경이였습니다. 바쁘게 뛰어다니는 우리들과는 달리 오직 '신발 한 켤레의 토지'에 서서 이처럼 우람할 수 있다는 것이 충격이고 경이였습니다. 생각하면 소나무보다 훨씬 더 많은 것을 소비하면서도 무엇 하나 변변히 이루어 내지 못하고 있는 나에게 소광리의 솔숲은 마치 회초리를

* 풍상 바람과 서리를 아울러 이르는 말. 많이 겪은 세상의 어려움과 고생을 비유적으로 이르는 말.

들고 기다리는 엄한 스승 같았습니다.

어젯밤 별 한 개 쳐다볼 때마다 100원씩 내라던 당신의 말이 생각납니다. 오늘은 소나무 한 그루 만져 볼 때마다 돈을 내야겠지요. 사실 서울에서는 그보다 못한 것을 그보다 비싼 값을 치르며 살아가고 있다는 생각이 듭니다. 언젠가 경복궁 복원 공사 현장에 가 본 적이 있습니다. 일제가 파괴하고 변형시킨 조선 정궁의 기본 궁제(宮制)*를 되찾는 일이 당연하다고 생각하였습니다. 그러나 막상 오늘 이곳 소광리 소나무 숲에 와서는 그러한 생각을 반성하게 됩니다. 경복궁의 복원에 소요되는 나무가 원목으로 200만 재, 11톤 트럭으로 500대라는 엄청난 양이라고 합니다. 소나무가 없어져 가고 있는 지금에 와서도 기어이 소나무로 복원한다는 것이 무리한 고집이라고 생각됩니다. 수많은 소나무들이 베어져 눕혀진 광경이라니 감히 상상할 수가 없습니다. 그것은 이를테면 고난에 찬 몇백만 년의 세월을 잘라 내는 것이나 마찬가지입니다.

우리가 생각 없이 잘라 내고 있는 것이 어찌 소나무만이겠습니까. 없어도 되는 물건을 만들기 위하여 없어서는 안 될 것들을 마구 잘라 내고 있는가 하면 아예 사람을 잘라 내는 일마저 서슴지 않는 것이 우리의 현실이기 때문입니다. 우리가 살고 있는 이 지구 위의 유일한 생산자는 식물이라던 당신의 말이 생각납니다. 동물은 완벽한 소비자입니다. 그중에서도 최대의 소비자가 바로 사람입니다. 사람들의 생산이란 고작 식물들이 만들어 놓

* 궁제 궁궐의 형태.

은 것이나 땅속에 묻힌 것을 파내어 소비하는 것에 지나지 않습니다. 쌀로 밥을 짓는 일을 두고 밥의 생산이라고 할 수 없는 것이나 마찬가지입니다. 생산의 주체가 아니라 소비의 주체이며 급기야는 소비의 객체로 전락되고 있는 것이 바로 사람입니다. 자연을 오로지 생산의 요소로 규정하는 경제학의 폭력성이 이 소광리에서만큼 분명하게 부각되는 곳이 달리 없을 듯합니다.

산판일˙을 하는 사람들은 큰 나무를 베어 낸 그루터기˙에 올라서지 않는 것이 불문율(不文律)˙로 되어 있다고 합니다. 잘린 부분에서 올라오는 나무의 노기(怒氣)˙가 사람을 해치기 때문입니다. 어찌 노하는 것이 소나무뿐이겠습니까. 온 산천의 아우성이 들리는 듯합니다. 당신의 말처럼 소나무는 우리의 삶과 가장 가까운 자리에서 우리와 함께 풍상을 겪어 온 혈육 같은 나무입니다. 사람이 태어나면 금줄에 솔가지를 꽂아 부정을 물리고 사람이 죽으면 소나무 관 속에 누워 솔밭에 묻히는 것이 우리의 일생이라 하였습니다. 그리고 그 무덤 속의 한을 달래 주는 것이 바로 은은한 솔바람입니다. 솔바람뿐만이 아니라 솔빛, 솔향 등 어느 것 하나 우리의 정서 깊숙이 들어와 있지 않은 것이 없습니다. 더구나 소나무는 고절(高節)˙의 상징으로 우리의 정신을 지탱하는 기둥이 되고 있습니다. 금강송의 곧은 둥치˙에서뿐만

• 산판일 나무를 찍어 내는 일판에서 나무를 베는 따위의 일.
• 그루터기 풀이나 나무 등의 아랫동아리. 또는 그것들을 베고 남은 아랫동아리.
• 불문율 문서의 형식을 갖추지 않은 법.
• 노기 성난 얼굴빛. 또는 그런 기색이나 기세.
• 고절 높은 절개.
• 둥치 큰 나무의 밑동.

아니라 암석지의 굽고 뒤틀린 나무에서도 우리는 곧은 지조를 읽어 낼 줄 압니다. 오늘날의 상품 미학과는 전혀 다른 미학을 우리는 일찍부터 가꾸어 놓고 있었습니다.

나는 문득 당신이 진정 사랑하는 것이 소나무가 아니라 소나무 같은 '사람'이라는 생각이 들었습니다. 메마른 땅을 지키고 있는 수많은 사람들이라는 생각이 들었습니다. 문득 지금쯤 서울 거리의 자동차 속에 앉아 있을 당신을 생각했습니다. 그리고 외딴섬에 갇혀 목말라하는 남산의 소나무들을 생각했습니다. 남산의 소나무가 이제는 더 이상 살아남기를 포기하고 자손들이나 기르겠다는 체념으로 무수한 솔방울을 달고 있다는 당신의 이야기는 우리를 슬프게 합니다. 더구나 그 솔방울들이 싹을 틔울 땅마저 황폐해 버렸다는 사실이 우리를 더욱 암담하게 합니다. 그러나 그보다 더 무서운 것이 아카시아와 활엽수의 침습(侵襲)•이라니 놀라지 않을 수 없습니다. 척박한 땅을 겨우겨우 가꾸어 놓으면 이내 다른 경쟁수들이 쳐들어와 소나무를 몰아내고 만다는 것입니다. 무한 경쟁의 비정한 논리가 뻗어 오지 않는 곳이 없습니다.

나는 마치 꾸중 듣고 집 나오는 아이처럼 산을 나왔습니다. 솔방울 한 개를 주워 들고 내려오면서 생각하였습니다. 거인에게 잡아먹힌 소년이 솔방울을 손에 쥐고 있었기 때문에 다시 소생했다는 신화를 생각하였습니다. 당신이 나무를 사랑한다면 솔방울도 사랑해야 합니다. 무수한 솔방울들의 끈질긴 저력을

• 침습 갑자기 침범하여 공격함.

신뢰해야 합니다.

언젠가 붓글씨로 써 드렸던 글귀를 엽서 끝에 적습니다.

"처음으로 쇠가 만들어졌을 때 세상의 모든 나무들이 두려움에 떨었다. 그러나 어느 생각 깊은 나무가 말했다. 두려워할 것 없다. 우리들이 자루가 되어 주지 않는 한 쇠는 결코 우리를 해칠 수 없는 법이다."

상기(象記)

박지원

만일 진기하고 괴이하고 대단하고 어마어마한 것을 볼 요량이면 먼저 선무문(宣武門) 안으로 가서 코끼리 우리를 구경하면 될 것이다. 내가 연경(燕京)에서 본 코끼리는 열여섯 마리였는데 모두 쇠사슬로 발이 묶여 움직이는 모양을 보지는 못했다. 그런데 지금 열하(熱河) 행궁(行宮) 서쪽에서 코끼리 두 마리를 보니, 온몸을 꿈틀거리며 가는 것이 마치 비바람이 지나가는 듯 실로 굉장하였다.

예전에 동해 바닷가를 새벽에 지나가다가 파도 위에 말처럼 서 있는 물체를 본 적이 있다. 무수히 많기도 하고 모두 집채만

• 상기 코끼리에 관한 기록.
• 연경 중국 베이징(北京)의 옛 이름. 옛날 연나라의 도읍이었음.
• 열하 러허. '청더(承德)'의 옛 이름. 청나라 때 황제의 여름 별장이 있었음.
• 행궁 임금이 나들이 때에 머물던 별궁.

큼 크기도 하여, 물고기인지 짐승인지 통 알 수가 없었다. 해가 뜨기를 기다렸다가 자세히 보려고 했지만 해가 떠오르기도 전에 모두 바닷속으로 숨어 버렸다. 지금 열 걸음 거리에서 코끼리를 보며 생각해 보건대, 그때 동해에서 보았던 것과 참으로 흡사했다.

그 몸체를 생각해 보면 소의 몸뚱이에 나귀의 꼬리, 낙타의 무릎에 호랑이의 발, 짧은 털, 회색 빛깔, 어진 모습, 슬픈 소리를 가졌다. 귀는 구름을 드리운 듯하고 눈은 초승달 같으며, 두 개의 어금니 크기는 두 아름이나 되고 키는 한 장(丈)˙ 남짓이나 되었다. 코는 어금니보다 길어서 자벌레처럼 구부렸다 폈다 하며 굼벵이처럼 구부러지기도 한다. 코끝은 누에의 끝부분처럼 생겼는데 거기에 족집게처럼 물건을 끼워서 둘둘 말아 입에 집어넣는다.

어떤 사람은 코를 부리라고 착각하고 다시 코끼리의 코를 찾는데, 코가 이렇게 생겼을 거라고는 생각하지 못하기 때문이다. 어떤 사람은 코끼리의 다리가 다섯 개라고 하고, 어떤 사람은 코끼리 눈이 쥐와 같다고 하지만, 이는 대개 코와 어금니 사이에만 관심을 집중하기 때문에 그런 것이다. 몸뚱이를 통틀어 가장 작은 놈을 가지고 보기 때문에 엉뚱한 오해가 생기는 것이다. 대체로 코끼리 눈은 매우 가늘어서 마치 간사한 사람이 아양을 떨 때 눈이 먼저 웃는 것처럼 보인다. 그러나 그 어진 성품은 바로 이 눈에서 나온다.

˙장 길이의 단위. 한 장은 약 3미터에 해당함.

강희 황제 때였다. 남해자(南海子)*에 사나운 범 두 마리가 있었다. 키운 지 오래되었는데도 길을 들이기가 어렵자 황제가 노하여 범을 코끼리 우리에 가두게 했다. 그랬더니 코끼리가 크게 놀라 코를 한 번 휘두르는 바람에 범 두 마리가 그 자리에서 죽었다고 한다. 코끼리는 의도하지 않았는데 범을 죽인 셈이 된 것이다. 코끼리는 단지 범의 냄새를 싫어하여 코를 휘둘렀을 뿐인데, 거기에 범이 잘못 맞았던 것이다.

아, 사람들은 세상의 사물 중에 터럭만 한 작은 것이라도 하늘에서 그 근거를 찾는다. 그러나 하늘이 어찌 하나하나 이름을 지었겠는가? 형체로 말하자면 천(天)이요, 성정(性情)*으로 말하자면 건(乾)이며, 주재(主宰)하는* 것으로 말하자면 상제(上帝)요, 오묘한 작용으로 말하자면 신(神)이라 하니, 그 이름도 다양하고 일컫는 것도 제각기이다. 또 이(理)*와 기(氣)*를 화로와 풀무*로 삼고, 만물을 두루 펴내는 것을 조물이라고 하니, 이는 하늘을 마치 솜씨 좋은 장인으로 보고서 그가 망치와 도끼, 끌과 칼 등으로 조금도 쉬지 않고 일한다고 생각하는 것이다.

그런 까닭에 『주역(周易)』*에 이르기를 "하늘이 혼돈에서 만물을 만들었다."라고 하였다. 혼돈이란 그 빛이 검고 그 모양은

• 남해자 중국 베이징 숭문문(崇文門) 남쪽에 있는 동물원.
• 성정 성질과 심정. 또는 타고난 본성.
• 주재하다 어떤 일을 중심이 되어 맡아 처리하다.
• 이 만물의 이치, 원리, 질서. 특히 성리학에서는 사물의 질료적 측면을 기(氣)라 하고 원리적 측면을 이(理)라 함.
• 기 만물 생성의 근원이 되는 힘. 이(理)에 대응되는 것으로 물질적인 바탕을 이름.
• 풀무 불을 피울 때에 바람을 일으키는 기구.
• 주역 유교의 경전 중의 하나.

흙비가 내리는 듯하여, 비유를 하자면 새벽이 되었지만 아직 동이 트지는 않은 때에 사람이나 사물이 분별되지 않는 상태와 같다. 나는 알지 못하겠다. 캄캄하고 흙비 자욱한 속에서 하늘이 과연 어떤 물건을 만들어 냈을까. 국숫집에서 보리를 갈면 작거나 크거나 가늘거나 굵거나 할 것 없이 뒤섞여 바닥에 쏟아진다. 무릇 맷돌의 작용이란 도는 것일 뿐이니, 가루가 가늘거나 굵거나 무슨 의도가 있었겠는가.

그런데도 사람들은 "뿔이 있는 것에게는 윗니를 주지 않는다."라고 말한다. 이는 마치 사물을 만들면서 빠뜨린 게 있는 듯 여기는 것이니, 잘못된 생각이다.

감히 묻는다.

"이빨을 준 건 누구인가?"

사람들은 대답하리라.

"하늘이 주었다."

다시 묻는다.

"하늘이 무엇 때문에 이빨을 주었을까?"

사람들은 이렇게 대답하리라.

"씹게 하려는 것이다."

다시 이렇게 물어보자.

"사물을 씹도록 한 것은 무엇 때문인가?"

그러면 사람들은 이렇게 대답하리라.

"그게 바로 '이치'입니다. 새나 짐승들은 손이 없으므로 반드시 부리나 주둥이를 구부려 땅에 대고 먹을 것을 구하지요. 그러므로 학과 같이 다리가 긴 새는 목을 길게 만들 수밖에 없는 것이지요. 그래도 혹 땅에 닿지 않을까 염려하여 부리를 길게 만들었습니다. 만일 닭의 다리를 학의 다리처럼 길게 만들었다면 뜨락에서 굶어 죽었을 겁니다."

나는 크게 웃으면서 다시 말하리라.

"그대들이 말하는 '이치'란 것은 소, 말, 닭, 개에게나 해당할 뿐이다. 하늘이 이빨을 내린 것이 반드시 구부려서 사물을 씹도록 한 것이라 해 보자. 그러면 지금 저 코끼리에게는 쓸데없는 어금니를 심어 주어 땅으로 고개를 숙이면 어금니가 먼저 닿는다. 이런 모습은 오히려 씹는 것에 방해가 되는 게 아닌가?"

어떤 사람은 이렇게 말할 것이다.

"그것은 코가 있기 때문이다."

그러면 나는 이렇게 말하리라.

"긴 어금니를 주고서 코를 핑계로 댈 양이면, 차라리 어금니를 없애고 코를 짧게 하는 게 낫지 않은가?"

그러면 더 이상 우기지 못하고 슬며시 굴복하고 만다.

우리가 배운 것으로는 생각이 소, 말, 닭, 개에게 미칠 뿐, 용, 봉, 거북, 기린 같은 짐승에게까지는 미치지 못한다. 코끼리가 범을 만나면 코로 때려 죽이니 그 코야말로 천하무적이다. 그러나 쥐를 만나면 코를 둘 데가 없어서 하늘을 우러러 멍하니 서 있을 뿐이다. 그렇다고 쥐가 범보다 무서운 존재라 말한다면 조금 전에 말한바 이치가 아니다.

대저 코끼리는 오히려 눈에 보이는 것인데도 그 이치를 모르는 것이 이와 같다. 하물며 천하 사물이 코끼리보다도 만 배나 더한 것임에랴. 그러므로 성인이 『주역』을 지을 때 '코끼리 상

(象)ʼ자를 취하여 지은 것˙도 만물의 변화를 궁구(窮究)하려는˙
까닭이었으리라.

• 성인이 『주역』을 ~ 지은 것 주역에서 우주 변화의 이치를 사상(四象)이 팔괘(八卦)를 낳고 팔괘가
  육십사괘를 낳는 식으로 설명하는 것을 이르는 말임.
• 궁구하다 속속들이 파고들어 깊게 연구하다.

1 넷째 마당의 글에서 글쓴이가 경험한 자연의 모습과 그것을 통해 깨달은 점을 정리해 봅시다.

	자연의 모습	깨달은 점
한 그루 나무처럼		
우리는 어디로부터 왔는가		
당신이 나무를 더 사랑하는 까닭	소광리 소나무 숲에서 마주한 오랜 풍상을 겪은 소나무들	
상기		

2 다음의 글을 읽고 글쓴이가 말하고자 하는 바를 찾아봅시다. 그리고 우리 주변의 자연이 내게 하는 말에 귀 기울여 보며 그림 또는 사진 에세이를 써 봅시다.

어둑해진 저녁 하늘에 낮게
날아가는 오리 떼를 자주 봅니다.
자잘하고 못난 고주파를 닮았습니다.
농사지으면, 조금 흠 있고 못난 것들 먼저 저희 떠는
상에 올리게 됩니다. 시장에 내다 파는 전 농부가 아니어도
그렇게 되네요. 오리들도 먹이를 찾아 하늘 길로 날아가겠지요?
참 멀리까지 날아가고 돌아온다고 들었습니다. 무리를 지어 가야
덜 힘들게 가고 낙오하는 새가 적어진다지요? 사람 사는 사회의
원리도 같을 텐데⋯. ⋯⋯⋯⋯⋯⋯⋯⋯⋯⋯⋯. '인생기로 새를 '헌숙이네 딸'

우리와 함께 있지만 평소에는 잘 인식하지 못하는 자연. 그러나 자연은 우리에게 부지불식간에 깨달음을 줍니다. 「한 그루 나무처럼」은 약수터 옆에 서 있는 대못 박힌 참나무의 못을 뽑아 주며 나무와 인연을 맺은 글쓴이가 그 나무를 통해 깨닫게 되는 삶의 이치를 다룬 글입니다. 글쓴이는 나무를 보며 자신의 염원을 빌기도 하고, 사소한 일에 흔들렸던 자신의 삶을 반성하기도 합니다. 그리고 더 나아가 한 그루 나무처럼 살고 싶다는 바람을 드러냅니다. 한 그루 나무 같은 삶. 여러분은 어떤 자연을 닮고 싶은가요?

「우리는 어디로부터 왔는가」도 자연물에 얽힌 경험을 통해 생명 탄생의 근원을 사색하는 글입니다. 글쓴이는 어느 봄날 정원에서 마주한 개구리, 나방, 참새를 관찰하면서 살아 있는 것에 관심을 갖게 됩니다. 그리고 이사하며 옮겨 심은 모과나무. 죽을 것만 같던 그 모과나무가 봄이 되자 다시 꽃을 피우고 열매를 맺는 것을 보며 때에 맞추어 소생하는 생명의 경이로움을 깨닫게 됩니다. 그리고 동물도, 식물도, 사람의 육체도 결국 흙 한 줌에서부터 나오는 것임을 알고 생명의 근원에 대해 성찰하게 됩니다.

옛 경복궁을 복원하기 위해서 소요되는 소나무는 어느 정도일까요? 원목으로 200만 재, 11톤 트럭으로 500대. 실로 엄청난 양입니다. 「당신이 나무를 더 사랑하는 까닭」은 이처럼 인간의 필요에 따라 소비의 대상으로 전락한 소나무의 현실을 안타까워하며 쓴 글입니다. 우리의 삶과 죽음을 함께한 존재요, 지조와 절개의 상징이었던 소나무가 주는 가치는 점차 상실되고 자연을 폭력적으로 소비하며 무한 경쟁의 비정한 논리만 판치는 인간 중심적인 세계가 글쓴이는 매우 불편합니다. 그래서 글쓴이는 자연의 목소리, 공존하며 연대하는 삶을 살아야 한다는 그 가르침의 목소리에 더욱 귀를 기울입니다.

　상상(想像)의 어원이 '코끼리를 생각하다'에서 왔다는 것을 알고 있나요? 중국 사람들이 인도에서 본 코끼리를 설명할 수 없어서 코끼리 뼈를 가져다가 보여주며 상상하게 했다는 것에서 비롯되었다고 합니다. 「상기」는 연암 박지원이 중국을 여행하다 코끼리를 보고 쓴 글입니다. 조선 땅에서는 볼 수 없었던 엄청난 크기의 코끼리를 보고 연암은 무슨 생각을 했을까요? 연암은 코끼리에 대한 상상을 통해 『주역』의 원리를 떠올립니다. 그리고 온갖 짐승을 비롯한 만물이 만들어 내는 무수한 차이들을 한 가지 고정된 형상으로 가두려는 시도가 얼마나 헛된 것인가 묻습니다. 연암은 이번에도, 언제나처럼 당대 사람들의 고정 관념을 뛰어넘는 성찰의 힘을 보여 줍니다.

2부

과학자의 서재

최재천

방황의 늪에서 나를 건져 준 한 권의 책

대학교 4학년이 되어 내가 지하 연구실에서 일에 매달려 있는 동안, 나의 지난 활동에 관련된 사람들은 갑자기 사라진 나를 찾아다녔다. 더러는 물어물어 지하실에 있는 연구실로 찾아오기도 했다.

"나 이제 다른 활동 안 해. 이제부터 공부해야 해."

그렇게 간단한 대답에 모두 금방 설득당하지 않았지만 내 대답은 그뿐이었고, 그들의 성화에도 용케 잘 버텼다. 나를 찾아온 그 친구들에게 "이제 내 길이 무엇인지 찾아야 해. 그러지 않으면 내 인생은 아무것도 아닌 게 될 거야."라고 말할 순 없었다. 하지만 나의 결심은 단호하고도 절실했다.

그럴 무렵이었다. 우연히 『우연과 필연』이라는 책을 발견하게 되었다. 그야말로 '우연히'였다. 지금은 학생들이 정말 영어를 잘하지만 내가 학교 다닐 때만 해도 원서를 읽을 수 있는 사람은 몇 안 되었다. 교수님들이 아무리 원서를 읽으라고 강조해도 그럴 능력이 되지 않아 못 읽었다. 나는 전공 성적은 좋지 않지만 영어 실력은 괜찮은 편이었다. 고등학교 때부터 좋아하는 과목이었기 때문이다. 마음을 다잡고 실험실로 돌아간 뒤로는 원서를 많이 읽으려고 노력했다. 전공 관련 책은 물론이고 『어린 왕자』를 원서로 구해 읽었고 이런저런 영어 소설을 읽으려고 노력했다.

그러던 중 당시 종로 골목에 있던 외국 서적 전문 책방을 기웃거리다가 제목이 너무나 매력적인 얇은 책 한 권을 발견했다. 겉장을 들추자 책머리에 인용된 데모크리토스*의 말이 가슴 한복판을 파고들었다.

"우주에 존재하는 모든 것은 우연과 필연의 열매들이다."

그 책이 바로 자크 모노가 쓴 『우연과 필연』이었고 손에 잡는 순간부터 책을 놓을 수가 없었다. 한마디로 기가 막힌 책이었다.

세상과 자연의 원리들을 '우연과 필연'이라는 두 가지로 설명해 낸 그 책을 읽는 동안, 그리고 읽고 난 뒤에도 감동의 물결에 휩싸인 채 많은 생각을 하게 됐다.

'야, 이런 것이 가능하구나! 자크 모노는 생물학자인데 책은 완전히 철학책이잖아.'

이 책은 내게 생물학이 그저 흰 가운을 입고 세포나 들여다보는 게 아니라 인간 본성을 파헤치고 철학을 논할 수 있는 학문

• 데모크리토스(B.C. 460?~B.C. 370?) 고대 그리스의 철학자로 원자론을 체계화하였다.

이란 걸 알려 줬다. 이 책은 내게 생물학에 몸 바쳐도 된다는 정당성을 부여해 주었다.

'생물학자도 이런 생각을 할 수 있고 이런 철학을 이야기할 수 있구나.' 생물학자가 생명에 대해서 연구를 하다 보면 어느 순간에는 사람의 삶에 대한 어떤 철학을 가질 수 있고 설명할 수 있으리라는 생각이 들었다. 나라고 그렇게 못하리라는 법은 없겠지 싶어지기도 했다.

『우연과 필연』을 읽음으로써 막연하게나마 미래에 대한 구상을 할 수 있게 된 것이다. 생물학과에 다니면서도 대학을 다니는 내내 찬바람만 불면 신춘문예* 열병을 앓던 나는 소설가가 되어 글을 쓰면서 살고 싶다는 생각을 버리지 못했다. 물론 어렸을 때부터 시인이 되고 싶었지만 한 편의 짧은 시로 심사위원들의 마음을 사로잡을 자신이 없었다. 그래서 언제부턴가는 나를 더 많이 보여 줄 수 있는 소설로 방향을 바꿨다. 그러니까 신춘문예에 당선되어 작가로 먹고사는 것이 그때까지 내가 그릴 수 있는 미래였다. 그 외의 분야에서는 그림이 그려지지 않았다.

그런데 이제는 전공인 생물학을 하면서도 내가 재미를 느끼고 남에게 감동을 줄 수 있는 삶을 살 수도 있겠다는 생각을 한 것이다. 아니, 더 구체적으로 말하면 '생물학에도 내가 더 파고들면 들수록 매력을 느낄 수 있는 뭔가가 있겠구나. 생물학에

---

* 신춘문예 신문사가 매년 시, 소설, 평론, 희곡, 동화 등 문학 작품을 공모하여 1월 1일 당선작을 발표하는 신인 발굴 행사.

내 인생을 바쳐도 괜찮겠구나!'라는 생각을 하게 된 것이다.

인생의 수수께끼를 말끔히 풀어 준 책

유학을 떠나면서 내심 기대했던 '동물의 왕국' 장면과는 달리
나는 3년 동안 기생충 연구에 매달렸고, 공부하는 과목도 수학
생태학과 같은 학술적인 분야가 많았다. 아프리카 평원에서 기
린을 만나는 것과는 너무나 동떨어진 연구였다. 그래서 혹시 그
비슷한 수업이 없나 하고 이리저리 찾아보았다. 그러다가 우리
로 치면 '축산학과' 같은 과에서 어떤 교수님이 사회 생물학을
가르친다는 것을 알고 즉시 수강 신청을 했다.

그 수업 시간에는 『사회 생물학』이라는 엄청나게 두꺼운 책을
주교재로 활용했다. 하버드 대학에 계신 에드워드 윌슨 교수의
저서로서 사회 생물학에 대해 일대 논쟁을 불러일으킨 유명한
책이라는 것을 나중에 알게 되었다. 그걸 몰랐을 때도 책을 읽
는 내내 '세상에 이런 학문이 있구나.' 하는 강렬한 느낌을 받았
다. 『사회 생물학』은 1975년에 나온 책인데 그야말로 엄청난
반향*을 몰고 왔다. 이 책 때문에 윌슨 교수님은 물세례까지 받
았다고 한다.

그런데 『사회 생물학』을 읽으며 발견한 또 다른 책이 바로
『이기적 유전자』다. 이미 『사회 생물학』을 읽으며 그 매력에 빠
져들고 있었으므로 관련된 책을 모두 읽어 보고 싶었다. 우선
영국 옥스퍼드 대학교의 리처드 도킨스 교수가 쓴 『이기적 유

---

* 반향 어떤 사건이나 현상 따위가 세상에 영향을 미치어 나타나는 반응.

전자』를 사서 읽었다.

세상을 살면서 한 권의 책 때문에 인생관, 가치관, 세계관이 하루아침에 바뀌는 경험을 하는 이들이 과연 몇이나 될까? 대부분은 아마 단 한 번도 그런 짜릿한 경험을 못 하고 생을 마칠 것이다. 그런데 나는 『이기적 유전자』를 읽으면서 그런 엄청난 경험을 했다.

그 책을 읽을 때만 해도 나의 영어 실력이 그렇게 출중하지 못했다. 미국에 간 지 얼마 되지 않았을 때니까. 그럼에도 그 책을 손에서 내려놓지 못했다. 점심때부터 읽기 시작한 것이 다 읽고 난 뒤에 눈을 들어 보니 날이 밝아 오고 있었다. 밤을 새운 것이다. 나는 붕 떠 있는 기분을 느끼며 밖으로 나왔다. 해가 막 뜨려는 뿌연 새벽이었는데, 내 눈에 보이는 세상은 어제 점심 이전과 완전히 달랐다. 오랫동안 의문을 품었던 많은 문제가 서서히 답을 드러내는 듯했다.

『이기적 유전자』는 그야말로 유전자의 관점에서 이 세상 모든 것을 재해석하는 책이다. 이 책은 나에게 삶을 바라보는 전혀 새로운 관점을 제시했다. 도킨스에 따르면 살아 숨 쉬는 우리는 사실 디엔에이(DNA)의 '계획'에 따라 움직이는 기계일 뿐이다. 디엔에이는 태초부터 지금까지 여러 다른 생명체의 몸을 빌려 끊임없이 그 명맥을 이어 왔다. 도킨스는 그래서 디엔에이를 가리켜 '불멸의 나선'이라 부르고 그 지령에 따라 움직일 수밖에 없는 모든 생명체를 '생존 기계'라고 부른다.

나는 그날 그 새벽에 바라본 세상의 모습, 그 순간을 잊지 못한다. 그 순간부터 내 삶은 그 전과 후로 완벽하게 갈라졌다. 그

전에는 여러 가지 삶의 의문에 이렇게도 생각하고 저렇게도 생각하면서, 그때마다 다른 답을 내곤 했다. 그러던 것이 『이기적 유전자』를 읽고 난 그 새벽부터는 모든 것이 가지런해졌다. 한 길로 나란히 늘어선 것처럼. 그저 유전자의 관점에서 세상을 다시 분석하면 모든 것이 명쾌하게 설명되었다. 그때 느낀 희열은 말로 표현하기가 쉽지 않다.

어려서부터 유난히 그런 의문에 사로잡혔던 나는 내 나름대로 여러 가지 방법을 찾곤 했었다. 재수 시절 니체니 쇼펜하우어니 하는 철학자들의 책을 파고든 것도 그 때문이었다. 어느 해 여름에는 일부러 걸어서 몇 군데 절을 찾아다니며 스님들과 이야기를 나눠 보기도 했다. 삶 자체와 삶에서 만나는 근원적인 의문을 풀어 보겠다고 까불어 댔으며, 글 쓴답시고 원고지 붙들고 끙끙댄 것도 다 그 맥락이었다. 그런데 어느 날 갑자기 한 권의 책으로 모든 것이 설명되는 기분이었으니 얼마나 황홀했겠는가?

그런데 그 황홀함은 시간이 지나면서 좌절감으로 변하기 시작했다.

드디어 발견한 행복한 과학자의 길

처음에 읽었을 때는 답을 얻은 기분에 세상이 달라 보였는데, 그 단계가 지나니 시간이 지날수록 만사가 시시하게 여겨졌다.

'그래, 무엇 때문에 난 그렇게 애를 썼나? 저 사람은 무엇 때문에 저렇게 기를 쓰나? 모든 것이 유전자 때문인데, 유전자가 계획한 대로 움직이는 것뿐인데……'

이런 생각이 드니까 모든 것에서 맥이 풀렸다. 열심히 사는 것, 노력하는 것이 말짱 헛일이고 인생사 일장춘몽이라는 말이 떠올랐다. 그럼에도 긍정적이고 낙천적인 성격 덕분에 금방 추스를 수 있었으며 새로운 가치관으로 세상을 보려고 노력했다. 그러면서 내가 할 일, 해야 할 일을 찾아 가기로 마음먹었다.

가장 먼저 한 일은 학문적으로 더 깊이 이해하기 위해 그 책과 같은 주제를 다루는 책들을 닥치는 대로 읽은 것이다. 『이기적 유전자』가 나온 뒤에 그 아류의 책들이 나오기 시작했는데 무조건 다 구해 읽었다. 그뿐 아니라 그 주제를 다루는 토론회가 있으면 모두 참여했다. 몇 년 동안 내가 토론한 주제는 오로지 『이기적 유전자』에서 다룬 주제와 비슷한 것뿐이었다. 그러다 보니 어느 순간부터 굉장히 편안해졌다.

'그래, 나는 아무것도 아니야. 지금 없어져도 세상에 아무런 변화를 일으킬 수 없는 그런 존재야. 그렇지만 그렇다고 해서 굳이 없어질 필요는 없다. 내가 존재하는 이유는 따로 있다. 이 세상에 태어났으니 모든 상황에 온 힘을 다하고 즐기며 사는 것이다. 나에게 주어진 삶의 길을 아름답게 가면 된다.'

자칫하면 운명론자*처럼 보일 위험이 있지만 운명론자와는 다르다. 내가 가야 할 길을 담담히, 최선을 다해 아름답게 가면 세상도 나도 의미 있는 존재가 된다고 생각한다. 그런데 내게 주어진 것보다 더 많은 무엇을 해 보겠다고 욕심부리며 아등바

---

* 운명론자 모든 일은 미리 정해진 필연적인 법칙에 따라 일어나므로 인간의 의지로는 바꿀 수 없다는 이론을 믿는 사람.

등 살 필요는 없다. 내가 할 수 있고 해야 할 일들은 어떻게 보면 내 유전자가 나한테 허락한 범주 내에서의 일들이다. 그러므로 할 수 있다는 자신감을 갖고 최선을 다하면 내가 하고자 하는 일을 모두 이룰 수 있다고 믿는다.

그전에는 삶을 즐기지 못했다. 남의 눈에는 꽤 재미있는 삶을 산 것처럼 보일 수도 있겠지만 정작 내 생각은 달랐다. 무엇을 하든 초조해하고 더 잘해야 한다는 생각에 갇혀 살았다. 하지만 『이기적 유전자』를 읽은 후로는 관점이 바뀌었다.

지금은 오히려 남이 볼 때 그다지 즐기는 삶처럼 보이지 않을지 모르겠다. 하지만 나는 충분히 즐기며 만족스럽게 살고 있다. 하고 싶은 일을 하면서, 그것의 한계도 동시에 받아들이면서 말이다. 뜻밖의 성공이 와도 그로 말미암아 크게 흔들리는 일 없이 "좋네." 하는 정도의 반응을 보인다. 옆에서 보는 사람은 내가 무척 재미없는 사람이 되었다고 생각할 수도 있을 것이다.

그러나 나 스스로는 충분히 만족하고 있으며 행복하다. 왜냐하면 나는 내 삶에 대해서 별로 불만이 없기 때문이다. 앞으로의 삶에 대해서도 마찬가지일 것 같다. 왜냐하면 내 삶의 테두리를 미리 대충 그어 놨기 때문이다. 거기서 벗어날 것 같지도 않고 그 안에 있다고 해서 슬플 것도 하나 없다고 느낀다.

여기 이르기까지 가장 큰 영향을 준 책이 『이기적 유전자』와 『사회 생물학』이었다. 이 두 권의 책 덕분에 학문적으로 내가 걸어가야 할 길이 정해졌을 뿐만 아니라 나의 개인적 삶의 태도에도 명확한 기준이 생겼다.

책 한 권으로 인생이 바뀐 이야기

권오철

제 직업은 천체 사진가입니다. 밤하늘의 별과 천문 현상들을 사진과 영상으로 찍는 일을 합니다. 불과 10년 전만 해도 우리나라에는 없던 직업이고, 세계에서 몇 명 없는 직업인이기도 해요. 좋아하는 일을 하다 보니 잘하게 되었고, 그러다 직업이 된 흔치 않은 경우지요. 좋아하는 일을 하며 사니 행복합니다.

별과의 인연은 책 한 권으로 시작되었어요. 고등학교 때 읽은 별자리에 대한 설명을 담은 한 권의 책이 제 운명을 바꾸었죠.

어느 날 친구 녀석이 밤하늘을 가리키며 소리 지르듯 외쳤습니다.

"저기 봐! 우아, 오늘은 북두칠성이 진짜 잘 보이네."

친구의 손가락이 가리키는 방향을 따라가 보니, 일곱 개의 밝은 별들이 국자 모양으로 배열되어 있었습니다. 또렷하게 빛나는 일곱 개의 별! 그 순간 그 일곱 개의 별이 눈에 가득 차면서 제 마음속 어딘가에도 콱 박혀 버렸습니다. 밤하늘의 별이 구체적인 이름으로 다가온 순간이었죠. 별자리를 그렇게 쉽게 볼 수 있다는 것이 무척 신기했습니다. 그런데 문득 이 녀석이 별자리를 어떻게 아는 건지 궁금했습니다. 그래서 친구에게 물었죠.

"너 별에 대해 많이 아니?"

"좀 알지."

"누가 가르쳐 줬는데?"

제 물음에 친구는 책상 서랍에서 책 한 권을 꺼내서 제게 보여 주었습니다. 별자리를 소개하는 책인데, 이 책을 읽으며 별자리를 알아 가는 중이라고 했습니다. 그날 저는 야간 자습 시간 내내 그 책을 읽었어요. 처음에는 잠깐 훑어만 보려고 했는데, 수많은 별자리 사진과 설명들이 너무 재미있어서 도저히 손에서 놓지 못하겠더라고요. 그래서 서점에 가서 바로 그 책을 구입한 후, 매일같이 밤하늘 여행을 떠났지요.

처음에는 그 책이 저의 인생을 바꿀 줄은 전혀 몰랐습니다. 그 책을 읽기 전까지 저는 새에 빠져 있던 소년이었기 때문이죠. 백과사전, 조류 도감 등을 보며 새에 대해 열심히 공부했고 별은 그저 밤하늘에 떠 있는 밝은 점에 불과했습니다. 하지만 그 책을 읽고 난 후 새로운 관심사가 생겨났습니다. 책을 읽고 별자리를 알아 가면서 하늘에 있는 진짜 별들을 보기 시작했습니다. 새벽까지 별을 보다 지평선에서 떠오르는 남쪽물고기자리의 일등성*(一等星) 포말하우트*의 아름다운 모습에 감탄하기

---

* 일등성 맨눈으로 볼 수 있는 별의 밝기를 여섯 등급으로 나눌 때에 가장 밝게 보이는 별.

도 했지요. 어느 날에는 엄청나게 큰 별똥별이 떨어지다 터지는 것을 보고 간담이 서늘해지기도 했어요. 망원경을 구입해서 우주 더 깊숙한 곳으로 떠나기도 했지요. 별에 관심이 많아지면서 점점 더 많은 책을 찾게 되었습니다. 성운(星雲)˙, 성단(星團)˙, 은하(銀河)˙에 관한 책도 보고 행성에 관한 책들도 보게 되었지요. 망원경 만드는 법과 점성학 책까지, 별과 관련된 책들을 닥치는 대로 구해서 읽었습니다.

대학에 진학한 후에는 천문 동아리에 들어가서 망원경으로 별을 보기 시작했습니다. 그런데 망원경으로 별을 관측하면서 기대와 달리 무척 실망스러운 점이 있었어요. 망원경으로 관측하는 천체의 모습이 사진에서 보던 것과는 달리 뿌옇게 보이기만 했었죠. 처음에는 왜 그런지 몰랐지만 인간의 눈이 가진 특성상 사진으로 보는 것 같은 천체의 모습은 볼 수 없다는 사실을 알게 되었습니다. 그때부터 사진에 관심을 가지기 시작했어요. 사진은 눈으로 볼 수 없는 형형색색의 아름다운 모습을 그대로 담아 낼 수 있거든요. 저는 카메라를 들고 직접 천체 사진을 찍기 시작했습니다. 카메라는 다루는 사람의 기술에 따라 결과물에 차이가 확연하기 때문에 많은 노력을 해야 했지요. 특히 밤하늘의 별을 찍는 천체 사진은 높은 전문성이 필요한 분야라 기술적으로 많은 지식도 필요했습니다. 카메라를 자유자재로

˙ 포말하우트 남쪽물고기자리에서 가장 밝은 별. 청백색의 1등급 별로, 지구에서 거리는 약 23광년이고, 관측하기 좋은 시기는 10월이다.

˙ 성운 구름 모양으로 퍼져 보이는 천체.

˙ 성단 천구(天球) 위에 군데군데 몰려 있는 항성의 집단.

˙ 은하 천구 위에 구름 띠 모양으로 길게 분포되어 있는 수많은 천체의 무리.

다룰 수 있도록 카메라의 기본 원리부터 사진의 기본 원리까지 많은 공부를 해야 했지요. 제가 택한 방법은 역시 책이었습니다. 처음에는 서점에 있는 카메라와 관련된 책을 모두 구해서 읽기 시작했어요. 사진과 관련된 잡지들도 읽고 사진학과 친구들이 수업 교재로 사용하는 책들까지 찾아 읽었지요. 제가 원하는 사진을 찍기 위해서는 많이 공부하고 연습하는 수밖에 없었기 때문에 더 열정적으로 매달렸습니다. 처음에는 취미로 시작한 일이었지만 지금은 이렇게 천체 사진을 찍는 일을 직업으로 삼게 되었지요. 한 권의 책으로 시작된 여행이 이렇게 길어질 줄은 그때는 몰랐네요.

고등학생 때 그 책을 읽지 않았다면 별에 빠지지도 않았을 거고, 별 사진을 찍게 되지도 않았을 겁니다. 이처럼 무언가를 경험해 본다는 것은 살면서 아주 중요한 것 같아요. 저는 지금까지 스케이트를 한 번도 신어 본 적이 없어요. 그러니 그 분야가 재미있는지, 나에게 그 분야의 재능이 있는지 알지 못합니다. 만약 피겨 스케이팅의 여왕이라고 불리는 김연아 선수가 스케이트를 신어 보지 않았다면 어떻게 되었을까요? 자신의 재능을 발견하지 못한 채 평범하게 살았을 수도 있습니다.

사람은 모두 다르게 태어납니다. 저마다 가진 능력도, 행복을 느끼는 순간도 다 달라요. 그런 내 자신을 스스로 알기까지 수많은 경험이 필요합니다. 직접 경험이든 간접 경험이든 내가 경험한 것까지가 바로 나의 한계입니다. 요즘은 텔레비전이나 영화, 인터넷을 통해서도 많은 경험을 할 수 있습니다. 하지만 저는 지금도 책만 한 것이 없다고 생각해요. 단편적인 정보가 아니라 깊고 넓은 경험을 할 수 있게 해 주니까요. 저는 책을 통해 많은 것을 얻었습니다. 중학생 때 관심을 가졌던 새에 대한 지식도 책을 통해 얻을 수 있었고, 천체 사진에 관심을 갖게 해 준 계기도 한 권의 책이었지요. 또 대학교에서 사진을 전공하지 않았지만 천체 사진가라는 꿈을 이룰 수 있도록 저를 발전하게 해 준 것도 책이었습니다. 이런 제 경험에 비추어 볼 때 독서야말로 미래를 위한 가장 효과적인 투자라고 생각해요.

참, 고등학생 때 제 운명을 바꾼 그 책의 개정판 사진은 제가 촬영했답니다. 참 재미있는 인연이지요. 여러분도 책과 만나 더 크고 넓은 경험을 해 보세요. 그래서 자신이 정말 좋아하는 일을 찾아 직업으로 삼으면 행복한 어른이 될 수 있답니다.

책 속에 길이 있다

이권우

'책' 하면 가장 먼저 어린 시절이 떠오릅니다. 우리 가족이 세 들어 살던 집은 앵두나무로 울타리가 쳐져 있고, 집 뒤 언덕을 조금만 올라가면 남춘천역이 바라보였습니다. 외로울 때에는 그곳에 올라가 서울 가는 기차를 바라보던 기억도 납니다. 그 시절 소양강은 얼마나 아름다웠던지……. 푸른 강줄기를 따라 함빡 피었던 개나리 무리가 지금도 눈에 선합니다.

　이런 이유만으로 그 시절을 낭만적으로 떠올리는 것은 아닙니다. 사실 진짜 이유는, 좀 엉뚱한 데 있습니다. 그때는 나라에서 학생들에게 책을 읽히자는 운동을 힘껏 벌이고 있었습니다. '자유 교양 문고*'라 해서, 문고로 펴낸 책을 나라에서 각 학교

---

* 문고 출판물의 한 형식. 대중에게 널리 보급될 수 있도록 값이 싸고 가지고 다니기 편하게 부문별, 내용별 등 일정한 체계를 따라 자그마하게 만든다.

에 공짜로 보내 주었습니다. 그냥 주기만 하면 읽지 않을 테니까 특별한 반을 꾸려 선생님이 지도해 주셨습니다. 학생들은 수업이 끝나면 따로 모여 책을 읽고 독후감을 써내고는 집으로 돌아갔지요. 다른 친구들은 귀찮아했을 수도 있었겠지만, 저는 그 시간이 얼마나 행복했는지 모릅니다.

그 경험을 통해 책 읽기는 저의 유년 시절에 기쁨과 격려, 흥분과 위안, 황홀과 행복이라는 느낌으로 뿌리내렸습니다. 그때 책을 읽지 않았더라면 저는 무엇으로 위안을 얻었을까요? 전학을 간 곳이라 친구도 별로 없었고 경제적으로 넉넉지 않아 위축되어 있던 그때, 책 읽기야말로 저의 결핍을 충족해 주는 그 무엇이었습니다.

지금은 어렵게 어린 시절을 보내는 사람들이 과거보다는 적어 보입니다. 그런 측면에서, 제가 책 읽기에서 느꼈던 감정을 요즘 젊은이들이 경험할 일은 드물 것 같습니다. 그렇지만 변하지 않는 것이 하나 있습니다. 어떤 시대나 예민한 청소년기에는 늘 모자람을 느낀다는 사실입니다. 아무리 세상이 청소년들을 향해 새로운 것을 쏟아 내어도 비어 있고 부족한 것이 있게 마련입니다. 그래서 외로운 것이지요. 그러나 그 모자람을 채워 간다면 스스로가 충만해집니다. 자신감도 생기고 미래에 대한 전망도 얻게 됩니다. 그렇게 되려면 어떻게 해야 할까요? 저는 책 읽기가 해답이라고 생각합니다. 청소년들은 책을 읽으며 그 안에 담긴 다양한 사람들의 삶과 가치관을 간접적으로 경험할 수 있습니다. 그러한 경험을 통해 자신의 삶에서 모자라고 부족한 부분을 채워 나갈 수 있는 것입니다.

인터넷이면 다 해결된다는 사람들이 있습니다. 그야말로 정보의 바다에 들어가면 원하는 모든 것을 낚아 올릴 수 있다고 말하지요. 저는 이런 주장에 동의하지 않습니다. 정보는 이제 그 자체로는 가치를 지니지 못합니다. 정보 혁명 이전에는 정보를 장악한 사람이 권력을 쥐었지만, 지금은 정보가 엄청나게 쏟아져 나오는 데다가 특정인이 그것을 독점할 수도 없기 때문입니다.

그렇다면 흩어져 있고, 넘쳐 나고, 흘러 다니는 정보를 가치있게 만드는 것은 무엇일까요? 그것은 바로 수많은 정보 가운데 의미 있는 것을 골라내는 눈입니다. 그리고 무관해 보이는 정보를 엮어서 유관한 그 무엇으로 다시 만들어 내는 능력입니다. 더 나아가서 그러한 정보를 바탕으로 가치 있는 지식을 창조하는 능력입니다. 이런 안목과 능력을 갖추기 위해서는 평소 꾸준히 책을 읽어 나가야 합니다. 가장 작고 낮은 단위의 정보에서 시작해, 가장 크고 높은 단위의 지식을 다루는 것은 오직 책뿐이기 때문입니다.

문학 작품은 언어로 이루어진 상상의 집입니다. 이곳은 우리가 경험하지 못했거나 앞으로도 경험하지 못할 이야기로 가득차 있습니다. 이 간접 경험의 세계를 통해 우리는 자신과 다른 사람을 더욱 깊이 이해하게 됩니다. 그리고 이러한 이해는 고통받는 이들의 아픔을 헤아릴 줄 아는 마음을 갖게 합니다. 문학 작품을 읽는 이유는 결국 다른 이들의 고통을 어루만질 줄 아는 성숙한 시민으로 성장하기 위함이지요. 수없이 많은 문학 작품이 담긴 그릇, 그것이 곧 책입니다.

하지만 책 읽기의 가치에는 동의하더라도 책을 많이 읽지 못하는 것이 현실입니다. 물론 할 말은 있을 것입니다. 공부하기도 바쁜데 책 읽을 시간이 어디 있는가? 텔레비전, 게임, 영화 등 볼 것 천지인 시대에 살면서 굳이 책을 읽을 필요가 있는가? 책이라는 게 재미라도 있어야지 재미없고 따분한 내용투성이인데 꼭 읽어야 하는가? 다 일리 있는 말입니다.

그렇지만 이렇게 한번 바꾸어 생각해 봅시다. 우리는 게임하는 방법을 학교나 학원에서 따로 배우지 않아도 스스로 알아내고 즐깁니다. 그런데 세상은 책 읽기를 비롯해 따분하고 하기 싫은 것을 억지로 하라고 강요합니다. 왜 그럴까요? 그것이 그만큼 중요하기 때문입니다. 대체로 하기 쉬운 일은 즐겁기는 하지만, 우리의 정신적 능력을 키워 주지는 못합니다. 반면 어렵고 부담스럽더라도 가치 있는 일을 해내면 우리 정신의 키는 훌쩍 자라납니다. 하기 쉽고 즐겁기만 한 일은 시간을 흘려보내게 하지만, 어렵고 부담스럽지만 가치 있는 일은 시간을 생산적으로 보내게 해 줍니다.

우리의 눈에는 비늘이 덮여 있습니다. 경험이라는, 편견이라는, 이미 알고 있다는 생각의 비늘 말이지요. 좋은 책은 바로 그 비늘을 벗겨 줍니다. 그야말로 우리 시야에 새로운 지평*을 활짝 열어 주지요. 그 놀라움을 무엇에 비할 수가 있을까요. 정말 심 봉사가 눈을 번쩍 뜨는 것과 같을 겁니다. 과정은 비록 고통스러울지라도 결과는 무척이나 값지니, 그토록 책 읽기의 중요

---

* 지평 사물의 전망이나 가능성 따위를 비유적으로 이르는 말.

함을 강조할 수밖에 없는 것입니다.

'책 속에 길이 있다.'라는 말을 늘 기억하시길 바랍니다. 그 길은 평생 가야 할 길입니다. 비록 어려울지라도 절대 후회하지 않을 길이며, 가치 있는 길입니다. 그 길을 걷고 있을 때, 우리의 삶은 광휘˚로 둘러싸이게 됩니다. 그러니 책과 벗하는 것이야말로 우리가 누릴 수 있는 가장 큰 복이라고 말씀드릴 수밖에요.

˚광휘 눈부시게 훌륭함을 비유적으로 이르는 말.

초신성*의 후예

이석영

"학생은 성과 본이 어디입니까?" "밀양 박 씨입니다." "성과 본이 어디라고요?" "밀양 박 씨라고요." "성과 본이 어디입니까?" 내가 세 번째 같은 질문을 하자 학생이 어리둥절해한다.

사람 몸을 구성하는 주요 원소는 수소, 탄소, 질소, 산소, 황, 인이다. 원자 개수로 치면 수소가 전체의 63퍼센트를 차지하고 질량으로 치면 산소가 전체의 26퍼센트를 차지하는 으뜸 원소이다. 철, 마그네슘, 나트륨과 같이 적은 양이지만 꼭 필요한 원소들도 여럿 있다. 그러면 이런 원소들은 어디에서 왔을까?

우선 우주에 존재하는 대부분의 수소 원자는 우주 초기, 우주의 나이가 1초일 때부터 대략 3분이 될 때까지 만들어졌다. 빅

• 초신성(超新星) '질량이 매우 큰 별의 폭발'을 가리키는 말이다. 폭발할 때 방출되는 빛이 마치 거대한 별이 새로 태어난 것처럼 보인다고 하여 붙은 이름이다.

뱅 이론을 정립한 조지 가모 교수는 뜨거운 초기 우주에서 작은 입자들이 고속으로 만나 어떻게 수소와 헬륨 원자핵을 최초로 만들었는지를 밝혀내었다. 우리 몸의 핵심 요소이자 기구를 띄우기 위해 종종 집어넣는 기체이고, 미래 자동차 연료로 주목을 받고 있으며, 우주 전체 물질 질량의 70퍼센트를 차지하는 수소는 우주 초기 처음 3분간 만들어져 온 우주에 고루 뿌려진 후 오늘날 우리 몸속에 자리 잡게 되었다고 현대 우주론에서는 이해한다.

그러면 수소와 헬륨보다 무거운 원소들은 어디에서 만들어졌을까? 탄소, 질소, 산소는 태양과 같은 작은 별에서 만들어졌다. 우리 은하 내에는 태양과 같은 작은 별이 약 1,000억 개 존재하고, 보이는 우주 내에는 우리 은하와 같은 은하가 또 1,000억 개 이상 존재한다. 작은 별들은 뜨거운 중심부에서 수소를 핵융합 발전해 빛을 만드는데, 그 과정에서 헬륨이 만들어진다. 수소가 고갈되면 헬륨을 핵융합해 탄소를, 그리고 탄소를 이용해 산소 등을 만든다. 이렇게 만들어진 원소들 일부는 우주 공간에 퍼져 나가고, 일부는 수명을 다하는 별의 핵을 이루며 최후를 장식한다. 작은 별의 최후는 주로 단단한 탄소 덩어리일 것으로 생각된다. 다이아몬드를 특별히 좋아하는 사람들은 죽은 별을 탐사해 보길 권한다. 다만, 중력이 워낙 세어서 일단 착륙한 후 다시 돌아오는 것이 거의 불가능하므로 그냥 그곳에서 다이아몬드와 함께 평생 살아야 한다는 점은 미리 알고 탐사에 나서야 한다.

산소보다 더 무거운 황, 인, 마그네슘, 철 등은 태양보다 대략 열 배 이상 무거운 별에서 만들어졌다. 무거운 별들은 작은 별들보다 짧고 굵은 삶을 산다. 작은 별들이 100억 년 가까이 살 수 있는 것에 비해 큰 별들은 1,000만 년 정도로 짧게 살지만, 워낙 내부가 고온으로 올라가기 때문에 산소보다 무거운 원소들도 연료로 쓸 수 있고, 그래서 훨씬 다양한 핵융합을 통해 다양한 무거운 원소들을 만든다. 철을 만든 후 무거운 별들은 초신성 폭발을 한다.

큰 별이 초신성 폭발과 함께 일생을 마감할 때, 일부 물질은 그 폭발의 잔해인 블랙홀이나 중성자별 안에 갇히지만 대부분은 우주 공간으로 환원된다. 만일 초신성이 자기가 만든 귀한 원소들을 우주에 나누어 주지 않는다면 어떤 일이 일어날까? 그 후에 태어난 젊은 별은 초기 우주가 만든 수소와 헬륨 등 극히 단순한 원소 외에는 갖지 못한 채 태어날 것이다.

태양도 예외가 아니다. 초신성이 원소들을 우주에 나누어 주지 않았다면, 태양계에선 생명체가 나타날 수 없었을 것이다. 우주 전체로 보면 무기물 우주가 된다. 우주가 시작하고 팽창하고, 별과 행성이 만들어지고, 은하가 탄생하고……. 하지만 평화로워 보이는 우주엔 이렇게 무기물 외에는 다른 어떤 숨 쉬는 것도 있을 수 없다. 생명이 없는 우주가 되는 것이다.

결국 우리 몸속의 원소 가운데 수소는 초기 우주가, 그 외 다른 원소들은 모두 작고 큰 별들이 제공했다. 특히 산소보다 무거운 원소들은 대부분 태양이 태어나기 전, 그러니까 46억 년 전 어느 날, 이 근처에서 살다가 초신성 폭발과 함께 생을 마감한 이름 모를 어느 거대한 별이 만들었을 가능성이 크다.

즉, 70억 지구 인구는 모두 한 별의 흔적을 공유하고 있는 것이다. 이 말을 두고 우리는 모두 한 우주 안에서 태어난 형제라고 우기는 것과 뭐가 다르냐고 누군가 따진다면 달리 변명할 도리는 없지만, 그래도 신기하지 않은가. 우리 몸의 구성 요소를 이렇게 살펴볼 수 있다는 것이.

이쯤 설명하고 나서, 학생에게 다시 묻는다. "학생의 성과 본은 무엇입니까?" 지혜로운 우리 학생, 곧 수줍게 답한다. "초신성 박 씨입니다."

우리 사회에도 종종 초신성과 같은 역할을 하는 사람들이 있다. 땀 흘려 이룩한 재화, 기술, 지식, 능력 등을 아낌없이 사회와 나누는 그런 사람들은 나눔으로 수많은 다른 사람들을 살리기도 한다. 자연의 섭리가 인간 사회와 닮은 예 가운데 하나이다.

언젠가 우리 대학교에 강사로 오신 한 연사께서 강연을 다음과 같이 시작하셨다고 한다. "여기 앉아 계신 여러분이 아무것도 안 하고 산다면, 여러분은 평생 5,000명의 노동에 기대어 살 가능성이 큽니다. 하지만 여러분이 열심히 살면 오히려 5,000명을 먹이는 삶을 살 가능성이 크지요. 5,000명을 죽이겠습니까, 살리겠습니까?"

참 맞는 말이다. 서로 다른 과정을 통해 결국 좋은 학력을 소유하게 된 사람이 그 교육 기회를 좋은 뜻을 위해 사용하지 않으면 오히려 학력과 배경을 무기 삼아 일하지 않고도 남들보다 좋은 것을 누리며 살 수도 있다. 이러한 상황이 사회에 커다란 역기능을 할 것은 자명하다. 하지만 능력을 좋은 의도로 잘 이용하면 많은 이들에게 덕을 베풀 수 있다.

　나는 이 이야기를 들을 때, '아, 우리도 꼭 초신성 같구나!' 하고 생각했다. 초신성에서 출발해서 그런가? 초신성이 그저 폭발만 한다면 엄청난 충격을 일으켜 주변을 망가뜨리는 결과를 낳을 것이다. 하지만 초신성은 그 폭발을 통해 중요한 원소들을 우주에 환원함으로써 오히려 우주에 생명의 씨앗을 뿌리게 되는 것 아닌가. 당신은 초신성처럼 살고 싶은가?

확신이 없어도 괜찮아

김찬호

　젊은이가 학교를 나와서 제 몫을 하는 성인으로 자라나기까지의 과정에서 가장 중요한 것은 비단 공부에서뿐 아니라 인생 전반에서 호기심과 흥미를 잃지 않는 것이다. 이것은 결코 만만한 일이 아니다. 지금 우리 사회는 청소년을 그와 정반대의 길로 이끌고 있다. 호기심을 죽이고 냉소˚와 무관심으로 몰고 간다. 자기가 하는 일이 시간 낭비라는 생각만은 절대로 갖지 말게 해야 한다. 청소년에게 가장 필요한 것은 추구할 만한 매력을 가진 목표와 거기에 도달할 수 있는 실력이다.

　미국의 심리학자 미하이 칙센트미하이의 저서 『어른이 된다는 것은』에 실린 글이다. 이 글을 읽으니 오래전에 신문에서 보

˚ 냉소 쌀쌀한 태도로 비웃음. 또는 그런 웃음.

왔던 네 컷짜리 만화 한 편이 생각난다. 아버지가 고등학생 아들에게 묻는다. "너 뭐하러 과외 하니?" 아들은 대답한다. "좋은 대학에 가려고요." 아버지가 다시 묻는다. "좋은 대학 가서 뭐하려고?" 아들이 다시 답한다. "과외 하려고요."

　어린 시절에는 누구나 반짝이는 눈으로 주변 세계를 탐구하고 어른들에게 질문한다. 그런데 자라면서 환경에 익숙해지고 생각의 집이 건축되면서 그러한 지적 탐구 능력과 욕구가 서서히 쇠퇴한다. 특히 학교에 입학하고 학년이 올라감에 따라 여러 가지 지식이 딱딱한 형식으로 주입될수록 안으로부터 솟구쳐 오르는 호기심이 점점 줄어든다. 공부가 대입의 수단으로 전락하고 대학 공부마저 취업을 위한 시험 준비로 획일화되는 상황에서 지성˙은 거의 실종되어 버린다. 도구화된 공부는 열정을 수반하기 어렵다. 삶과 무관하게 보이는 지식을 강요받으면서 학업에 대한 냉소주의가 싹튼다.

　진정한 앎은 어떻게 일어나는가. 관심사를 따라 생각하고 관찰하고 독서하면 자기 나름의 지성을 일구어 갈 수 있다. 그 실마리는 우연히 생겨나기도 한다. 예를 들어 미국 우주 과학 연구소에서 외행성을 연구하는 천문학자 하이디 해멀은 어릴 때 부모와 여행을 많이 했는데 차멀미가 심했다고 한다. 그래서 주의를 다른 곳으로 돌리려고 밤이면 창밖을 내다보았다. 그러다가 별자리가 보이기 시작했고, 그 공부를 하면서 차멀미를 잊을 수 있었다. 그런 습관이 직업으로 이어진 것이다. 이렇듯 어릴

• 지성 올바르게 판단하고 이해하는 능력.

때의 우연한 경험을 통해 자신의 적성을 깨닫고 그 길로 일관되게 나아가 큰 업적을 이룬 사람들이 종종 있다.

그러나 그런 행운을 얻는 사람은 많지 않다. 어린 시절 자신이 하고 싶은 일을 찾아서 흐트러짐 없이 매진하여 성공한 사례들은 청소년들에게 용기를 줄 수도 있지만, '누구는 초등학교 때 이미 자신이 갈 길을 정했는데, 나는 고등학생이나 되었는데도 아직도 갈피를 잡지 못하고 있다니, 이게 뭐람?'이라는 생각에 주눅이 들 수도 있다. 그러나 대학생이나 30대의 성인들 가운데서도 정말로 자신이 잘할 수 있는 것이 무엇인지를 확신하는 사람은 많지 않다.

긴급 구호 활동*가로 일하고 있는 한비야는 어느 칼럼에서 청소년들 가운데 인생의 목표를 정한 이가 10퍼센트도 되지 않을 것이고 그것이 당연한 것이라면서, 자신도 지금의 일을 하기까지 전혀 예기치 않았던 우여곡절들이 있었음을 회고한다. 그리고 "가슴 뛰는 일을 하라."라는 말에 당혹해할 청소년들에게 다음과 같은 위로의 말을 건넨다.

그러니 여러분도 지금 목표가 뚜렷하지 않다고 너무 걱정하지 말기를 바란다. 무엇보다도 그 방향으로 첫걸음을 뗐느냐가 중요하다. 완벽한 지도가 있어야 길을 떠날 수 있는 것은 아니다. 서울부터 부산까지 가는 방법은 수십 가지다. 비행기나 KTX를 타

---

*구호 활동 굶주림에 지쳐 죽어 가는 이들에게 먹을 것을 보내 주고, 전쟁이나 지진으로 집을 잃고 떠도는 사람들을 돌봐 주는 등 인간으로서 누려야 할 기본적인 삶조차 누리지 못하는 사람들을 돕고 보호하는 활동.

고 갈 수도 있고 국도로 가는 승용차처럼 돌아가는 방법도 있다. 질러가든 돌아가든 여러분의 인생 표지판에 신의주가 아니라 부산이라는 최종 목적지가 늘 보이기만 하면 된다. 방금 본 이정표에 대전이라고 써 있어도 괜찮다. 목포라고 써 있어도 놀라지 마시길. 여러분은 잘 가고 있다. 적어도 남행선 상에 있는 거니까.

지금처럼 급변하는 세상에서 평생 동안 몸담을 직업을 찾는 일은 점점 어려워진다. 인생의 목표는 직업으로 수렴되지 않는다. 꿈이 무엇이냐고 물으면 의사, 변호사, 언론인, 공무원, 교사 등 직업을 말하는 젊은이들이 많다. 그러나 의사나 공무원이 되는 것 자체가 꿈이라면 궁색한 인생이라고 하지 않을 수 없다. 그 직업을 얻고 나면 더 이상 추구할 꿈이 없어지기 때문이다. 한국의 많은 대학생이 혼란과 방황에 빠져드는 것도 마찬가지다. 대학 입학을 목표로 삼고 열심히 공부하던 고등학생들이 그 목표를 이루고 나면 이후에 무엇을 해야 할지 갈피를 잡지 못하고 불안해한다. 차라리 목표가 뚜렷했던 수험생 시절이 행복했다고 한다. 그래서 일단 또다시 취직을 겨냥해 공부를 시작하는 것이다.

그렇다면 꿈은 무엇이어야 하는가? 그것은 궁극적으로 이루고 싶은 그 무엇이다. 예를 들어 공무원이 되고자 한다면, 직업 그 자체를 꿈으로 삼기보다 장차 공무원으로서 어떤 정책을 실현하여 지역 사회와 시민 생활을 어떻게 디자인하고 싶다는 이상을 품어야 한다. 똑같은 의사라 해도 오로지 돈벌이에만 혈안이 된 의사와 환자들의 마음을 살피면서 그들의 삶의 질에 관심을 쏟는 의사는 전혀 다른 인생을 살고 있다고 할 수 있다. 그러므로 인생의 목표는 삶 전체를 통해 이루고자 하는 어떤 가치관이어야 한다. 그 가치를 제대로 세우기 위해서는 '진정 중요한 것과 중요하지 않은 것'을 분간하는 기준을 정해야 한다. 이는 청소년기에 적성 검사 못지않게 중요하다. 그 푯대를 확인했다면 전공이나 직업에 대한 확신이 다소 불투명해도 크게 상관이 없다. 그 꿈을 실현하는 길은 여러 갈래로 나 있기 때문이다. 삶의 궁극적인 목표가 분명한 사람은 얼핏 눈에 잘 띄지 않는 비좁은 샛길을 찾아내고, 없는 길도 뚫을 수 있다. 그 과정에서 부딪히는 난관에 좌절하지 않고 실패를 무릅쓰고 계속 전진하는 힘도 바로 그러한 열정에서 솟아오른다. 따라서 삶에 대한 의지를 자각할 수 있는 조건을 어떻게 마련하는가가 앞으로 매우 중요한 과제로 대두된다.

1 책에 대한 첫째 마당의 글을 읽고 다음 질문에 답해 봅시다.

(1) 「과학자의 서재」에서 글쓴이가 『이기적 유전자』를 읽고 난 후에 황홀감이 좌절감으로 변한 까닭은 무엇일까요?

(2) 「책 한 권으로 인생이 바뀐 이야기」에서 글쓴이가 인생의 경험을 얻는 수단으로 책을 꼽은 이유를 찾아봅시다.

(3) 「책 속에 길이 있다」에서 글쓴이는 왜 청소년기를 외로운 시기라고 말하고 있나요?

2 진로와 관련한 첫째 마당의 글을 읽고 다음 질문에 답해 봅시다.

(1) 「초신성의 후예」에서 초신성과 같은 역할을 하는 사람들은 어떤 사람들인가요?

(2) 「확신이 없어도 괜찮아」에서 글쓴이가 인용한 두 편의 이야기를 통해 전달하고자 하는 것은 무엇일까요?

(3) 자신의 인생에 롤모델이 될 수 있는 인물을 찾아보고, 어떤 점을 닮고 싶은지에 대해 짧은 글을 지어 봅시다.

「과학자의 서재」는 의미 있는 독서 경험을 통해 자신의 진로를 찾을 수 있었던 과학자의 경험을 담고 있습니다. 생물학과에 다니면서도 작가로서의 꿈을 버리지 못했던 글쓴이는 유학 생활을 하면서 만난 책으로 인해 세상에 대한 관점이 바뀌고 황홀감과 좌절감을 맛보게 됩니다. 과학자로서의 길을 걷게 된 계기를 마련해 주고, 인생에 대한 태도를 결정하는 기준이 되어 준 책과의 만남이 여러분도 부러워지나요?

「책 한 권으로 인생이 바뀐 이야기」 역시 책이 진로에 미친 영향과 독서의 가치를 알려 줍니다. 새에 빠져 지냈던 중학생 시절에도, 별자리와 천체 사진에 빠지게 된 고등학생 시절에도 책을 통해 많은 것을 얻을 수 있었지만 책이 자신의 인생을 바꿀 줄 몰랐다는 고백이 기억나나요? 모퉁이를 돌기 전까지 눈앞에 펼쳐지는 광경을 알 수 없듯이 아직 책과의 특별한 만남을 경험하지 못했다고 해서 실망할 필요는 없습니다. 언젠가 여러분에게 일어날 수 있다는 기대를 품으며 서가를 서성이길 권해 봅니다.

「책 속에 길이 있다」는 유년 시절 책이 주었던 위안의 경험을 소개하고, 책을 읽어야 하는 필요성과 가치를 설명합니다. 예민한 청소년기에 느낄 수 있는 모자람을 책 읽기를 통해 채워 나갈 수 있고, 의미 있는 정보를 골라내며 가치 있는 지식을 창조할 수 있는 능력을 키울 수 있었다고 해요. 책 읽기는 어렵고 부담스러운 과정을 필요로 하지만, 그것을 감내할 만한 가치 있는 일이란 사실을 잊지 맙시다.

「초신성의 후예」는 학술 잡지인 『네이처』에 타원 은하의 별 생성 과정을 밝힌 연구를 발표해 주목받은 저명한 천문학자의 글입니다. 글을 읽어 가는 동안 우리는 다양한 시공간을 떠올리게 됩니다. 끝을 가늠할 수 없이 펼쳐지는 우주의 공간과 태양이 태어나기

전 46억 년의 시간을 말이죠. 70억 지구 인구가 모두 별의 흔적을 공유하고 있다는 상상력과, 별처럼 자신의 것을 내주는 초신성을 닮은 이들이 존재한다는 이야기가 차가운 우주를 따뜻하게 만들어 줍니다.

　여러분은 인생의 목표를 무엇이라고 생각하고 있나요? 무엇을 해야 할지 알고 있는 친구를 보며 불안에 떨고 있진 않은지요. 「확신이 없어도 괜찮아」는 인생의 목표에 대해 뚜렷한 생각을 만들지 못한 청소년들에게 진정한 꿈과 가치 있는 삶의 의미를 깨우쳐 주는 글입니다. 삶에 대한 호기심과 흥미를 잃어버리고 열정 없는 공부에 매달린 채 꿈을 직업으로 말하기보다는, 중요한 것과 중요하지 않은 것을 분간하는 기준을 정하라고 말합니다. 진정한 꿈은 무엇이 될 것인가가 아니라 어떻게 살 것인가에 대한 고민과 열정에서 비롯되니까요.

미완성의 걸작[*]
―윤두서의 「자화상」

오주석

　여기 마흔을 넘긴 한 남자의 초상화가 있다. 그것도 자기 얼굴을 자신이 직접 그린 자화상이다. 어떤 인물이었는지는 나중에 살펴보겠지만 공재 윤두서(1668~1715)이다. 이분의 눈매는 상당히 매서워 첫인상만으로도 보는 이를 압도한다. 또 활활 타오르는 듯한 수염은 내면 깊은 곳으로부터 기(氣)를 발산하는 듯하다. 그렇게 작품을 계속 바라보노라면 점차 으스스한 느낌이 들고 결국은 어느 순간 섬뜩한 공포감에 사로잡히기까지 한다.

　이 사람은 누구인가? 무인(武人)인가? 그는 어려서부터 용력(勇力)[*]이 남달랐으며 일찍이 출중한 무예를 갖추었던 인물인지

---

[*] 이 글의 원래 제목은 「미완성의 비장미, 윤두서의 〈자화상〉」이다. 교과서에 수록하면서 제목을 바꾸고 내용을 줄인 것이다.
[*] 용력 씩씩한 힘. 또는 뛰어난 역량.

윤두서 「자화상」

도 모른다. 그리고 어떠한 극한 상황에서도 침착성을 잃지 않았던 냉엄(冷嚴)한[*] 성품의 장군이었는지도 모른다. 아니, 어쩌면 그는 너무나도 비극적인 최후를 맞이했던 인물인지도 모른다. 첫인상은 이렇게 보는 이의 기억 속에 강렬한 에너지의 낙인을 찍어 오래도록 지속되면서 천만 가지 상념(想念)[*]의 뿌리가 된다. 그러나 첫인상은 그다지 믿을 만한 것이 못 되는 경우도 많다. 인상이 반드시 그 인물로부터 나오거나 결정되는 것이 아니기 때문이다. 그가 입은 옷이며 그를 둘러싼 주위 배경이라든가

• 냉엄하다 태도나 행동이 냉정하고 엄하다.
• 상념 마음속에 품고 있는 여러 가지 생각.

그 장소의 독특했던 빛의 흐름 등등 여러 가지 외적 요소가 거기에 더해지기도 하는 것이다.

그러므로 다시 한번 찬찬히 「자화상」을 살펴보기로 하자. 아무런 선입관이나 편견을 갖지 않고서 말이다. 인물은 정면상이다. 그러므로 정확한 좌우 대칭을 이룬다. 얼굴은 단순한 타원형이며 이목구비가 매우 단정하다. 좌우 대칭의 정면상은 입체감을 갖기 어렵다. 그러나 얼굴 전체에서 바깥으로 뻗어 난 수염이 표정을 화면 위로 떠오르게 한다. 더하여 새까만 탕건˚ 끝이 부드러운 곡선을 이루며 휘어져 있어 머리 전체의 부피감을 요령 있게 표현해 준다. 그런데 극사실로 그려진 이 작품 속의 인물은 놀랍게도 귀가 없다. 목과 상체도 없다. 마치 두 줄기 긴 수염만이 기둥인 양 양쪽에서 머리를 떠받들고 있는 것처럼 보인다. 어쩌면 옥에 갇혀 칼˚을 쓴 인물처럼 머리만 따로 허공에 들려 있는 듯하다. 머리는 화면의 상반부로 치켜 올라갔다. 덩달아 탕건의 윗부분이 잘려 나갔다. 눈에 가득 보이는 것이라고는 귀가 없는 사실적인 얼굴 표현뿐인데 그 시선은 정면을 뚫어져라 응시하고 있다. 이러한 초상이 무섭지 않다면 오히려 이상한 일이다.

윤두서의 「자화상」은 우리나라 초상화 가운데서 최고의 걸작, 불후의 명작이라고 일컬어지며 국보 제240호로 지정되어 있다.

˚탕건 벼슬아치가 갓 아래 받쳐 쓰던 관(冠)의 하나. 말총을 잘게 세워서 앞쪽은 낮고 뒤쪽은 높게 턱이 지도록 뜬다. 집 안에서는 그대로 쓰고 외출할 때는 그 위에 갓을 썼다.
˚칼 죄인에게 씌우던 형틀. 두껍고 긴 널빤지의 한끝에 구멍을 뚫어 죄인의 목을 끼우고 비녀장을 질렀다.

여기서 이 작품에 대해 질문을 하나 던져 보자. 도대체 작품 속의 인물이 윤두서라는 사실은 누가 어떻게 확인한 것인가? 화면상에는 이분이 누구인지 알려 주는 글씨가 한 자도 없다. 윤두서에게는 아들 윤덕희, 손자 윤용 등 그림을 잘 그렸던 자손들이 있었다. 만약 현 작품이 다만 후손들의 입을 통해서만 공재 초상이라고 전해 내려왔다면, 혹시라도 무정한 세월의 흐름 속에서 본의 아니게 잘못 전해진 것일 수도 있다. 더구나 작품에는 가로 접힌 금이 같은 간격으로 열일곱 줄이나 보인다. 이것은 작가가 종이를 둘둘 말아 둔 상태에서 그대로 납작하게 눌려 생긴 금이다. 그렇다면 이 작품은 완성된 것이 아니다. 그러므로 물론 족자로 표구(表具)*되지도 않았다. 갑자기 작업이 중단된 채 오랫동안 여러 종이 뭉치 속에 섞여 있다가 뒤늦게야 후손들이 발견한 것일지도 모른다.

이상의 의문점들은 먼저 「자화상」을 꼼꼼히 살펴보고, 또 옛 분들이 남긴 윤두서에 대한 기록을 자세히 대조해 봄으로써 풀어 나갈 수 있다. 먼저 윤두서와 절친했던 이하곤(1677~1724)이라는 분의 글, 「윤두서가 그린 작은 자화상에 붙이는 찬문(尹孝彦自寫小眞贊)」을 살펴보기로 한다. 효언(孝彦)은 윤두서의 자이다.

여섯 자도 되지 않는 몸으로 온 세상을 초월하려는 뜻을 지녔구나! 긴 수염이 나부끼고 안색은 붉고 윤택하니, 보는 사람들은 그가 도사나 검객이 아닌가 의심할 것이다. 그러나 그 진실하게 삼

---

* 표구 그림의 뒷면이나 테두리에 종이 또는 천을 발라서 꾸미는 일.

가고 물러서서 겸양하는 풍모는 역시 홀로 행실을 가다듬는 군자라고 하기에 부끄러움이 없다.

찬문에 묘사된 인물의 생김생김은 분명 윤두서의 「자화상」 속 그것과 같다. 그런데 글에는 "홀로 행실을 가다듬는 군자"로서 "진실하게 삼가고 물러서서 겸양하는 풍모"를 보인다고 설명된 「자화상」의 첫인상이 어째서 무섭기까지 하다는 말인가? 일찍이 감식안(鑑識眼)˙이 높았던 고(故) 최순우 전 국립 박물관장은 윤두서의 「자화상」을 처음 대했을 때의 인상을 회고하면서 거의 충격적이었다고 고백한 바 있다. 물론 앞서 말한 이 그림의 비정상적인 구도와 과감하기 이를 데 없는 생략에서 나온 감상이었다. 그 때문에 「자화상」은 그 놀라운 사실적인 묘사에도 불구하고, 아니 묘사가 사실적인 만큼 더욱더, 몽환 중에 떠오른 영상처럼 섬뜩하게 느껴졌던 것이다.

그런데 현재 이 작품에서 보이는 충격적인 회화 효과는 결코 조선 시대 사대부들이 추구하던 윤리 도덕이나 거기에 근거한 당시의 미감(美感)˙과 맞아떨어지는 것이 아니다. 공자는 『효경(孝經)』˙의 첫머리에서 "신체는 터럭과 피부까지 다 부모님으로부터 받은 것이니 감히 다치고 상하게 할 수 없다. 이것이 효도의 시작이다. 그리고 몸을 세워 도를 행하여 후세까지 이름을 드날림으로써 부모님을 드러나게 할 것이니, 이것이 효도의 마

˙ 감식안 어떤 사물의 가치나 진위 등을 구별하여 알아내는 눈.
˙ 미감 아름다움에 대한 느낌. 또는 아름다운 느낌.
˙ 효경 공자가 제자인 증자에게 전한 효도에 관한 논설 내용을 기록한 책. 유교 경전의 하나이다.

지막이니라."라고 하였다. 그러므로 귀를 떼어 내고 신체를 생략한 그림을 그린다는 것은 도저히 사대부가 할 수 있는 일이 아니다. 앞에서「자화상」의 현상이 작가가 의도한 결과물이 아니라 우연히 작업이 중단되었기 때문에 나타난 것이라고 추측한 까닭은 바로 이 때문이었다.

그런 의심을 품고 있던 1995년 가을, 국립 박물관에서 개최 예정인 '단원 김홍도전'을 준비하면서 백방으로 관련 자료를 찾던 바쁜 와중에 뜻밖에도 58년 전 윤두서「자화상」의 옛 사진을 발견하게 되었다. 그것은 1937년 조선사편수회에서 편집하고 조선 총독부가 발행한『조선 사료집진속(朝鮮史料集眞續)』이라는 책의 제3집 속에 들어 있었다. 옛 사진 속의 윤두서의 모습은 지금 작품과는 크게 달랐다. 그의 몸 부분이 선명하게 그려져 있었던 것이다. 그 결과 현 상태에서 몸 없이 얼굴만 따로 떠 있는, 거의 충격적이라고 부를 만큼 지나치게 강하고 날카롭기만한「자화상」속 윤두서의 생김새가 원래는 훨씬 어질어 보이는 얼굴에 침착하고 단아한 분위기를 띠고 있었다는 사실을 알게 되었다.

그렇다! 이것이 바로 조선의 선비다. 조선 선비라면 어디까지나 원만하게 중용(中庸)의 미감을 지켜 나가야 그 학문인 성리학의 정신에 걸맞다. 윤두서는 옛 사진 속에서 도포를 입고 있었다. 단정하게 여민 옷깃과 정돈된 옷 주름 선은 완만한 굴곡

---

* 중용 지나치거나 모자라지 아니하고 한쪽으로 치우치지도 아니한, 떳떳하며 변함이 없는 상태나 정도.

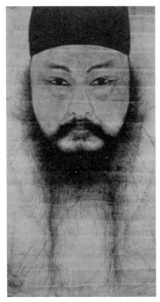

을 갖는 고르고 기품 있는 선으로 이루어졌다. 넓은 깃에 깨끗한 동정˙을 달았으므로 딱딱한 동정과 부드러운 천 사이에는 살짝 주름이 잡혔다. 그 동정과 깃의 턱이 진 이중 구조는 인물을 포근하게 감싸 안듯이 얼굴을 받쳐 주고 있다. 그리고 화면 아래 좌우 구석은 주인공이 편안한 자세로 앉았을 때 생기는 자잘한 주름으로 마무리되었다. 그러나 가장 두드러진 차이점은 안면에서 배어나는 인자함이었다. 너무나도 따뜻해 보이는 감성적인 얼굴과 총명하기 이를 데 없는 눈빛이 거기 있었던 것이다.

원래 있었던 윤두서「자화상」사진 속의 상반신 윤곽선이 그 후 어떻게 해서 감쪽같이 없어졌을까? 비밀은 몸이 유탄(柳炭)

˙동정 한복의 저고리 깃 위에 조금 좁은 듯하게 덧대어 꾸미는 하얀 헝겊 오리.

으로 그려진 데에 있었다. 유탄이란 요즘의 스케치 연필에 해당하는 것으로 버드나무 가지로 만든 가는 숯이다. 이것은 화면에 달라붙는 점착력이 약해서 쉽게 지워진다. 그래서 소묘하다가 수정하기에 편리하므로 통상 밑그림을 잡을 때 사용한다. 그런데 「자화상」의 경우, 주요 부분인 얼굴부터 먹선을 올려 정착시키고 몸체는 우선 유탄으로만 형태를 잡는 과정에서 그 몸에 미처 먹선을 올리지 않은 상태, 즉 미완성의 상태로 전해 오다가 언젠가 그 부분이 지워져 버린 것이다. 아마도 미숙한 표구상이 구겨진 작품을 펴고 때를 빼는 과정에서 표면을 심하게 문질러 유탄 자국을 아예 지워 버리게 된 것 같다. 자세히 보면 옛 사진에서는 두드러져 보이는 종이 바탕의 꺾인 자국이 현 상태에서는 부드럽게 녹어 있다. 그렇게 문지르는 동안 원작품이 가졌던 풍부한 질감, 특히 안면의 부드러운 질감이 희생되고 뼈대가 되는 선적인 요소만 남게 된 것이다.

이제 지금껏 조선 초상화의 최고 걸작이며 파격적인 구도를 가진 완성작이라고 생각되어 온 「자화상」은 미완성작임이 확인되었다. 그래서 귀가 없었던 것이다. 또 완벽하게 마무리된 수염에 반하여 눈동자 선이 너무 진하고 약간 생경해 보이는 것도 그 때문이었다. 하지만 미완성작임이 드러났다고 해서 실망할 것은 없다. 작품의 예술성도 미완성이라고는 절대 말할 수 없기 때문이다. 「자화상」은 완벽하다. 미켈란젤로˙는 일찍이 「노예

˙ 미켈란젤로 이탈리아의 화가, 조각가, 건축가, 시인(1475~1564). 주요 작품에 조각 「다비드」, 「모세」, 벽화 「최후의 심판」 등이 있다.

상」을 조각하면서 미처 다 쪼아 내지 못한 대리석 조각을 남겼다. 그런데 이 미완성작은 오히려 드물게 보는 걸작이라고 평가된다. 다듬어지지 않은 돌이라는 작품 재질과 그로부터 영혼이 깃든 형상을 이끌어 내려는 작가 의식 사이에 말할 수 없이 팽팽한 긴장감이 감돌고 있기 때문이다. 그와 같이 「자화상」 또한 미완성작이지만 오히려 그 덕분에 마지막 손길이 더해지지 않은, 작가 자신에 대한 심오한 상념이 전개되는 과정, 그리고 생생한 자기 성찰의 흔적을 그대로 보여 준다. 그렇다면 미켈란젤로나 윤두서는 어쩌면 똑같이 미완성작 속에서 더 이상 손댈 수 없는 완전성을 감지하고서 그 이상의 작업을 스스로 포기했던 것인지도 모른다.

시각상과 촉각상

−보이는 것을 그릴 것이냐, 아는 것을 그릴 것이냐

이주헌

　파리의 몽마르트르 언덕에는 화가들이 진을 치고 있는 곳이 있다. 테르트르 광장이다. 이곳의 화가들 중에는 검은 종이를 오려 관광객의 얼굴을 만드는 작가도 있다. 그의 작품은 죄다 인물의 옆얼굴만 담고 있는데, 그도 그럴 것이 얼굴 정면을 실루엣으로 표현하면 눈, 코, 입의 생김새를 알 수 없을 뿐 아니라 머리 모양을 어떻게 했느냐에 따라 전혀 다른 사람처럼 보일 수 있기 때문이다.

　이렇듯 대상의 측면 이미지를 표현한 것을 프로필(profile)이라고 부른다. 한 사람의 성품이나 약력에 대한 단평*을 프로필이라고 부르는 데에서 알 수 있듯 미술에서 프로필은 사람의 정면

• 단평 짧고 간단한 비평.

피에로 델라 프란체스카 「우르비노 대공 부부」, 1472년 무렵
대공과 그의 부인이 서로를 바라보는 형식으로 그려진 두 개의 프로필 초상이다. 뒤로 원경이 그려져 있음
에도 정 측면상인 탓에 인물과 공간이 분리된 듯한 인상을 준다. 프로필은 얼굴의 형태를 잡는 데는 편하
지만 이처럼 공간과의 관계를 애매하게 만드는 측면이 있다.

이 아니라 측면을 묘사함으로써 인물의 핵심적인 특징을 뽑아
낸 그림을 가리킨다. 서양에서는 중세 말에서 르네상스 무렵 이
런 프로필 초상화가 많이 그려졌다. 재미있는 사실은 우리나라
를 비롯한 동양에서는 프로필 초상화가 거의 발달하지 않았다
는 것이다. 동양, 특히 중국에서는 오히려 정면상이 대상의 인
품과 특징을 압축적으로 전해 주는 대표적인 초상 갈래였다. 서
양에서도 정면상이 그려지지 않은 것은 아니지만, 빈도로 보면
중국보다 한참 떨어진다. 왜 이런 차이가 발생한 것일까?

　동물들의 이미지를 떠올려 보자. 동물들을 그릴 때 앞면과 옆
면, 윗면 가운데 어느 면이 제일 먼저 떠오르는가? 먼저 말을
그려 보자. 말은 일반적으로 옆에서 본 이미지가 가장 먼저 떠
오른다. 물고기는 어떤가? 그것도 옆에서 본 이미지이다. 도마

고대 이집트 고분 벽화 「늪지로 사냥을 나간 네바문」, 기원전 1400년 무렵

뱀을 그려 본다면? 위에서 본 이미지가 제일 먼저 떠오를 것이다. 이렇듯 동물을 떠올리다 보면 제일 먼저 떠오르는 면이 하나씩 있다. 우리의 머릿속에 각인된 전형으로서의 면이다.

　사람은 어떤가? 사람은 다른 동물과 달리 두 개의 경쟁적인 이미지 면을 동시에 갖고 있다. 고대 이집트의 벽화가 이를 잘 보여 준다. 대영 박물관이 소장한 「늪지로 사냥을 나간 네바문」은, 얼굴과 다리는 측면에서 본 모습을 그린 것이고, 가슴과 눈은 정면에서 본 모습을 그린 것이다. 해부학적으로 불가능한 구성 혹은 자세지만, 이 그림뿐 아니라 고대 이집트 벽화 대부분이 이런 식으로 그려졌다. 이 혼합 형식으로부터 우리는 인간이 부위에 따라 앞면이 먼저 떠오르기도 하고, 옆면이 먼저 떠오르기도 하는 존재라는 사실을 확인할 수 있다. 우리가 네 발로 지상을 돌아다닐 때는 아마도 옆면이 우리의 대표적인 이미지 면이었겠지만, 진화해 두 발로 걸어 다니면서 가슴과 배가 드러나 옆면과 앞면이 동시에 대표적인 이미지 면이 된 것이다. 그러므로 우리에게는 전형의 면이 두 개 있다.

정면상이나 측면상은 이 가운데 어느 하나를 선택해 그린 것이다. 서양에서 프로필이 많이 그려진 것은 백인과 흑인의 경우 해부학적 구조상 옆에서 볼 때 얼굴 특징이 또렷이 살아난다는 점, 그리고 형태의 포치(布置)˙에 유리해 정면상보다 얼굴의 정확한 재현이 쉽다는 점, 고대 로마에서 주화에 황제의 얼굴을 새길 때 항상 측면상을 새긴 전통이 있었다는 점 등이 작용한 탓이라고 볼 수 있다.

이렇듯 인간이 두 개의 경쟁적인 이미지 면을 동시에 가진 까닭에 정면상과 프로필 외에 동서양 모두 이 둘을 한꺼번에 나타내는 부분 측면상을 발달시켰다. 그런데 흥미로운 것은 앞에서 보았듯 고대 이집트 벽화의 경우 그런 자연스러운 방식이 아니라 정면과 측면을 신체 부위에 따라 편의적으로 봉합하는 방식으로 인간의 두 이미지 면을 동시에 나타냈다는 점이다.

그 이유는 무엇일까? 일단 대부분의 벽화가 무덤 벽화라는 사실을 기억할 필요가 있다. 무덤 속의 주인공은 내세에서도 이승

˙포치 안배, 배치.

에서와 마찬가지로 사냥하고 잔치를 벌이며 살 것이다. 그런데 주인공이 자연스러운 부분 측면상으로 그려지면 그 원근 표현에 따라 사지 중 일부가 작게 그려지거나 아예 안 보일 수 있다. 멀리 있거나 다른 것에 겹쳐져 있어 그렇게 보일 수도 있지만, 그 부분이 실제로 작거나 없어서 그렇게 보일 수도 있다. 이집트인들이 보기에 그런 염려를 준다는 것 자체가 문제였다. 자칫하면 사자(死者)는 작은 팔을 가지고, 혹은 사지 가운데 하나 없이 내세를 살아야 할 것이다. 얼마나 불편하겠는가?

고대 이집트인들에게 인체의 일부를 작게 그려 넣는 것은 이처럼 원근에 따른 불가피한 시각적 표현이 아니라 실제의 크기를 줄여 버리는 것으로 느껴졌다. 그것은 불균형이요, 파괴였다. 그들의 그림은 기본적으로 시각상이 아니라 촉각상에 토대를 둔 것이었기 때문이다.

촉각상이란 촉각적 경험이 가져다주는 이미지이다. 이를테면 동일한 종류의 사물이 앞뒤로 떨어져 있어서 한 지점에서 볼 때 크기가 달라 보여도 만져 보면 같듯, 사물의 객관적 형태나 모양에 대한 인식을 상으로 나타낸 것이다. 시각상이란 시각적 경험이 가져다주는 이미지이다. 같은 사물도 보는 위치에 따라 더 크거나 작아 보이듯, 주체가 본 그대로 상을 나타낸 것이다. 그런 까닭에 시각적으로 어떻게 보이느냐보다 실제 그 형태나 모양이 어떤가에 더 관심을 둔 이집트 벽화는 시각상보다 촉각상을 더 중시한 그림이라고 할 수 있다.

원근법적 표현에 익숙한 오늘의 시각에서 보자면 이처럼 시각상보다 촉각상에 더 치중하여 그린 이집트인들의 표현이 어색하게 느껴질 수 있다. 하지만 일반적으로 사람들은 이미지를 표현할 때 촉각상에 기초한 형태 이해를 강하게 드러낸다. 원근법적으로 표현하는 훈련을 따로 받지 않았다면 말이다.

일례로 우리나라 민화의 책거리 그림을 보면 책장이나 탁자의 앞부분과 뒷부분의 길이가 같은 경우가 많다. 건물을 그린 그림도 마찬가지이다. 보이는 대로 그린다면 뒷부분의 길이가 짧게 그려져야 한다. 하지만 그렇게 그리지 않은 경우가 더 많았다. 이런 사례는 사람이 사는 곳이면 어디든 쉽게 볼 수 있는 현상이다. 그러나 고대 그리스와 르네상스 시대의 유럽에서 철저히 시각적 경험에만 의존하여 대상을 묘사하는 특수한 현상이 나타났다. 그리고 이런 시각적 사실성이 서양 미술의 고유한 표현 특성이 되었다.

이로부터 우리는 보이는 것을 재현하는 것 이전에 아는 것을 전달하는 데에 미술의 일차적인 기능이 있음을 알 수 있다. 말이나 글처럼 말이다. 이는 왜 완벽한 시각적 사실성을 표현하는 것이 오직 유럽에서, 그것도 특정한 시기에만 발달했으며, 나아가 현대에 들어서는 추상화 등이 나타나 그 전통마저 무너져 내렸는가에 대한 답이 된다.

미술의 보다 보편적인 기능은 시각적 사실의 재현이 아니라 세계에 대한 앎과 이해, 느낌을 전달하는 데 있다. 이를 시각적 사실성에 의지해 표현하는 것은 그 전달을 위한 수많은 방법 중 하나에 불과한 것이다.

고대 이집트 벽화로 다시 눈길을 돌려 보자. 사람을 그린 것임에도 정면과 측면의 봉합이 아니라 정면이나 측면 어느 한쪽에

고대 이집트 고분 벽화 「악사와 무희」, 기원전 1400년 무렵
이집트 화가들은 신분이 낮은 이들은 정면과 측면을 봉합하지 않고 좀 더 사실적으로 묘사하곤 했다. 악사
를 포함한 두 사람의 여인은 순수한 정면, 무희 두 사람은 순수한 측면에서 포착한 모습으로 그려져 있다.

서 본, 좀 더 사실적인 묘사를 한 그림들이 있다. 농부나 무희˙
를 그린 그림들이다. 이처럼 신분이 낮은 존재를 그릴 때는 시
각상에 가깝게 그리고, 파라오나 귀족처럼 신분이 높은 존재를
그릴 때는 촉각상에 가깝게 그리는 형식으로부터 우리는 이 벽
화에 '세계의 질서'에 대한 이집트인들의 고유 인식이 담겨 있
음을 확인할 수 있다. 곧 보이는 대로 그려진다는 것은 찰나의
대상이 된다는 것이요, 그것은 필멸˙의 운명을 드러내는 것이
다. 하지만 아는 대로 그려진다는 것은 영원한 질서의 대변자가
되는 것이요, 영생˙을 약속받는 것이다. 촉각상은 시각상에 비
해 이런 '진리의 전달'에 좀 더 유리한 이미지다.

흔히 미술을 공간 예술이라고 하지만, 이렇듯 미술은 단순히
공간을 시각적 감각에 의해 파악하고 표현하는 예술이 아니라,

• 무희 춤을 잘 추거나 춤추는 것을 직업으로 하는 여자.
• 필멸 반드시 멸망함.
• 영생 영원한 생명. 또는 영원히 삶.

공간과 세계에 대한 총체적 이해를 토대로 그 속에서 벌어지는 갖가지 사건들에 대한 우리의 인식과 사유°를 다양한 조형 형식에 의존해 표현하는 예술이라 할 수 있다.

° 사유 개념, 구성, 판단, 추리 등을 행하는 인간의 이성 작용.

로봇 시대와 인간의 일

구본권

21세기 들어 일자리 구조에 근본적인 바람이 불어오고 있다. 증기 기관의 발명으로 시작된 18세기 산업 혁명이 '제1의 기계 시대'를 열었다면 디지털과 컴퓨터 기술은 '제2의 기계 시대'를 만들고 있다. 제1의 기계 시대에는 동력을 이용하는 기계가 저임금 육체노동을 대체했지만, 제2의 기계 시대에는 그동안 인간 고유의 지적이고 정신적인 작업으로 여겼던 업무마저 인공 지능을 갖춘 로봇˚이 담당한다.

　로봇은 여러 방면에서 인간과 경쟁하고 있다. 로봇은 각종 퀴즈 대결에서 이미 인간을 이기기도 했다. 기계 학습˚ 기능을 갖춘 인공 지능˚ 로봇은 학습이나 프로그래밍이 되어 있지 않은

˚ 로봇 어떤 작업이나 조작을 자동적으로 하는 기계 장치.
˚ 기계 학습 인간의 학습 능력과 같은 기능을 컴퓨터에서 실현하고자 하는 기술이나 기법.
˚ 인공 지능 인간의 지능이 가지는 학습, 추리, 적응, 논증 따위의 기능을 갖춘 컴퓨터 시스템.

상태에서 시행착오를 거치며 스스로 학습함으로써 사람보다 뛰어난 과업 수행 능력을 보여 준다. 운전자 없이 장거리를 운행하는 자율 주행 차˙, 각종 산업 현장에서 인간보다 높은 생산성을 보이는 로봇, 재난 구조 로봇, 군사 로봇 등이 등장하였다. 드론˙은 무인 공중 배달의 가능성을 열어 보이고 있다. 그러나 이러한 것들은 숨 가쁜 변화의 일부에 지나지 않는다. 편리하면서도 강력한 신기술이 개발되면 결국 그동안 해당 업무를 수행해 온 사람들은 일자리를 빼앗길 운명에 처한다.

제2의 기계 시대에는 그동안 인간만이 할 수 있던 지식 기반 업무도 상당 부분 로봇에 의해 대체된다. 로봇이 복잡한 계산 업무를 대신하는 수준을 넘어서서 사람만의 영역이었던 인지˙적 판단이나 고도의 지적이고 정신적인 업무마저 넘보기 시작했다. 3차 산업이라고 불리는 서비스업 가운데 부가 가치와 전문성이 높은 영역도 로봇과의 경쟁에 직면했다. 기자, 의사, 약사, 변호사, 회계사, 세무사, 교수 등의 전문 직종도 예외가 아니다. 재교육을 받고 새로운 기기나 기술, 서비스 방법을 익히는 것만으로도 예전에는 충분히 경쟁력을 유지할 수 있었으나 이제는 그렇지 않다. 경쟁 상황과 시장 조건이 근본적으로 달라졌기 때문이다. 예를 들어 살펴보자.

『로스앤젤레스 타임스』는 2015년 3월 30일 새벽 2시 캘리포

˙ 자율 주행 차 운전자가 차량을 조작하지 않아도 스스로 주행하는 자동차.
˙ 드론 무선 전파의 유도로 비행과 조종을 할 수 있는 무인 항공기. 순화어는 '무인기'.
˙ 인지 자극을 받아들이고, 저장하고, 인출하는 일련의 정신 과정. 지각, 기억, 상상, 개념, 판단, 추리를 포함하여 무엇을 안다는 것을 나타내는 포괄적인 용어로 쓴다.

니아 주 인근에서 진도[*] 4의 지진이 발생했다는 기사를 보도했다. 지진 발생에서 기사 보도까지 걸린 시간은 단 5분이었다. 이는 작성자가 사람이 아니라 퀘이크봇(Quakebot)이라는 기사 작성 로봇이었기 때문에 가능했다. 지진, 스포츠 경기 결과, 증권 시황[*]에 대한 보도처럼 데이터를 활용해야 하는 보도는 점점 로봇의 일이 되고 있다. 기사 작성 로봇은 이미 에이피(AP)통신 등 유수[*]의 언론 기관에서 수많은 기사를 작성하고 있다. 국내에서도 기사 작성 로봇은 이미 실험 단계를 넘어 사람 기자가 쓴 기사와 구별하기 어려울 정도로 완성도 높은 기사를 작성해 내고 있다. 수년에 걸쳐 훈련받은 기자들만이 하던 취재와 기사 작성의 고유한 업무를 로봇이 대신하고 있는 것이다.

의사와 약사의 업무도 예외는 아니다. 2000년대 국내에도 도입된 '의약품 안심 서비스'[*]는 과거 의사와 약사가 수행하던 전문적 업무를 훌륭하게 대신하고 있다. 투약 정보를 인터넷에서 실시간으로 공유함으로써, 부작용을 일으킬 수 있는 다량의 약을 처방받거나 함께 먹어서는 안 될 약품을 복용하는 상황을 예방할 수 있다. 전문가의 업무를 자동화 프로그램이 대신하게 됨으로써 가능해진 것이다. 그동안 전문가들이 맡던 일을 로봇이 대체하는 현상은 광범위하게 나타나고 있다.

- 진도 어떤 지역에서 나타나는 지진의 진동 크기나 피해 정도.
- 시황 상품이나 주식 따위가 시장에서 매매되거나 거래되는 상황.
- 유수 손꼽을 만큼 두드러지거나 훌륭함.
- 의약품 안심 서비스 의약품 안전 사용 서비스. 의사와 약사가 약을 처방·조제·판매할 때 그 내용을 건강보험심사평가원과 연결된 전산망에 입력하면 의약품 안정성과 관련한 정보를 실시간으로 확인하여 알려 줌으로써 부적절한 약물 사용을 사전에 점검·예방하는 서비스.

변화는 제조업 영역에서 서비스업 분야로 빠르게 이동하고 있다. 농업과 제조업에 이어 서비스업의 일자리마저 로봇에 내준 노동자들은 새로운 일자리를 얻게 될까? 농업을 제조업이, 이를 다시 3차 산업인 서비스업이 대체한 것처럼 우리가 모르는 4차 산업이 인류를 위해 예비되어 있는가? 이 물음에 대해 낙관적으로 답하기 어려운 것이 현실이다.

거대한 변화의 물결 속에서 미숙련 노동자의 앞날은 더 암울하다. 산업 사회는 이들에게 단순 노무*나 판매직 같은 제조업, 서비스업의 일자리를 제공했지만, 앞으로 미숙련 노동자들은 로봇과 자동화에 밀려 평생 일자리를 갖지 못하는 재앙을 만날 수도 있다.

그렇다면 기술 변화에 따라 일자리가 감소하는 문제를 어떻게 바라봐야 할까? 두 가지 차원에서 생각해 볼 수 있다. 사회적 차원에서는 사라지는 일자리보다 새로운 일자리를 더 많이 만들어 내면 된다. 하지만 개인에게 중요한 것은 사라지는 일자리보다 새로운 일자리가 더 많이 생길지에 대한 논의는 아닐 것이다. 그런 것은 경제학자나 정책 기획자에게나 중요한 문제이지 개인의 관심사는 아닐 수 있다. 개인들에게는 '자동화의 거센 물결 속에서 내 일자리가 앞으로 유지될 수 있느냐?' 하는 것이 훨씬 중요한 문제이다.

로봇이 일자리를 없애더라도 생산성이 높아지고 그 덕분에 사회 전체적으로 부가 가치가 늘어나면 역소득세*나 기본 소

---

* 노무 임금을 받으려고 육체적 노력을 들여서 하는 일.

득°의 도입, 또는 사회 복지 확대와 같은 재분배 방법을 동원해서 사람들이 일은 덜 하면서도 소비와 여가는 더 많이 누릴 수 있다는 것이 로봇 문명을 낙관하는 사람들의 생각이다. 하지만 일자리 없이 안락함을 누리는 삶이 과연 더 행복할지는 의문이다. 노동은 자존감을 높이고 정체성을 지키게 하는 등 사람의 정신 건강에 갖는 의미가 지대하다. 기본 소득 보장과 같은 금전적 수단만으로 미래의 실업 문제를 해결하려는 것은 그래서 지나치게 단편적 접근 방식이다. 사회 구성원에게 적절한 일자리를 제공하는 것은 로봇 시대에 무엇보다 중요한 사회적 과제이다.

20세기 영국의 철학자 버트런드 러셀은 인간은 권태, 죄의식, 피해망상증 때문에 불행해지며, 그 대신 열정, 사랑, 노력과 체념, 그리고 일을 통해서 행복에 이르게 된다고 주장했다. 고된 노동은 힘들지만 적당한 일은 행복하고 보람 있는 삶에 필수적 요소라는 게 많은 현인들의 가르침이다.

로봇과 자동화의 시대에도 공동체의 안녕과 구성원의 행복을 위해서 적정한 일자리가 필요하다는 것은 명약관화(明若觀火)°하다. 아무리 사회적 안전망이 잘 갖춰져 있고 유산이나 기본 소득으로 안정된 삶을 유지할 수 있다 하더라도 일자리가 없다면 진정한 행복을 누리기 어렵다.

• 역소득세 일정 수준의 소득세 면세 한도를 기준으로 하여 소득이 그에 미치지 못하는 저소득자에게 정부가 보조금을 지급하는 제도.
• 기본 소득 재산의 많고 적음이나 근로 여부와 관계없이 모든 사회 구성원에게 매월 생활을 충분히 보장하는 수준의 소득을 무조건적으로 지급하는 것.
• 명약관화 불을 보듯 분명하고 뻔함.

직업의 세계에 밀려오는 거대한 물결을 우리는 어떻게 맞아야 하는가? 모든 일이 자동화될 수도 있다는 점을 이해하고, 평생 직업 따위는 없다는 사실을 받아들이며, 새로운 현실에 적응해야 한다.

달라진 현실에서 성공적으로 직업 생활을 하려면 다음 사항에 유의하여 스스로 길을 찾아야 한다.

첫 번째는 적극적으로 최신 기술을 수용하고 이를 통해 새로운 과제를 발견하는 것이다. 이때 인공 지능, 로봇 기술, 자동화의 구조와 질서를 탐구하고 주도적으로 받아들여 로봇 환경에 적응하는 것이 중요하다. 미세 수술에 수술용 로봇을 활용하는 것처럼 자신의 영역에 최신 기술을 접목할 방법을 찾아 나가는 것이다. 이제껏 사람이 해 오던 직무를 더 정확하고 신속하게 해낼 로봇에게 맡기고, 우리는 그동안 마주하지 못했던 새로운 과업을 발견하고 존재하지 않던 가치를 만들어 내는 등 더 중요한 일에 집중해야 한다.

두 번째는 직업을 유지, 개선, 탐색하기 위한 지속적인 학습과 재교육이다. 평생직장˚이나 종신직˚이 불가능한 환경에서 가장 필요한 능력은 유연성과 평생 학습자로서의 태도이다. 아무리 자신의 직업 영역에서 최신 기술을 익히고 로봇을 능숙하게 다룰 수 있는 능력을 갖추더라도 곧 그보다 더 높은 수준의 기술적 변화에 직면할 수 있기 때문이다. 이제껏 내가 알지 못하

˚ 평생직장 입사해서 정하여진 나이가 되어 퇴직할 때까지 계속 근무하는 직장.
˚ 종신직 평생 동안 일할 수 있는 직위. 유죄 선고 또는 징계 처분에 의하거나 스스로 그만두지 않는 한, 물러나게 되지 않고 평생 계속한다.

던 전혀 새로운 환경이 언제든지 닥쳐올 수 있다는 것을 유념하고, 유연성을 발휘해서 새로운 길을 찾으려는 태도를 지녀야 한다. 인간은 지금까지 숱한 어려움에 맞닥뜨려 왔지만 언제나 유연성을 잃지 않고 창의적 방법을 찾아 헤쳐 나왔다. 유연성은 불안 요소가 가득한, 그렇기 때문에 예측하기 어려운 미래의 직업 세계에서도 마찬가지로 요구되는 덕목이다.

끝으로, 주위에서 함께 일하고 싶어 하는 덕성을 지닌 사람이 되는 것이다. 아무리 로봇이 득세하더라도[•] 여전히 마지막 결정과 관리는 사람이 담당하게 된다. 함께 일하고 싶은 '좋은 동료', 곧 인격을 갖춘 사람이 더욱 귀하고 중요해질 수밖에 없다.

• 득세하다 세력을 얻다. 형세가 좋게 되다.

기계와의 경쟁

김대식

과학 저널 『네이처』는 과학계에서는 가장 큰 영향력을 자랑하지만, 워낙 까다롭고 경쟁률이 높아 『네이처』에 평생 한 번의 논문을 제출하기도 어렵기로 유명하다. 특히 응용 공학 논문이 『네이처』에 실리기란 하늘의 별 따기보다 어렵다는 소문까지 있다. 그런 『네이처』에 최근 인공 지능 논문이 실려 화제다. 그것도 유명 대학이나 연구소가 아닌 영국의 작은 스타트업˙에서 제출한 논문이었다.

논문을 제출한 회사 디프마인드는 최근 가장 각광받는 스타트업 중 하나다. 아직 단 하나의 제품도 서비스도 내놓지 않은 디프마인드를 구글이 2014년 7000억 원 이상을 주고 인수했을 정도다. 구글은 왜 그 많은 돈을 투자했을까? 우선 디프마인드

˙ 스타트업(startup) 설립한 지 오래되지 않은 신생 벤처 기업을 뜻한다.

공동 창업자 데미스 하사비스는 영국 최고의 천재로 알려져 있다. 청소년 시절 체스 챔피언 중 한 명이었던 그는 최고 수준의 컴퓨터 게이머이자 게임 프로그래머로도 유명했다. 케임브리지 대학 컴퓨터 공학과를 수석 졸업한 하사비스는 런던 대학에서 뇌 과학으로 박사 학위를 받기도 했다.

그렇다면 디프마인드는 무엇을 하는 회사일까? 바로 뇌 모방 형식의 기술을 이용한 인공 지능 시스템을 개발하는 것이다. 그리고 이번 『네이처』에 소개된 논문이 바로 디프마인드의 첫 결과물이다. 강화 학습적 디프 러닝(deep reinforcement learning)이라는 뇌 모방적 인공 지능 기술을 통해 컴퓨터가 스스로 컴퓨터 게임을 학습할 수 있는 능력을 갖게 했다. 그것도 인간을 능가하는 수준으로 말이다. 하지만 이건 시작에 불과하다. 디프마인드의 궁극적 목표는 인공 지능 기술을 통해 컴퓨터가 스스로를 프로그래밍 할 수 있는 능력을 학습하게 하는 것이다.

오바마 미 대통령은 자신도 코딩*을 배울 정도라며 청소년들에게 코딩의 중요성을 강조한 바 있다. 미래 사회에서 컴퓨터 프로그래밍은 필수적이라는 생각이다. 하지만 만약 디프마인드의 계획이 성공한다면 머지않은 미래에 인간의 도움 없이도 코딩하는 컴퓨터가 등장할 수 있다. 기계가 인간으로부터 독립하는 순간이다.

---

* 코딩(coding) 컴퓨터 프로그래밍의 다른 말로, 컴퓨터 언어로 프로그램을 만드는 것. 주어진 명령을 컴퓨터가 이해할 수 있는 언어(문자나 숫자)로 바꾸어 입력하는 작업을 말한다.

약한 인공 지능 대 강한 인공 지능

뇌 과학과 인공 지능을 연구하다 보면 미래 인공 지능이 우리 사회에 미칠 영향에 대한 이야기들을 많이 하게 된다. 길거리엔 무인 자동차들이 다니고, 공장엔 기계가 인간을 대신해 일한다. 영화에 단골로 등장하는 '인공 지능' 시대의 모습이다. 그렇다 면 지능과 의식을 가진 기계는 정말 가능할까? 불과 몇 년 전까 지 인공 지능의 현실은 너무나도 초라했다. 인간에겐 쉽고 당연 한 것들이 기계에는 본질적으로 불가능했으니 말이다.

하지만 세상은 변했다. 무엇이 변했을까? 우선 '디프 러닝'이 라는 기계 학습 기술의 등장이다. 기본 인공 지능이 구조화된 규칙을 통해 '지능'을 만들어 내려 했다면 디프 러닝은 학습을 통해 기계가 스스로 판단 능력을 가지도록 한다. 그러나 기계 학습을 위해서는 대량의 데이터가 필요하다. 그것이 바로 혁신 의 두 번째 요소이다. 우리 모두 이메일, 소셜네트워크, 클라우 드 서비스를 '무료'로 사용하고 있다. 물론 인생에 무료란 있을 수 없다. 우리는 단지 돈 대신 개인 정보를 제공하고 있을 뿐이 다. 디프 러닝 기계에 인간은 학습에 필요한 '학습지'일 뿐이다.

디프 러닝 덕분에 기계들은 1, 2년 전부터 인간과 비슷한 수 준으로 '보고' '듣고' '읽고' '쓰기' 시작했다. 기계가 이미 세상 을 이해하기 시작했으며 많은 전문가는 앞으로 20~30년 내 인 간을 능가하는 수준의 기계들이 등장할 것이라고 믿고 있다. 좋

• 디프 러닝(deep learning) 컴퓨터가 여러 데이터를 이용해 마치 사람처럼 스스로 학습할 수 있게 하기 위해 인공 신경망(artificial neural network)을 기반으로 구축한 기계 학습 기술.

게 보면 인간의 삶은 그 덕분에 더욱 편해지고 안전해지고 풍요로워질 수 있다. 그런데 빌 게이츠, 일론 머스크, 스티븐 호킹, 이들이 얼마 전부터 '인공 지능의 위험성'에 대해 목소리를 높이고 있다. 왜 그럴까? 우선 두 가지 인공 지능이 있다는 점을 기억하는 게 좋다.

하나는 인간 수준으로 정보를 처리할 수 있는 '약한 인공 지능'이다. 정보의 약 10퍼센트로 알려진 계량화·구조화된 데이터 분석만 가능한 현재 컴퓨터와는 달리, 약한 인공 지능은 계량화·구조화되지 않는 나머지 90퍼센트 데이터 역시 분석할 수 있다는 장점을 갖고 있다.

약한 인공 지능이 진화한 형태를 '강한 인공 지능'이라 한다. 독립성이 없는 약한 인공 지능과 달리, 강한 인공 지능은 자신만의 의도 역시 가질 수 있다는 가설이다. 영화에 단골로 등장하는 인공 지능은 대부분 이런 강한 인공 지능을 말하는 것이고 호킹, 머스크, 게이츠는 인간을 뛰어넘는 초지능(superintelligence)을 가진 강한 인공 지능이 인류를 멸망시킬 수 있다는 점을 걱정하는 것이다.

그렇다면 인간의 명령을 따르는 약한 인공 지능은 문제가 없을까? 인공 지능 기계들이 사회에서 필요한 대부분 일을 하게 된다면 대다수가 더 이상 할 일이 없을 수 있다는 문제가 생긴다.

2000년 전 로마 역사를 기억해 보자. 지중해 주변 모든 나라를 점령한 로마인들은 더 이상 할 일이 없었다. 노예 수천만 명이 의식주와 관련된 모든 일을 해결해 줬으니 말이다. 그렇다면 노동에서 해방된 로마인들은 그저 인생을 즐기며 편하게 살았을까?

물론 아니다. 노예 노동을 기반으로 생산된 부는 대부분 귀족의 몫이었고, 로마 시민의 90퍼센트는 일자리도 미래도 없는 평생 실업자로 전락한다. 폭동과 혁명이 두려웠던 정부는 모든 로마 시민에게 무료로 술과 음식을 제공했고, 콜로세움*에서는 하루 12시간 동안 인간이 다른 인간을 죽이는 모습을 생생하게 볼 수 있는 잔인한 구경거리가 무료로 제공됐다. 결국 로마를 일으킨 중산층은 몰락하고, 로마 공화국은 귀족과 황제 위주의 제국으로 타락한다. 약한 인공 지능 시대를 앞으로 경험하게 될 우리가 걱정해야 할 역사적 교훈이다.

우리는 무엇을 하며 먹고살아야 할까

기계가 모든 걸 다 한다면 우리는 무엇을 하며 먹고살까? 현대인들은 대부분 정보 서비스와 관련된 일을 하고 있다. 정보 서비스란 세상을 알아보고 정보를 수집하고 글을 읽고 쓰는 것이다. 바로 머지않은 미래에 기계가 우리보다 더 잘할 수 있는 것들이다! 인공 지능이 등장하는 순간 현재 존재하는 직업의 47퍼센트 정도가 사라질 수 있다고 한다. 영국 옥스퍼드 대학 칼 프레이와 마이클 오즈번 박사는 '생각의 기계화'가 현실화되는 순간, 현재 존재하는 직업의 절반 이상이 사라질 수 있다고 예측한 바 있다. 그중엔 기자, 작가, 교수, 회계사, 변리사* 같은

---

* 콜로세움 이탈리아 로마에 있는 고대의 원형 투기장.
* 변리사 새로운 기술 발명이나 디자인, 상표 등의 특허권 취득을 위한 법률적 사무를 대리해 주는 일을 직업으로 하는 사람.

'잘나가는' 직업도 포함돼 있다.

그러면 200년 전, 제1차 산업 혁명 당시와 같이 사라지는 직업보다 더 많은 새로운 일자리를 만들면 되는 거 아닐까? 반도체 집적 회로 성능이 18개월마다 2배로 증가한다는 무어의 법칙(Moore's law), 인간 뇌 기능을 모방한 인공 지능 기술들, 그리고 스마트 기기와 소셜네트워크를 통해 쌓인 빅 데이터, 오늘날 인류는 이미 또 한 번의 산업 혁명을 경험하고 있다. 팔다리의 '힘'만을 대체할 수 있는 기계를 탄생시킨 제1차 산업 혁명과는 달리, 미래 기계들은 정보를 이해하고 처리하는 '생각 능력' 역시 대체할 것이다. 그리고 기계는 인간과 비교할 수 없을 만큼 더 빠르게, 더 많이, 그리고 더 저렴하게 정보를 처리하고 이해하게 될 것이다. 인간의 학습 능력은 한정돼 있지만 지능을 가진 기계는 자신의 능력을 스스로, 그리고 기하학적으로 업그레이드할 수 있다. 결국 본질적인 교육적·경제적·사회적 혁신 없이는 대부분 사람이 기계와의 경주에서 영원히 뒤질 수밖에 없고, 인공 지능이 등장했음에도 여전히 학원에서 국·영·수만 달달 외우는 한국인은 기계와의 경쟁에서 살아남을 수 없을 것이다.

오늘날 초등학생들이 성인이 될 무렵 그들의 가장 큰 경쟁자는 더 이상 명문대 졸업생도, 유학생도 아닌, '생각할 수 있는 기계'일 거라는 말이다. 그렇다면 우리가 지금 해야 할 일은 바로 이거다. 우리는 아이들에게 미래 기계와 경쟁에서 이길 수 있는, 인간 고유의 능력을 가르쳐 줘야 한다.

그렇다면 오늘날 젊은이들은 어떤 준비를 해서 인공 지능 시대를 대비해야 할까? 한 가지는 확실한 듯하다. '취업'과 '직장'의 의미가 본질적으로 달라질 것이다. 직업이라는 개념은 그다지 오래되지 않았다. 인류는 오랫동안 타고난 신분과 운명에 따라 살았을 뿐이다. 취업이란 무엇인가? 논리적으로 취업이란 타인이 정의해 놓은 일자리를 갖고 수많은 사람과 경쟁하는 사실을 말한다. 취업이란 언제나 남이 차려 놓은 밥상에 내 숟가락을 올려놓는 것이다.

인공 지능 시대의 핵심은 이런 것일 수도 있다. 우리는 더 이상 이미 존재하는 일자리에 지원하는 것이 아니라 개개인 모두 새로운 일자리, 아니 새로운 직업을 만들어 내야 한다. 내가 무엇을 원하고, 어떤 인생을 살기 원하고, 무엇을 이 세상 누구보다 더 잘하는지를 인식한 다음, 그 무엇을 사회가 필요로 하는 새로운 가치로 바꿔야 한다는 말이다.

라면의 과학

이은희

날로 먹을 수 있는 이유

밤 11시, 아이들이 모두 잠든 시간. 드디어 전장에 고요가 찾아왔다. 새벽 6시부터 장장 17시간에 걸쳐 이어진 육아 전쟁의 하루가 드디어 저문 것이다. 질풍노도의 시기에 접어든 일곱 살짜리 사내아이와 이제 막 첫돌을 넘겨 '진격의 걸음마' 시기에 돌입한 쌍둥이 녀석들과의 하루는 늘 전쟁을 방불케 한다. 하루 종일 귓가에 맴돌던, 엄마를 부르는 소리가 사라지자 그제야 내 안의 소리가 들려온다. 위장이 꼬르륵대며 시위를 한다. 생각해 보니 애들 저녁 챙겨 먹이느라 정작 난 먹는 것도 잊고 있었다.

육아 전쟁으로 너덜너덜해진 몸으로 뭔가를 챙겨 먹는 것도 노동이다. 그렇다고 하루 종일 소외되었던 위장을 내버려 둘 수도 없는 일. 그래서 우리 집 벽장 안에는 이럴 때를 대비한 진투 식량이 늘 비치되어 있다. 바로 라면이다. 그 얼큰하고 구수한 국물 생각에 벌써부터 군침이 돈다. 하지만 아직 개수대에 쌓여 있는 설거짓감들이 떠오르자, 라면의 유혹은 빛을 잃기 시작한다. 설거지하기도 귀찮은데 그냥 생으로 부숴서 먹어 버릴까?

라면은 바쁘고 지친 현대인들에게 빠르고 간편하고 값싸게 한 끼를 대신하게 해 주는 고마운 존재임에 틀림없다. 방금 라면을 '전투 식량'에 빗대어 말했는데, 흥미로운 사실은 라면의 원래 기원이 실제로 전투 식량이었다는 점이다. 중일 전쟁* 때 중국 군인들은 기름에 튀긴 국수를 말려서 휴대하고 다니며 전투 사이에 먹었다고 한다. 기름에 튀겨 말린 국수, 이것이야말로 라면의 원조가 아니겠는가?

라면은 그 기원이 전투 식량에 있는 만큼 빠르고 간편하게 먹을 수 있다는 점이 가장 큰 강점으로 꼽힌다. 심지어 라면은 익히지 않고 날로도 먹을 수 있는 거의 유일한 밀가루 음식이다. 일반적으로 밀가루는 날로 먹지 않는다. 생(生) 밀가루는 먹기도 어렵고 맛도 없는 데다가 밀가루 특유의 비린내도 심하게 난다. 게다가 소화도 잘되지 않기 때문이다. 따라서 밀가루를 이용한 음식을 먹을 만한 상태로 만들기 위해서는 반드시 익히는 과정이 필요하다.

하지만 라면만은 다르다. 라면이 가지는 전투 식량으로서의 중요한 가치 중 하나는 물을 끓이기조차 귀찮을 만큼 지쳤을 때도 먹을 수 있다는 것이다. 익혀 먹으라고 만든 음식 중에 그저 먹기 좋은 크기로 부순 뒤 살짝 간만 하면 먹을 수 있는 음식이

---

* 중일 전쟁 1937년 중국과 일본 사이에 벌어진 전쟁.

또 어디 있을까? 심지어 어떤 이들은 끓여 먹는 것에 못지않게 이 방법을 선호하기도 한다. 여기서 착안해 어떤 회사에서는 '부숴 먹는 라면'을 출시하기도 했다. 이 '부숴 먹는 라면'은 이름만 라면이지 실제로는 과자다. 그러니 끓여 먹는 무모한 짓은 자제하는 것이 좋다. 인터넷상에서는 이 무모한 행위의 피해자들을 쉽게 접할 수 있으니 제발 간접 경험으로 만족하자.

그렇다면 왜 익히지 않은 밀가루는 먹기 힘든 것일까? 그건 밀가루 속에 든 전분의 특성 때문이다. 밀가루 속의 전분은 원래 규칙적인 분자 배열 형태인 베타 형태를 띠고 있는데, 여기에 열을 가하면 전분의 분자 형태가 풀어지며 불규칙한 구조인 알파 형태로 바뀐다. 이렇게 알파화한 알파 전분*은 맛과 향이 좋아질 뿐 아니라, 소화 효소의 작용을 받기 쉬워서 소화도 잘된다. 여기서 라면을 날로 먹을 수 있는 이유가 나온다. 실제로 '생(生)' 라면은 진짜 '날' 라면이 아니라는 말이다. 라면의 면은 밀가루로 만든 면을 기름에 튀긴 뒤 바짝 말린 것이다. 일단 뜨거운 기름에 튀겼기 때문에 면 속의 전분은 이미 알파화가 끝난 상태다. 그러므로 익히지 않고 부숴 먹어도 별다른 이상이 없는 것이다.

끓는 물을 붓고 3분을 기다려야 하는 이유

그때였다. 봉지 라면 뒤에 다소곳이 숨어 있던 컵라면을 발견한 것은. 세상 무엇이 이보다 반가울까. 이거면 설거지 걱정 없

---

* 알파화한 알파 전분 생(生) 전분이 익어 먹기 쉬운 상태로 변하는 현상을 '전분의 알파화'라고 하고, 이러한 상태의 전분을 '알파 전분'이라 한다.

이 뜨끈한 국물의 여유를 즐길 수 있다. 30초면 물이 끓는다는 전기 포트에 물을 올리고 컵라면의 뚜껑이 찢어지지 않게 조심스럽게 떼어 낸 뒤 스프를 꺼내 뿌린다. 개수대에서 수저를 씻어서 식탁으로 오자 벌써 물이 끓고 있다. 조심스레 물을 붓고 기다린다. 컵라면을 먹어 본 이들이라면 3분이라는 시간이 얼마나 긴 시간인지를 새삼 깨닫게 된다. 시간의 상대성을 우리는 흔하디흔한 컵라면 앞에서 경험하는 것이다.

앞서 말했듯 라면이 국수나 우동과 다른 점은 면을 한 번 튀겨서 익혔다는 것이다. 이로 인해서 끓이지 않고 먹을 수 있을 뿐만 아니라, 끓여서 먹더라도 한 번 익혔던 상태라 훨씬 금방 익는다. 심지어 컵라면은 지속적으로 끓일 필요도 없고 단지 끓인 물을 붓기만 해도 먹을 수 있다. 그런데 왜 하필 끓는 물을 붓고 3분을 기다려야 하는 것일까? 어차피 바쁜 상황에서 먹을 수 있는 음식이라면 1분 안에, 아니 끓는 물을 붓자마자 익혀서 먹을 수 있게 변하면 좀 좋아?

봉지 라면과 컵라면은 면발부터 다르다. 컵라면의 면발은 봉지 라면의 그것에 비해 더 가늘거나 납작하다. 부피에 대한 표면적의 비율을 높여 뜨거운 물과 더 많이 닿을 수 있게 하기 위해서다. 면발의 형태에 숨은 물리학적 비밀은 또 있다. 컵라면의 면을 꺼내 보면 위쪽은 면이 꽉 짜여서 넣어진 반면, 아래쪽은 면이 성기게* 엉켜 있다. 혹시 이런 형태의 컵라면 면발을 보고 겉에서 보기에만 꽉 차게 만들어 눈속임했다고 화를 낸 적이

---

* 성기다 물건의 사이가 뜨다.

없는가? 사실 이는 중량을 줄이기 위해서가 아니다. 초등학교 때 우리는 배웠다. 따뜻한 물은 위로, 차가운 물은 아래로 내려 간다고. 컵라면 용기에 물을 부으면 위쪽보다는 아래쪽이 덜 식는다. 따라서 뜨거운 물은 위로 올라가려고 하는데 이때 면이 아래쪽부터 빽빽하게 들어차 있으면 물의 대류* 현상에 방해가 된다. 위아래 밀집도가 다른 컵라면의 면발은 뜨거운 물의 대류 현상을 용이하게 하여 물을 지속적으로 끓이지 않아도 면이 고르게 익도록 하는 섬세한 과학의 산물이다.

컵라면 면발에 물리학적 비밀만 숨어 있는 건 아니다. 화학적 비밀도 있다. 컵라면 면발에는 일반 라면에 비해 밀가루 그 자체보다 정제된 전분이 더 많이 들어가 있다. 앞서 말했듯이 라면은 기름에 튀겨 전분을 알파화한 것이다. 하지만 밀가루에는 전분 외에도 단백질을 포함해 다른 성분들도 들어 있다. 면에 이런 성분을 빼고 순수한 전분의 비율을 높이면 그만큼 면이 알파화가 많이 일어나므로, 뜨거운 물을 부었을 때 복원되는 시간도 빨라진다. 사실 전분을 많이 넣을수록 면이 불어나는 시간이 빨라져 더 빨리 먹을 수 있게 된다. 3분이 아니라 1분 만에 익는 컵라면도 만들 수 있다는 말이다. 하지만 전분이 너무 많이 들어가면, 순식간에 익는 건 좋지만 그만큼 불어 터지는 속도도 빨라져 컵라면을 다 먹기도 전에 면이 곤죽이 되고 만다. 시중에 나와 있는 컵라면들이 대부분 '끓는 물에 3분'을 기다리도록

---

* 대류 기체나 액체에서 물질이 이동함으로써 열이 전달되는 현상. 기체나 액체가 부분적으로 가열 되면 가열된 부분이 팽창하면서 밀도가 작아져 위로 올라가고, 위에 있던 밀도가 큰 부분은 내려오 게 되는데, 이런 과정이 되풀이되면서 기체나 액체의 전체가 고르게 가열된다.

제조된 이유가 바로 여기에 있다. 컵라면의 '3분'은 절묘한 균형 감각 아래 탄생한 매직 넘버인 셈이다.

유혹의 향, 한밤중의 라면

면발이 익으면서 국물에서 거부할 수 없는 라면의 향이 솔솔 풍긴다. 라면의 향은 왜 밤중에 더욱 진하고 향긋하게 나는 걸까.

어떤 음식은 입이 아니라 눈으로 먹는다지만, 라면은 코로 먹는다는 말이 어울린다. 특히나 한밤중의 라면이 풍기는 향은 그 어떤 강심장도 녹일 만큼 유혹적이다. 밤이 되면 유독 라면 향이 더욱 맛있게 느껴지는 것은 왜일까? 당연한 일이지만 라면은 시간 인식을 하지 못한다. 시간을 인식하는 건 인간이다. 결국 밤중에 라면의 유혹을 강렬하게 느끼는 것은 라면 탓이 아니라 사람 탓인 셈이다.

사실 라면 외에도 강렬한 냄새를 풍기는 음식은 주로 밤에 더 당긴다. 가장 큰 이유는 단순하게도 그 시간이면 배가 고파지기 때문이다. 사람은 혈당이 떨어져 배가 고파지면 음식 냄새에 민감하게 반응하기 마련이다. 밤중이면 저녁을 먹은 뒤로부터 꽤 시간이 지나 있을 것이고, 우리 몸은 모든 종류의 음식 냄새에 무장 해제가 될 준비를 하고 있는 시간이다. 게다가 라면은 다른 음식에 비해서 유독 향이 강한 음식이니 더욱더 그렇다. 후각은 기억과 결부되기 때문이다.

출출한 한밤중, 그냥 자기엔 서운하지만 밥을 하기엔 너무 거창하고 빵을 먹기엔 메마른 시간. 그 허전하고 아쉬운 시간에 라면의 따뜻한 국물과 부드러운 면발로 허기를 누르고 포만감에 잠든 기억 한 조각씩은 누구나 지니고 있다. 그때의 그 만족감과 행복감이 라면의 향과 복합적으로 어우러져 본능적인 감성을 흔들기 때문에 한밤중의 라면은 더욱 유혹적인 것이다.

먹고 자면 얼굴이 붓는 이유

세상에는 늘 하고 나서 후회하는 일이 존재한다. 한밤중에 라면을 먹는 일도 그중 하나다. 밤중에 라면을 먹고 자면 다음 날 아침에는 여지없이 팅팅 부은 눈과 푸석한 얼굴이 기다리고 있음을 알지만 여간해서 우리는 이 악습을 끊지 못한다.

그런데 도대체 왜 라면을 먹고 자면 얼굴이 붓는 걸까? 그건 라면에 듬뿍 든 나트륨 성분 때문이다. 라면 한 봉지에는 보통 성인의 1일 섭취 권장량에 해당하는 나트륨이 포함되어 있다. 여기에 소금에 절인 채소로 만든 김치까지 곁들여 먹고 나면 나트륨 섭취량은 하루 권장량을 살포시 뛰어넘는다.

나트륨은 체내에 수분을 붙잡아 두려는 성질을 지니고 있다. 따라서 체내에 수분량이 많으면 나트륨이 이 수분을 잡아 두어 몸이 붓게 된다. 라면을 먹고 갈증에 시원한 물까지 한 대접 마시고 잔 날 유독 더 얼굴이 부어오르는 것은 이 때문이다. 시중에는 라면을 끓일 때 물 대신 우유를 넣어서 끓이면 얼굴이 붓지 않는다는 속설이 있다. 이는 우유 속에 포함된 칼륨 등의 미네랄 성분이 나트륨을 붙잡아 몸 밖으로 배출하는 기능이 있기 때문에 어느 정도 일리가 있는 말이다. 하지만 우유 성분의 90퍼센트는 물인 데다가 라면의 맛도 달라지기 때문에, 밤중에 라면을 먹는다면 국물은 먹지 않거나 스프를 적게 사용하는 것이

부기를 예방하는 데 효과적이다.

현대인들을 위한 조제 식품

라면의 좋은 점은 그 어떤 상황, 그 어떤 악조건 아래서도 그 맛을 잃지 않는다는 것이다. 한때 모 프로그램에서 망쳐 버린 요리를 살려 내는 '마법의 가루'로 라면 스프가 등장한 적이 있다. 자취를 해 본 사람들이라면 알 것이다. 이것저것 빠진 것이 많은 자취방의 부엌에서 라면 스프가 얼마나 많은 역할을 해내는지. 라면 스프는 모든 다른 식재료의 맛을 '라면화'하는 마법의 힘을 가지고 있다. 이는 다시 말해 어떤 음식도 '라면의 맛'으로 먹을 수 있게 만든다는 것이다.

라면의 유혹적인 맛은 어디에서 오는 것일까. 의외로 이 질문에 한마디로 대답하기는 쉽지 않다. 그 첫 번째 이유는 라면이라는 음식 자체가 생각보다 꽤나 복잡한 구성을 지녔기 때문이다.

먼저 면을 살펴보자. 면에는 밀가루(소맥분)를 기본으로 하여, 감자 전분, 변성 전분, 정제염(소금), 글루텐, 구아검, 산도 조절제, 증점제, 면류 첨가 알칼리제, 비타민 B2, 팜유(혹은 우지牛脂, 면을 튀길 때 쓰는 기름) 등 약 10여 가지가 포함되어 있다. 이 중에서 눈에 띄는 것은 면류 첨가 알칼리제다.

약 1700여 년 전 중국에서는 국수를 만들 때 밀가루에 보통의 맹물 대신 견수(梘水)를 이용해 면을 반죽하는 방법을 사용하곤 했다. 견수란 알칼리성 토양에서 퍼낸 물인데 이 물로 면을 반죽하면 면이 차지면서도 잘 끊어지지 않고 색도 노르스름하니 맛있어 보이게 변한다. 따라서 일본에서는 밀가루에 물과 소금만을 넣어 반죽한 면을 우동면이라 하고, 여기에 견수를 첨가해 반죽한 면을 중화면이라 부르기도 했다. 최근에는 견수 대신 알칼리성을 지니는 탄산 나트륨과 탄산 칼륨 혼합물을 밀가루에 섞어 반죽하여 동일한 효과를 노리는데, 알칼리 성분은 밀가루 속에 포함된 글루텐에 변성을 일으켜 더 차지고 쫄깃한 식감을 가지도록 만들고, 밀가루 속에 포함되어 있는 플라본과 결합해 노란색을 나타내게 한다. 라면이 일반 국수나 우동면에 비해 더 탱글탱글하고 약간 노란색을 띠는 이유가 바로 여기 있다.

겉으로는 단순하고 꼬불꼬불한 밀가루 덩어리처럼 보이는 면발이 이 정도 비밀을 지녔다면, '마법의 가루'라고 불리는 스프의 복잡성은 얼마나 될까. 스프는 기본 베이스(쇠고기, 돼지 뼈, 닭고기, 해산물 등)를 건조한 분말에, 고춧가루를 비롯한 후추·양파·마늘 등의 양념류, 정제 소금, 간장 분말에 종류에 따라 어마어마하게 많은 종류의 첨가물이 들어간다. 기본 베이스는 국물 맛의 종류를 결정하고, 고춧가루와 양념은 매운맛의 정도를 결정하며, 정제 소금과 간장 분말은 짠맛의 정도를 결정한다. 흥미로운 건 라면에 들어가는 성분들은 천연에서 유래된 것이라 하더라도 모두 정제하거나 합성한 물질을 쓴다는 것이다. 예를 들어 기본 조미료인 소금과 간장도 그렇다. 라면 스프에는 천일염과 간장이 아니라 정제 소금과 정제된 간장 분말이 들어간다. 이는 라면이 일종의 공산품이기 때문이다. 천일염과 간장은 어떻게 생산되고 어떻게 가공되었는지에 따라 맛이 달라질 수 있다.

하지만 라면은 같은 이름을 단 제품이라면 모두 맛이 같아야 한다. 라면이 어떨 땐 싱겁고 어떨 땐 짭짤하다면 라면 봉지를 뜯을 때마다 복불복 게임을 하는 느낌이 들지 않겠는가. 따라서 언제 어디서나 같은 맛을 내기 위해서는 항상 같은 특성을 지닌 재료들이 필요하다. 라면이 지닌 맛의 비밀은 결국 정교하게 계산되어 조제되었다는 데에 숨어 있다. 그렇기에 어떤 요리에 넣어도 모든 요리를 라면화하고, 어떤 요리든 그래도 먹을 만한 맛이 나도록 포장할 수 있는 것이다. 정교하게 조제된 식품 라면, 어쩌면 라면은 바쁘고 지친 현대인들에게 꼭 맞도록 배합되고 조제된 식품이 아닐까.

1 미술에 대한 둘째 마당의 글을 읽고 다음 질문에 답해 봅시다.

  ⑴ 「미완성의 걸작」에서 윤두서의 「자화상」을 미완성작이라고 말하는 근거가 무엇인지 요점을 간추려 봅시다.

  ⑵ 「시각상과 촉각상」에서 고대 이집트 벽화가 해부학적으로 불가능한 구성이나 자세를 보이는 것은 무엇 때문이라고 했나요?

  ⑶ 자신의 마음에 드는 그림 한 점을 골라 감상문을 짧게 적어 봅시다.

2 과학과 관련한 둘째 마당의 글을 읽고 다음 질문에 답해 봅시다.

  ⑴ 「로봇 시대와 인간의 일」에서 글쓴이는 "미숙련 노동자들은 로봇과 자동화에 밀려 평생 일자리를 갖지 못하는 재앙을 만날 수도 있다."고 했습니다. 달라진 현실에서 글쓴이는 사람들이 직업 생활을 성공적으로 하려면 앞으로 어떤 노력을 기울여야 한다고 했나요?

  ⑵ 「기계와의 경쟁」에서 약한 인공 지능과 강한 인공 지능이 지닌 문제점은 무엇인가요?
    • 약한 인공 지능:
    • 강한 인공 지능:

  ⑶ 「라면의 과학」에서 컵라면의 면발이 위아래 밀집도가 다른 까닭은 무엇인가요?

「미완성의 걸작」은 윤두서의 「자화상」이 주는 무서운 첫인상에 대한 묘사로 시작됩니다. 글쓴이는 이 그림에 몇 가지 의문을 제기하고 그 의문을 풀어줄 자료를 발굴 분석하여 궁금증을 하나하나 해소해 줍니다. 그리하여 조선 초상화의 최고 걸작이라고 평가되어 온 이 「자화상」은 결국 미완성작으로 밝혀지지요. 그렇다고 해서 실망할 필요는 없습니다. 미완성으로 끝났지만 예술성은 완벽하다고 하니까요. 윤두서는 과연 더 이상 손댈 수 없는 완전성을 감지하고서 마지막 손질을 스스로 멈춘 걸까요?

「시각상과 촉각상」은 우리의 머릿속에 각인된 전형적인 이미지를 동서양의 다양한 그림들을 통해 흥미롭게 소개합니다. 프로필이라고 불리는 측면 이미지를 강조한 서양의 초상화와 달리 동양의 초상화는 대상의 인품과 특징을 압축적으로 보여 주는 정면 이미지를 선호했다는 걸 알 수 있지요. 보이는 대로 그리는 시각상과 아는 대로 그리는 촉각상이 단순한 미술의 기법이 아니라, 그림을 그린 사람들이 세상을 어떻게 인식했느냐를 보여 준다는 점에서 미술이 시각 예술이라는 편견을 다시 고민하게 합니다.

알파고와 이세돌 바둑 기사의 흥미로운 대결 생중계 이후 인공 지능과 4차 혁명이라는 말이 여러분에게도 익숙한 단어가 되었을 것입니다. 「로봇 시대와 인간의 일」은 제2의 기계 시대라고 불리는 로봇 시대가 가져올 사회 변화를 설명한 글입니다. 기술 변화에 따른 로봇의 노동 대체가 육체적인 부분에서 정신적인 업무로 넘어가며 일자리는 물론 인간의 고유 영역이라 불리던 부분까지 바꾸고 있음을 다양한 사례를 통해 제시하고 있습니다. 여러분이 생각하는 로봇 시대의 전망과 문제의 해결 방안은 무엇일지 궁금해지네요.

「기계와의 경쟁」은 인공 지능 시스템을 개발하는 신생 벤처 기업

디프마인드와 새로운 기계 학습인 디프 러닝을 소개하고 인공 지능 시대에 우리가 대비해야 할 문제에 대해 다룬 또 한 편의 글입니다. 인간을 뛰어넘는 강한 인공 지능이 인류를 위협할 수 있다는 어두운 전망은 디스토피아적 세계관을 지닌 문학 작품과 영화의 설정과 흡사합니다. 더불어 사회 변화의 속도를 따라잡지 못하고 과거의 학습 방법을 고집하고 있는 우리의 교육 현실을 돌아보게 합니다.

　시청률을 고민하는 방송 프로그램들이 선호하는 효자 아이템에 '라면'이 있다는 이야기를 들은 적이 있습니다. 「라면의 과학」은 라면에 숨어 있는 과학적 사실을 전문 지식이 없는 독자들도 알기 쉽게 이해할 수 있도록 설명합니다. 어째서 라면은 익히지 않고 먹어도 괜찮은 건지, 혹은 컵라면 면발의 아래쪽은 왜 성기게 엉켜 있는지 등 생활상의 궁금증을 경쾌한 말투로 친절하게 들려줍니다. 그럼에도 글의 내용보다 라면이 더 당기는 건 저만은 아니겠지요.

우주와 사랑을 품은 요리, 볶음밥

노명우

동물도 먹고 사람도 먹는다. 하지만 동물과 사람은 다르다. 동물은 그저 생존하기 위해 먹지만 사람의 먹는 행위에는 의미가 담겨 있다. 요리는 인간만이 하는 행동이다. 요리를 통해 인간은 동물보다 우월함을 입증한다. 짐승은 날것으로 먹는다. 하지만 인간은 자신의 뜻을 담아 재료를 변형한다. 날것을 굽고 찌고 튀기기도 하고, 날것에 소금과 후추를 넣어 맛을 낸다. 요리는 이렇게 탄생한다. 요리란 결국 자신이 동물이 아니라 인간임을 표현하는 창의적 활동인 셈이다. 그래서 사람은 누구나 자기만의 요리를 할 줄 알아야 한다.

갓 태어난 인간이 할 수 있는 일은 별로 없다. 갓난아이는 먹고 싸고 울고 웃기만 한다. 어린아이는 자기 스스로 먹을 것을 챙기지 못한다. 어린아이를 돌봐 주는 성인이 어린아이를 위해 요리를 한다. 따라서 어른이 된다는 것은 자신이 스스로 해야 할 일이 늘어난다는 뜻이다.

나 또한 스스로 요리해 먹을 수 있게 되면서 비로소 어른이 되었다. 자신이 먹을 것을 스스로 요리할 뿐만 아니라 다른 사람을 위해 요리할 수 있다면 그건 더 어른스럽다. 요리를 배우는 일은, 그래서 어른이 되는 과정을 배우는 것이기도 하다. 아이에서 어른이 되어 가는 십 대야말로 자립 요리를 시작하기에 딱 적당한 나이다. 이 시기에 요리를 위한 첫걸음을 시작하면, 여러분은 법적으로 성인이 되었을 때 자신의 먹을거리는 스스로 해결할 줄 아는 의젓한 인물이 되어 있을 것이다. 그게 진정한 의미의 자립이다.

자립을 위해 필요한 요리는 고급 레스토랑에서나 먹을 수 있는 거창한 요리가 아니다. 자립을 위해 필요한 요리가 되기 위해서는 몇 가지 조건이 필요하다. 첫째, 구하기 쉬운 재료여야 한다. 둘째, 요리하는 데 특별한 기술이 필요하지 않아야 한다. 셋째, 음식물 쓰레기가 적게 남는 요리여야 한다. 넷째, 설거짓거리가 단순해야 한다. 하지만 이 모든 조건에 더해 마지막으로 자립을 위해 필요한 요리의 가장 중요한 조건은 재미있고 창조적이어야 한다는 것이다.

자립 요리를 위한 이 모든 조건을 거의 완벽하게 충족하는 음식이 있으니, 바로 볶음밥이다. 볶음밥은 밥을 이용한 음식이다. 그리고 밥은 어디에나 있다. 지구 어느 곳에 있든 가장 손쉽게 구할 수 있는 음식 재료는 밀가루와 밥이다. 따라서 가장 손쉽게 구할 수 있는 음식 재료인 쌀로 만든 밥에서 자립 요리를 출발하는 것도 괜찮다. 쌀의 품종은 다양하다. 지역마다 주로 먹는 쌀의 품종도 다르다. 하지만 볶음밥은 어떤 품종의 쌀로도 만들 수 있다.

볶음밥은 웬만해선 실패하지 않는 요리이다. 조리법이 간단하니까. 조리 도구도 많이 필요 없다. 프라이팬과 조리용 주걱만 있으면 된다. 그리고 어떤 품종의 쌀로 만든 밥이든 밥만 준비되어 있다면 지구상 그 어떤 요리보다도 초고속으로 만들어 낼 수 있다. 5분에서 길어 봐야 10분 정도만 투자하면, 차갑게 식어 천덕꾸러기가 된 밥도 멋진 볶음밥으로 변신한다. 여러분이 손에 들고 있는 프라이팬은 때로 마법사의 도구가 될 수 있다. 부엌에 들어선 순간 여러분은 프라이팬을 든 해리 포터이다.

밥은 어떤 재료든 든든히 받쳐 주는 믿음직한 친구이다. 볶음밥은 밥으로 만든 요리지만, 볶음밥에서 밥은 자신의 존재를 부각하지 않는다. 밥은 언제나 다른 재료를 묵묵히 지지해 준다. 그래서 우리는 거의 모든 재료를 이용해 다양한 볶음밥을 만들 수 있다. 볶음밥의 훌륭한 점은 무엇보다 요리하기 위해 별도의 재료를 사지 않아도 된다는 것이다. 어떤 재료든 잘 어우러지기 때문이다. 못 믿겠거든 한번 시험해 보라. 먼저 냉장고 문을 연다. 그 안에서 가장 마음에 드는 재료를 찾아낸다. 그리고 밥과 함께 프라이팬에서 볶아 낸다. 볶음밥 완성이다.

또한 볶음밥은 음식물 쓰레기를 만들어 내는 음식이 아니라, 음식물 쓰레기가 생기지 않도록 해 주는 대단히 훌륭한 요리이다. 그뿐인가. 볶음밥을 먹고 나면 설거지도 단순하다. 혼자 먹었을 경우라면 접시 하나, 그리고 수저 한 벌이 설거지해야 할 전부이다. 먹을 때도 기분 좋지만 볶음밥은 먹고 난 이후에도 깔끔하다. 사람들이 요리하는 걸 싫어하는 이유는 의외로 단순하다. 너무 복잡한 요리부터 시작한 경우다. 복잡한 요리는 재료도 많이 필요하고, 조리 도구도 많이 사용하고, 요리 시간도 길다. 게다가 가장 심각한 문제는 설거짓거리를 너무 많이 남긴다는 점이다. 이런 요리를 한번 하고 나서 설거지를 하며 고생한 기억이 머릿속에 남으면, 십중팔구 사람들은 요리를 싫어하게 된다. 하지만 볶음밥은 다르다. 볶음밥으로 요리를 시작하면, 요리를 아주 재미있어하게 될 가능성이 매우 높다.

간단하게 만들었다고 해서 맛도 심심하기만 하다면 소용없다. 자립을 위해 필요한 음식이라고 해서 '굶어 죽을 수는 없으니 맛은 없지만 억지로 꾸역꾸역 먹는' 음식이어서는 안 된다. 자립을 위한 요리일수록 더 맛있어야 한다. 그런 면에서 볶음밥은 초간단 요리이면서 동시에 맛도 있는 요리이다. 볶음밥은 물론 밥이 주재료지만 세상에는 수천 가지의 볶음밥이 있을 수 있다. 볶음밥의 이름과 맛은 밥과 어떤 재료가 만났느냐에 따라 천차만별로 달라진다. 그래서 볶음밥은 누구나 좋아하는 음식이 된다.

사람마다 특별히 좋아하는 재료가 있다. 고기를 좋아하는 사람이 있는가 하면 채소를 좋아하는 사람도 있다. 입맛도 제각각이다. 어떤 사람은 한국 음식을 좋아하고, 또 어떤 사람은 서양 음식을 좋아한다. 그러나 볶음밥은 좋아하는 재료가 무엇이든, 어떤 입맛을 지녔든 상관없이 모든 사람의 입맛에 맞는 요리로 변신할 수 있다.

고기를 좋아하는 사람이라면, 냉장고에 있는 불고기와 밥을 이용해서 불고기볶음밥을 만들 수 있다. 채소를 좋아하는 사람이라면 토마토와 밥을 이용해서 토마토볶음밥을 만들면 된다. 계란을 좋아하는 사람이라면 계란과 밥을 이용해 계란볶음밥을 만들 수 있다.

한국 음식을 좋아하는 사람이라면 볶음밥에 간장을 조금 넣으면 된다. 서양 음식을 좋아하는 사람이라면 식용유 대신 버터를 사용하거나 볶음밥에 토마토케첩을 뿌리거나 치즈를 얹어 먹으면 된다. 또 동남아시아 음식을 좋아한다면 간장 대신 피시소스나 액젓을 조금 넣어 먹으면 된다.

볶음밥은 자유롭다. 딱 정해진 조리법도 없다. 자신이 좋아하는 재료 혹은 같이 먹을 사람이 좋아하는 재료를 추가할 수도 있고 싫어하는 것을 뺄 수도 있다. 파를 싫어하는 사람이라면 파를 빼면 된다. 반대로 파를 좋아한다면, 계란볶음밥에 파를 송송 썰어 넣으면 아주 맛있게 먹을 수 있다. 올리브를 좋아한다면 토마토볶음밥에 올리브를 썰어 넣을 수도 있다. 올리브를 넣은 토마토볶음밥은 평범한 밥을 순식간에 지중해 음식으로 변신시켜 준다.

재료의 조합은 무궁무진하기에 볶음밥은 요리하는 사람의 창의력을 자극한다. 전혀 어울리지 않을 것 같았던 조합을 통해 새로운 볶음밥을 발견하기도 한다. 밥과 불고기가 만나면 평범한 불고기볶음밥이지만, 불고기볶음밥에 셀러리를 썰어 넣으면 갑자기 평범한 불고기볶음밥이 마법에서 풀려난 왕자님처럼 고급스러운 맛으로 변신하기도 한다. 요리는 이래서 즐겁다. 발견하는 재미를 우리에게 선물하니까. 요리를 잘하는 사람은 그 누구보다도 상상력이 풍부한 사람이다. 그래서 창조적인 사람 중에는 요리를 잘하는 사람이 많다.

물론 처음에는 실패할 수도 있다. 제법 어울리는 재료라 생각했는데, 막상 요리해 보니 어울리지 않을 수도 있다. 그럴 땐 실패에서 배우면 된다. 여러분은 실패를 통해 어떤 재료와 어떤 재료가 서로 어울릴지 하나하나 배우게 될 것이다. 그 실패를 통해 여러분만의 궁극의 볶음밥 요리법을 완성하면, 여러분은 성인의 세계로 하산해도 된다. 자립할 충분한 조건을 갖추었으니. 그리고 그 볶음밥에 여러분의 이름을 붙이면 된다. 우주에 존재하는 수많은 별처럼, 수많은 실패를 바탕으로 완성된 빛나는 볶음밥으로 우리가 사는 지구는 가득 차 있다.

등나무 운동장 이야기[*]

정기용

자연이 원하는 집

무주에는 공설 운동장이 있었다. 그러나 그것은 지금 '등나무 운동장'으로 다시 태어났다. 등나무 운동장을 만든 일은 내가 무주에서 10여 년 동안 한 일 중에서 가장 인상 깊고 감동적이며 나를 많이 가르친 프로젝트이다. 한마디로 말해, 모더니즘 건축이 놓친 자연과 인간의 '교감'과 '감성'을 내게 일깨워 준 작업이다. 일반적으로 건축은 공간을 만드는 일이라고 알려져 있지만 궁극적으로 시간을 다루는 일이라는 것도 다시 한번 생각하게 한 중요한 작업이라 할 수 있다.

그러면 모더니즘 건축[*]에서 우리가 놓쳤다고 하는 자연은 과

• 이 글의 원래 제목은 「공설 운동장: 감응」인데, 교과서에 수록하면서 제목을 바꾸었다.
• 모더니즘 건축 19세기 이전의 전통적인 건축 양식에서 벗어나 실용적이고 기능적인 건물을 지향했던 근대의 건축 양식을 가리킴.

연 무엇을 뜻하는가? 그 시작에서부터 건축은 자연과 필연적 관계를 맺고 있음에도, 현대 건축은 자연을 본격적으로 대접하지 않고 '조경'*이라고 하는 부수적인 측면에서 인공적으로 다루려고 했다. 즉, 모더니즘 건축에서는 건축이 마치 자연 위에 군림하는 듯했다. 우리가 건축에서 자연에 관해 다시 생각해야 하는 것은 모든 건축이―설사 도심에 건설된다고 하더라도―'자연'이라는 큰 환경에서 벗어날 수 없다는 점이다. 그리고 자연은 시시각각 변화하는 시간을 온전히 표현하는 여러 가지 능력을 지니고 있다. 자연은 그 자체가 변화이자 축적이며 지속이고 자라나는 것이다.

이렇게 다소 추상적인 이야기를 섬세하게 이해하려면 무주의 등나무 운동장에 가 보면 된다. 거기에서는 자연과 식물만이 할 수 있는 놀라운 일을 볼 수 있다. 그것은 바로 운동장을 감싸는 등나무들이고 그들이 만들어 내는 그림자 그늘이다. 공설 운동장 관중석을 뒤덮은 등나무 그늘은 그 자리에 앉은 많은 이에게 따가운 볕을 가려 주는 것은 물론 봄에는 보라색 등꽃을 피워 이 세상 어느 곳에서도 체험할 수 없는 빛과 향기를 선사한다. 등나무 그림자와 그늘, 파란 하늘과 초록빛 잔디가 어우러진 풍경은 우리에게 자연의 위대함을 차분히 알려 준다.

여기에서 건축은 등나무의 푸른 풍경이 펼쳐지도록 돕는 역할을 한다. 반복되는 단순한 경량 철골*로 구축된 구조물은 그

---

* 조경 경치를 아름답게 꾸밈.
* 경량 철골 가벼운 철재로 만든 건축물의 뼈대.

자체가 거창한 일을 하는 것이 아니라 등나무가 자라려는 의지를 최대한 실현할 수 있게 지지하고 돕는다.

감응[*]

그러면 무주 공설 운동장이 등나무 운동장으로 변신하게 된 까닭은 무엇인가? 과연 공설 운동장에는 무슨 일이 일어난 것일까.

1997년 어느 날, 나는 무주에 회의를 하러 갔다. 회의가 끝나고 점심을 먹던 중 갑자기 무주 군수가 "식사를 마치고 우리 같이 공설 운동장에 갑시다."라고 제안했다. 무슨 일인지도 모르고 따라나선 나는 "거기 무슨 일이 있는지요?"라고 물었으나 그는 그냥 가 보면 안다는 식으로 가볍게 대답했다. 그의 말에 반신반의하며 따라가 본 운동장은 별다른 특색을 찾을 수 없이 평범했다.

지방 소도시의 조그만 공설 운동장이란 평소에는 한적하고 가끔 행사가 있을 때나 사람들이 모여드는 곳이다. 다만, 무주의 공설 운동장은 초록 잔디를 정성스럽게 키워 넓게 펼쳐 놓은 것과 주변의 자연 경관이 빼어나다는 점이 특별해 보였다. 그때 군수는 "보여 줄 게 있다."라며 그간의 고민을 털어놓았다. 그는 공설 운동장에서 군내 행사가 있을 때마다 주민들을 초대하는데 주민들은 거의 오지 않고 공무원들만 참여하는 것이 늘 마음에 걸렸다고 했다. 그래서 주민들에게 공설 운동장에서 행사

• 감응 어떤 느낌을 받아 마음이 따라 움직임.

가 있을 때 왜 참석하지 않느냐고 질문을 했는데, 어느 어르신께서 이렇게 대답했다고 한다. "여보게 군수, 우리가 미쳤나! 군수만 본부석에서 햇볕을 피해 앉아 있고 우리는 땡볕에 서 있으라고 하는 게 대체 무슨 경우인가. 우리가 무슨 벌 받을 일 있나? 우린 안 가네."

아닌 게 아니라 햇볕이나 비를 피하는 가림막은 중앙 본부석에만 있고, 운동장 주변의 관중석은 따가운 햇볕에 완전히 노출되어 있었다. 사실 우리나라의 어느 운동장이든 본부석은 일반 관중석보다 늘 거대하고 압도적이어서 권위와 중심을 상징하는 장소처럼 느껴진다.

군수는 모든 공설 운동장에 있는 이 권위주의의 실상을 파악하고 이를 기꺼이 다른 모습으로 바꾸고자 남몰래 무언가를 준비하기 시작했다. 그가 운동장에서 나에게 보여 주겠다고 한 것은 바로 그가 운동장 주변에 심어 놓은 240여 그루의 등나무였다. 그는 등나무를 심어서 관중석에 자연스러운 그늘을 만들려는 계획을 세워 놓고 있었다. 그런데 심은 지 1년도 안 된 등나무가 원래 생각한 것보다 너무 빨리 자라나는 바람에 서둘러 등나무의 집을 지어 줘야겠다고 생각했던 것이다.

나는 그 순간 스탠드 외곽에 작은 등나무를 심어 놓은 군수의 행동 자체가 건축을 다 해 놓은 것과 다름없다고 생각했다. 등나무를 심으면 퍼걸러*와 같이 등나무가 타고 올라가서 그늘을

---

* 퍼걸러(pergola) 뜰이나 편평한 지붕 위에 나무를 가로와 세로로 얹어 놓고 등나무 따위의 덩굴성 식물을 올리어 만든 정자나 길.

만들 것이라는 이 평범한 발상! 그의 평범한 경험과 관찰에서 나온 이 발상은 무엇보다도 군수가 주민들의 말에 '귀를 기울였다.'라는 사실을 의미한다. 나는 그의 아이디어가 굉장히 놀라웠고, 허공에서 허우적대는 등나무의 순을 보고는 감동하지 않을 수 없었다. 허공에서 허우적거리는 수백 그루의 등나무 줄기는 마치 살려 달라고 애절하게 호소하는 것 같았다.

식물을 닮게 설계하다

나는 대답했다. '그래 등나무들아, 내가 너희한테 집을 지어 주마. 그러면 너희는 근사한 그늘을 만들어 다오.' 그러면서 생각한 것은 두 가지였다. 하나는 어떻게 하면 최대한 공사비를 줄일 수 있는가 하는 점이고, 다른 하나는 어떠한 구조물이든지 식물이 초대되는 집이 아니라 '식물이 주인'이 되는 집이 되게끔 배려할 수 있는가 하는 점이었다. 즉, 완공된 후 구조가 드러나기보다는 오히려 등나무들이 마음껏 자라나서 마치 구조물의 주인이 된 것처럼 보여 주고 싶었다. 이 두 요소를 모두 충족하는 방법은 식물을 닮게 설계하는 것이었다.

나는 서울에 돌아오자마자 바로 스케치를 하고 설계에 들어갔다. 첫째도 둘째도 모두 식물과 같이 만들고자 했다. 등나무는 여러 줄기가 모여서 타고 오르는 식물이니 작은 것들이 합쳐지는 구조를 선택하기로 했다. 그래서 지름 6센티미터짜리 원형 파이프 네 개를 한 다발로 묶어 큰 줄기가 되게 하고, 그 원형 파이프를 때로는 두 개, 때로는 세 개를 결합해 작은 줄기가 되게 하여 등나무가 편안하게 타고 오를 수 있는 가벼운 원

무주 등나무 운동장

호[*] 모양의 구조물을 만들었다.

즉, 구조 자체를 등나무의 구조와 닮게 하려고 원형 파이프를 여러 개 결합하였고, 등나무가 관중석 방향으로 자랄 수 있도록 윗부분의 구조를 원호 형태로 만들었다. 시선과 햇볕의 관계를 고려해 가장 적절한 위치에 원호의 꼭짓점을 정했다. 특히 관중석 제일 뒷줄에 앉는 사람들의 시선에 장애가 없도록 하는 것은 원호의 꼭짓점을 정하는 데 매우 중요한 고려 사항이었다. 또 등나무가 자라면 원호 형태의 파이프가 휘어질 것을 고려하여, 기둥의 위쪽에서 원호 형태의 파이프를 당기며 잡아 주도록 설계했다. 그리고 등나무가 구조물을 쉽게 타고 올라가도록 가는 쇠줄로 엮어 주었다.

* 원호 원둘레 또는 기타 곡선 위의 두 점에 의하여 한정된 부분.

구조물의 단면을 그리면서 모든 것은 명확해졌다. 나는 최소의 것으로 최대의 일을 할 수 있겠다는 자신감을 얻었다. 상세한 내용을 모두 정하고 물량까지 계산하는 데 걸린 시간은 서너 시간 정도였는데, 나는 거의 무아지경에 빠져 즐겁게 집중할 수 있었다.

이런 일을 그렇게 순식간에 집중해서 해결할 수 있었던 것은 두 가지 감응이 겹으로 작동해서가 아닌가 싶다. 하나는 군수가 주민들에게서 얻은 감응이고, 또 다른 하나는 내가 허공을 허우적대는 등나무 순에서 얻은 감응이다. 사람과 사람이 서로 감응하고, 사람과 식물이 서로 감응한다는 것은 흔한 일이 아니다. 이 두 가지가 합쳐져 비로소 등나무 운동장이 태어난 것이다.

허공을 허우적대는 등나무가 관중석 쪽으로 손을 내밀고 있는 모습이 지금도 눈에 생생하다. 나무가 몸을 뻗어 세상을 향해 자라나는 것을 보는 일은 언제나 행복하다. 그 그늘 밑에 앉아 등꽃 향기를 맡으며 넓은 잔디밭이 펼쳐진 운동장을 보는 것은 근사한 일이다. 무주 등나무 운동장 관중석의 제일 뒷줄에서 우리는 향기로운 등꽃의 터널을 지나며 꿈 같은 풍경을 즐길 수 있다.

그 후의 등나무 운동장

등나무 운동장 프로젝트에서 건축가가 한 일이라곤 기껏해야 등나무가 자라나는 구조물을 만든 것에 불과하다. 나머지는 모두 자연에서 일어나는 일과 서로 긴밀하게 결합하면서 완성된다.

공설 운동장에는 많은 변화가 일어났다. 관중석 상부에 철골 구조물을 만드는 공사가 완공되고 1년이 지나면서 등나무 운동장은 서서히 무주 주민의 사랑을 받는 장소가 되었다. 등나무는 마치 집들이를 하듯 마음껏 잔치를 벌였고 그 잔치에 주민들을 초대했다. 관중석 바닥에는 조명도 설치되어 밤이 되면 등나무들이 은은하게 변신을 한다. 그리고 본부석의 콘크리트 지붕을 부드러운 막 구조물로 바꾸었고, 거기에 대형 화면을 설치했다.

매년 꽃이 피는 봄이 오면 등나무 운동장은 환상적으로 변한다. 언젠가 주민들은 이 운동장에서 영화도 감상했다. 그리고 행사나 경기가 없을 때 여기저기서 온 방문객들은 등나무 운동장의 커다란 규모와 아름다운 풍경에 압도되어 감동한다. 거기에는 결과적으로 자연의 힘이 크게 작용했지만, 또 한편으로는 절제된 건축의 힘도 작용했다. 운동장의 등나무는 철 구조와 서로 만나서 또 다른 구조체를 만들어 냈다. 등나무가 자연스럽게 자라려는 힘과 의지를 철 구조가 떠받쳐 주고 있다. 등나무의 성장하려는 힘과 그것을 떠받치는 철골의 힘은 마치 상대편의 힘을 알아차린다는 듯 서로 감응하고 있다.

이곳을 찾는 방문객에게 관중석 제일 뒷줄에 올라서서 한쪽 끝에서 한쪽 끝까지 걷기를 권유한다. 거기에서는 우리가 도심에서는 체험할 수 없는 자연의 축복을 받을 수 있다. 자연은 올해에도 어김없이 스스로 늘 그러한 풍경을 보여 줄 것이고, 내년에도 그러할 것이다.

서울에는 상암 월드컵 경기장이 있고 무주에는 등나무 운동장이 있다. 세계에서 단 하나뿐인 등나무 운동장이.

왜 당신의 시간을 즐기지 않나요

김남희

부탄[*]은 우리에게는 잘 알려지지 않았지만 알수록 재미있는 나라다. 이 나라의 인구는 74만 명인데 군인보다 승려가 더 많다. '세계 최초'나 '세계 유일'을 좋아하는 분을 위해 몇 가지를 덧붙인다면, 세계에서 가장 늦은 1999년에야 텔레비전이 도입되었고, 담배의 제조·판매가 금지된 세계 유일의 금연 국가이다. 1인당 국민 소득은 2016년 기준 3128달러에 불과한데 전국민에게 의료와 교육을 무상으로 제공한다. 무엇보다, 경제 성장 위주의 국민 총생산(GNP)[*] 개념에 반대해 '행복 지수'라는 국민 총행복(GNH)[*] 개념을 만들어 낸 나라다. 그래서인지 2006

---

[*] 부탄(Bhutan) 남부 아시아의 중국과 인도 사이, 히말라야 산기슭에 있는 나라. 부탄의 면적은 한반도의 약 1/50이며, 국토의 대부분이 해발 고도 2000미터 이상의 산악 지대이다.

[*] 국민 총생산(GNP) 일정 기간 동안 한 나라의 국민이 생산한 재화와 용역의 부가 가치를 시장 가격으로 평가한 총액.

[*] 국민 총행복(GNH) 공동체, 건강, 생태계 보호 등 심리적 만족에 초점을 맞춘 9개 분야 설문 조사를

년 영국에서 행한 행복도 조사에서 부탄은 178개국 중 8위를 차지했다. 대부분의 외국인들은 이곳 사람들의 행복한 삶을 들여다보기 위해 부탄을 찾는다. 우리의 여행도 그렇게 시작되었다.

우리의 부탄 여행 가이드이자 친구인 빼마의 고향은 멀고도 멀었다. 부탄은 그 크기가 한반도의 5분의 1도 안 되지만 서쪽 끝에서 동쪽 끝까지 차로 꼬박 사흘을 가야 한다. 해발 고도 삼사천 미터의 고갯길을 수도 없이 넘어야 하는 이 나라의 고속도로는 중앙선도 없는 1차선 도로다. 굽이굽이 절벽 길이 이어져 속력을 냈다가는 바로 신들의 세계로 뛰어드는 것이나 다름없다.

전기도 들어오지 않고, 도로도 없는 빼마의 고향 마을 치몽은 산으로 둘러싸인 분지로 외부와 완벽하게 격리된 곳이다. 당연히 마을이 생긴 이래 이곳을 찾은 외국인 관광객은 우리가 처음이다.

치몽은 한눈에 봐도 가난한 마을이다. 전기가 들어오지 않는 마을답게 변변한 세간도 없다. 사람들 옷차림도 남루하다. 그런데 얼굴 표정은 놀랄 만큼 밝다. 순해 보이고 잘 웃는다. 몸가짐은 부드러우면서 당당하다. 무엇보다 매 순간 몸과 마음을 다해 우리를 접대한다. 동네를 어슬렁거리기가 무서울 정도다. 활쏘기를 구경하려고 걸음을 멈추면 집으로 뛰어 들어가 돗자리를 꺼내 오고, 집 앞을 지나다 인사라도 하면 바로 방창과 아라* 세

바탕으로 하여 작성한 국민 행복 지수.
* 방창, 아라 부탄의 전통주.

례를 받아야 한다. 논두렁길을 걷다 보면 어린 소년이 뛰어와 옷 속에 품은 달걀을 수줍게 내민다. 이 동네 사람들은 행복해 보일 뿐만 아니라 우리를 행복하게 해 주기 위해서는 무엇이든 할 준비가 되어 있는 것 같았다. 가진 게 별로 없는데도 아무렇지 않아 보였으며 빈한한* 살림마저도 기꺼이 나누며 살아가는 듯했다.

우리는 늘 많이 가질수록 행복해진다고 믿어 왔다. 일정한 기간 안에 한 나라가 생산한 재화와 용역을 모두 합한 값인 GNP의 수치가 올라가면 행복도도 높아진다고. 부탄은 그런 믿음에 일찌감치(1972년) 반기를 들었다.

치몽에서는 늘 몸을 움직여야만 한다. 집 바깥에 있는 화장실에 가기 위해서도, 공동 수돗가에서 물을 받기 위해서도 움직여야만 한다. 빨래는 당연히 손으로 해야 하고, 쌀도 키로 골라야 하며, 곡물은 맷돌을 돌려 갈아야 한다. 난방이 되지 않아 실내에서도 옷을 두껍게 입어야만 하며, 생활에 필요한 모든 것은 몸을 써야만 얻을 수 있다. 그런데 그 불편함이 이상하게도 살아 있음을 실감케 한다. 일상의 모든 자질구레한 일에 몸을 써야만 하는 이 나라 사람들에게 부탄 정부가 2005년에 노골적으로 물었다. "당신은 행복합니까?"라고. 그 질문에 단지 3.3퍼센트만이 행복하지 않다고 대답했다고 한다. 이들의 이러한 모습을 보면 몸이 편한 것과 행복은 별 상관이 없는 것 같다는 생각이 들곤 한다.

* 빈한하다 살림이 가난하여 집안이 쓸쓸하다.

이 나라에서 삶은 그야말로 사는 것이다. 텔레비전으로 보고, 인터넷으로 검색하고, 카메라로 찍는 삶이 아니라 몸을 움직여 직접 만들고 경험하는 삶이다. 그러다 보니 부탄에서 일과 놀이는 유기적으로 연결되어 있다. 그들은 노는 듯 일하고 일하듯 논다. 진정한 호모 루덴스다. 이런 그들에게 놀이는 돈을 지불해야 얻을 수 있는 상품이 아니다. 이 나라 사람들은 아직 노동하기 위해 살지는 않는다.

우리 사회에서 노동과 놀이는 분리되어 있다. 언제부터인가 우리는 스포츠를 즐기기보다는 '관람'하게 되었고, 휴가는 돈을 주고 구입해야만 하는 상품이 되어 버렸다. 그러나 놀이를 구매하기 위해 더 오래, 더 경쟁적으로 일하는 동안 우리는 노는 법을 잊어버렸다. 우리는 어디로 가는지 방향조차 모른 채 자신의 영혼을 훼손당하면서 일을 해 왔다. 그리고 목적 없이 어슬렁어슬렁 시간을 보내거나 몸과 마음을 위해 휴식을 취하는 걸 죄악시하는 사회를 만들었다. 일본에는 '틈새 증후군'이라는 병이 있다고 한다. 틈새 증후군은 계획표가 꼭꼭 채워져 있지 않으면 불안해서 어쩔 줄 모르는 상태가 되는 병이다. 노는 법을 잊어버린 현대인이 앓고 있는 병이라고 할 수 있을 것이다.

일의 내용이나 목적에 상관없이 일 자체가 절대 가치가 되어 버린 시대. 이 시대에 우리는 '한눈팔기', '어슬렁거리기', '느긋하게 쉬기' 같은 가치를 언제쯤 깨닫게 될까. 우리 친구 빼마는

---

* 호모 루덴스(Homo ludens) '노는 인간' 또는 '유희하는 인간'이라는 뜻. 네덜란드의 역사학자 하위징아가 제창한 개념으로 유희라는 말은 단순히 논다는 말이 아니라, 정신적인 창조 활동을 가리킴.

이렇게 말한다. "돈은 손에 묻은 먼지와 같아서 생겼다가도 없어지는 거죠. 중요한 건 시간이에요. 돈이 아무리 많아도 인생을 즐길 시간이 없다면 무슨 소용이 있겠어요?"

치몽에는 도로도 전기도 없다. 대신 이 마을에는 깨끗한 물과 흙이 살아 있다. 그런 깨끗한 물과 흙에서 사람들은 쌀을 제외한 모든 농산물을 자급자족한다. 그러다 보니 치몽에서는 혼자서 살아갈 수 없다. 집을 짓거나 물을 끌어오고 농작물을 수확하는 모든 일이 품앗이로 행해진다. 그래서 공동체가 살아 있고 아이부터 노인까지 서로의 역할을 존중한다.

그런 치몽에도 머지않아 도로가 놓일 것이고, 전기도 들어올 것이다. 그리고 도로의 개통과 전기의 보급은 이들의 생활을 바꿔 놓을 것이다. 그때 바뀌게 될 그들의 생활은 어떤 모습일까. 다른 나라가 그러했듯이 자급자족 구조에서 벗어나 의존하는 삶을 살게 될까.

개발을 통한 발전이라는 개념은 지금껏 경제 성장의 원동력이자 행복의 기초 조건으로 여겨졌다. 그러나 개발 정책이 우리에게 남긴 것은 그리 긍정적이지 않았다. 개발이 진행될수록 자연은 파괴되었고 세계와 인간은 황폐해져 갔다. 이러한 문제점을 해결하기 위한 방안으로 '지속 가능한 개발'이 등장하였다. 그런데 이것이 오히려 이제까지의 개발이 지속 불가능한 개발이었음을 말해 주는 것은 아닐까.

부탄 사람들은 깨끗한 물과 공기, 병들지 않은 대지 같은 자연환경을 삶의 기본 조건으로 믿는다. 일 년에 만 명으로 관광객 수를 제한하는 것도 무분별한 환경 파괴를 막겠다는 의지다.

그래서 부탄은 개발 파트너를 선택하는 데도 신중하다고 한다. 실제로 내가 만난 부탄 사람들은 "개발의 대가로 소중한 가치를 잃고 싶지는 않아요."라고 말하곤 했다.

부탄에도 인터넷이 있고 아리랑TV와 CNN이 나오는 위성 텔레비전도 있다. 그런데도 수도를 몇십 킬로미터만 벗어나면 세상의 끝에 다다른 기분이다. 이곳에서는 시간이 다른 속도로 흐르는 것 같다. 사람들이 편안해 보이고 별걱정이 없어 보여서일까. 그냥 평생 이대로 살아도 괜찮을 것 같다는 느긋함이 번져 온다. 이 나라에서는 정신병도 없고(나라 전체에 정신과 의사는 딱 한 명이다.) 강력 범죄 발생률도 믿을 수 없을 정도로 낮다.

이런 부탄을 보면 과학 기술의 속도와 힘은 우리 몸을 편하게 만들어 줄지는 몰라도 정신에는 별 도움이 안 되는 게 아닐까 하는 생각이 든다. 실제로 우리는 일을 더 빨리 해 주거나 대신 해 주는 것들을 가졌는데도 늘 시간이 없다고 불평하며 살아간다. 하지만 기계가 아닌 몸을 써서 수많은 일을 해야만 하는 이 동네 사람들이 "바빠 죽겠다."거나, "시간이 없다."라고 말하는 것을 듣지 못했다. 과학 기술이 우리를 더욱 편하게 해 준 것이 맞을 수도 있지만 그 속에서 우리는 더 많은 것, 더 빠른 것, 더 큰 것, 더 좋은 것만을 바라며 늘 '현재'를 저당 잡혀 살고 있는지도 모른다.

부탄에 머무른 스무 날 내내 부탄은 내게 묻는 것 같았다. 당신은 행복하냐고. 당신에게 행복은 어떤 의미냐고. 서른넷에 여행자의 삶으로 들어선 이후, 내 삶이 행복하다고, 감사할 일로 가득하다고 믿고 살아왔는데, 부탄은 더 깊이 캐묻는다. 여전히 욕심이 너무 많은 거 아니냐고.

행복해지기 위해서는 무엇이 필요할까. 버릴 줄 알고, 포기할 줄 아는 마음이 우선이 아닐까. 이제 충분하다고 멈출 수 있는 마음. 나눌 줄 아는 마음도 행복의 조건이 아닐까. 질 높은 삶은 물질적 성공이 아니라 나눔으로 이루어진다. 봉사와 나눔은 가장 순정한* 이기주의이다. 관계를 맺는 기술 또한 행복해지기 위한 조건일 것이다. 다른 사람들이나 자연과의 관계 안에서 자신의 행복을 찾는 법을 배워야 한다. 부탄의 지성인 카르마 우라는 이렇게 말했다. "우리는 로빈슨 크루소의 행복을 믿지 않습니다. 모든 행복은 관계 속에 있어요."라고.

지구 위에 이런 나라가 하나쯤 있다니 얼마나 괜찮은 일인가. 모두가 물질적 성장만을 위해 달릴 때 거기에 등 돌린 나라가 있다는 것만으로도 위안이 된다. 비록 그 나라에서 몇 가지 모순이 발견된다 해도.

---

* 순정하다 순수하고 올바르다.

슈퍼마켓 백 배 즐기기

이준구

슈퍼마켓은 물건을 하나라도 더 팔려는 온갖 수법의 전시장과도 같다. 슈퍼마켓 주인은 상품을 진열하는 방법에서 가격을 매기는 방법까지 세심하게 신경을 써 소비자들이 지갑을 열게 한다. 그들에게 가장 반가운 것은 소비자의 충동구매*다. 그것은 마치 보너스와 같기 때문이다. 그래서 그들은 소비자가 어떤 물건을 보는 순간 갑자기 "이걸 꼭 사야 돼!"라고 외치도록 만들고 싶어 한다.

이런 목적에서 슈퍼마켓이 쓰는 고전적 수법 중 하나가 "특가 세일! 하야니 치약 5통 2만 원"과 같은 광고 문구다. 치약 한 통에 4천 원으로 가격을 낮췄다고 선전해도 되는데, 왜 5통을 묶

---

* 충동구매 물건을 살 필요나 의사 없이, 물건을 구경하거나 광고를 보다가 갑자기 사고 싶어져 사는 행위.

어서 파는 방식을 선택했을까? 그 이유는 이런 광고 방식이 치약 한 통을 사러 갔던 사람에게 4통을 충동구매하게 만드는 효과를 내기 때문이다. 5통이나 사야 하므로 망설이다가 "에라, 모르겠다."를 외치며 장바구니에 담아 버린다. 바로 이 효과를 노린 것이다.

마케팅 전문가가 분석한 결과에 따르면, 이러한 판매 방식을 쓰면 하나씩 따로 팔 때보다 판매량이 32퍼센트나 증가한다고 한다. 이 방식이 분명히 충동구매를 부추기는 효과를 내고 있다는 뜻이다. 흥미로운 점은 특히 참치 통조림과 냉동식품의 판매량 증가 폭이 컸다는 것이다. 이는 그러한 판매 방식이 특별히 잘 먹히는 상품이 있음을 보여 준다. 왜 그런 결과가 나왔는지는 독자도 잘 알 것이다.

사실 이러한 판매 방식은 속이 뻔히 들여다보이는 수법이다. 어느 누구든 치약 5통을 한꺼번에 묶어서 파는 이유를 쉽게 짐작할 수 있기 때문이다. 슈퍼마켓이 쓰는 좀 더 교묘한 수법은 "폭탄 세일! 하야니 치약 4천 원, 단 고객당 5통 이내"라는 광고 문구다. 이 광고 문구를 보는 순간 소비자는 감탄을 한다. "오, 이런 가격이면 열 통, 스무 통씩 사려는 사람이 있겠군."

정말 사재기를 막으려고 치약의 개수를 5통으로 제한했을까? 그럴 수도 있다. 슈퍼마켓이 쓰는 고전적 판촉* 수단 중 하나가 '미끼 상품'이라는 것이다. 주변에 슈퍼마켓이 여러 군데 있다고 할 때 소비자는 당연히 가격이 싼 곳을 선택한다. 그러나 어

---

* 판촉 여러 가지 방법을 써서 수요를 불러일으키고 자극하여 판매가 늘도록 유도하는 일.

떤 상품은 이 슈퍼마켓이 더 싸고, 다른 상품은 저 슈퍼마켓이 더 싸기 때문에 가격 비교에 어려움을 겪는다. 물론 자기가 사려는 상품 가격의 가중 평균˚을 구해 비교하면 정확한 답을 얻을 수 있겠지만, 그렇게까지 치밀한 소비자는 거의 없다.

일반적으로 소비자들은 몇 가지 상품들의 가격만 대충 비교해 보고 결론을 내 버린다. 이 사실을 아는 슈퍼마켓은 어떤 상품에 특별히 낮은 가격을 매겨 소비자를 현혹하는˚ 수법을 쓴다. 이를테면 다른 슈퍼마켓에서 5천 원에 팔리는 간장 한 병에 3천 원이라는 비상식적인 가격표를 붙여 놓는 것이다. 엄청나게 싼 가격표를 본 소비자는 그 슈퍼마켓의 다른 상품들도 마찬가지로 쌀 것이라는 기대를 하게 된다. 바로 이런 성격의 상품을 미끼 상품이라고 부른다.

하야니 치약의 1인당 구입 한도를 5통으로 제한한 것은 그것이 미끼 상품의 성격을 띠고 있기 때문일 수 있다. 소비자들이 미끼 상품이란 것을 알아채고 사재기를 하면 슈퍼마켓 입장에서는 반가운 일이 아니다. 정말로 손해를 보면서까지 가격을 낮춘 경우에는 상품을 많이 팔수록 더 큰 손해를 입게 된다. 그렇기 때문에 고객 한 사람당 구입량을 제한했을 가능성이 있다. 사정이 이렇다면 이는 폭탄 세일이라는 소비자의 인식이 맞다.

그러나 더 중요한 다른 이유가 있을 수 있다. 슈퍼마켓이 5통의 구입 한도를 설정해 놓은 본심은 소비자들이 바로 그만큼의

˚ 가중 평균 중요도 및 구매량 등에 따라 각각의 가중치를 곱하여 구해지는 평균.
˚ 현혹하다 정신을 빼앗겨 해야 할 바를 잊어버리다. 또는 그렇게 되게 하다.

치약을 사도록 유도하려는 것일 가능성이 크다. 그들은 소비자들이 닻 내림 효과의 영향을 받는다는 사실을 알고 있다. 5통의 구입 한도를 설정함으로써 소비자로 하여금 바로 그 수준에 닻을 내린 것처럼 머물도록 유도하는 효과를 노리고 있는 것이다. 만약 이런 닻 내림 효과가 정말로 발생한다면 충동구매를 하게 만들려고 한 작전은 멋진 성공을 거둔 셈이다.

일반적으로 소비자는 처음에 얼마만큼 사겠다는 기준을 정하고 거기에서 위아래로 조정하는 경향을 보인다. 예를 들어 사과 세 개를 사려고 슈퍼마켓에 간 사람은 특별한 일이 없는 한 대략 그만큼의 사과를 사게 된다. 갑자기 생각을 바꿔 열 개나 스무 개를 사는 일은 아주 드물다는 말이다. 이때 소비자는 사과 세 개에 닻을 내린 셈이다.

치약을 사러 슈퍼마켓에 간 소비자가 처음 닻 내린 구입량은 한 통 혹은 많아야 두 통 정도일 것이다. 따라서 단순히 치약 가격만 낮춘 경우에는 소비자가 치약 여러 통을 구입할 가능성이 적다. 반면에 5통의 구입 한도를 설정해 놓으면 소비자의 닻은 5통으로 옮겨지게 된다. '5'라는 숫자를 보는 순간 이만큼의 치약을 살까 말까를 고민하기 시작하는데, 이는 이 사람의 닻이 '1'에서 '5'로 옮겨졌다는 것을 뜻한다.

한 통을 사려던 사람이 이 닻 내림 효과 때문에 결국 네댓 통의 치약을 장바구니에 집어넣는 일이 생긴다. 슈퍼마켓 주인은 바로 이런 효과를 노려 구입 한도를 설정했을 가능성이 매우 크다. 마케팅 전문가의 분석 결과를 보면, 이 전략이 꽤 짭짤한 성과를 가져다주는 것을 알 수 있다. 1인당 구매 한도가 없을 때는 평균적인 캔 수프 구입량이 3.3통이었는데, 구매 한도를 12통으로 설정했더니 7통으로 늘어났다. 구매 한도를 설정함으로써 평균 판매량이 112퍼센트나 증가하는 효과를 냈다. 닻 내림 효과를 활용한 판촉 전략이 대단한 성과를 거둔 셈이다.

비단 물건을 사는 일뿐 아니라, 다른 많은 일에서도 닻 내림 효과가 작용하고 있다. 즉 사람들은 어떤 기준을 설정하고 거기서부터 생각을 시작하는 경향을 보일 때가 많다. 연봉이 어느 정도 되어야 한다는 생각으로 직장을 찾는 사람의 경우가 그 좋은 예이다. 이런 사람은 어떤 곳에서 얼마만큼의 연봉을 주겠다는 제안을 받으면 원래 자신의 기준과 비교해 그것이 괜찮은지의 여부를 판단하게 된다. 그렇기 때문에 높은 연봉에 닻을 내린 사람은 마음에 드는 직장을 찾기 어렵다.

이제부터는 슈퍼마켓에 갈 때 여기저기 나붙은 갖가지 광고 문구를 그냥 지나치지 말기 바란다. 그 속에 어떤 의도가 숨어 있는지 생각해 보면서 쇼핑을 하면 즐거움이 훨씬 더 커질 수 있다. 나는 행복에 관한 하나의 지론*이 있다. 그것은 사소한 일에서도 즐거움을 찾을 수 있는 능력이 행복의 지름길이라는 것이다. 쇼핑을 하면서 경제학을 배우는 즐거움까지 느낄 수 있다면 독자는 아주 행복한 사람이 아닌가?

---

* 지론 늘 가지고 있거나 전부터 주장하여 온 생각이나 이론.

서양화, 조선을 깨우다

김정숙

세 살 무렵, 처음 타 본 기차는 경이로움 그 자체였다. 기차도 신기했지만 여행에서 나를 정말 놀라게 했던 것은, 난생처음 청량음료를 마셨던 일이다. 목이 말라 무심코 한 모금 마셨다가 코를 찌르는 탄산 가스에 얼마나 놀랐던지 그 충격은 50년이 지난 지금까지도 생생하다. 조선 시대 문인들에게도 세 살 아이의 기차 여행 같은 놀라운 체험이 있었다. 서양화와의 만남이 그것이다. 영·정조 재위 기간에 청나라에 다녀온 사신들의 기록이나 실학자들의 글에 따르면, 우리나라 지식인들이 서양 미술을 처음 대했을 때의 반응은 충격 이상이었다. 그들을 놀라게 했던 서양화는 원근법과 명암법을 바탕으로 한 사실적인 그림이었다. 살아 있는 듯 생생한 서양화의 표현법은 조선 후기 지식인들을 충분히 매료할 만했다.

서양화에 놀란 실학자들

조선 후기의 실학자인 이익(1681~1763)은 「화상요돌」＊이라는 글에서 서양화를 접하고 느낀 감동을 다음과 같이 적었다.

요즘 연경(燕京)＊에 사신으로 다녀온 사람들이 서양화를 사다가 대청에 걸어 놓는다. 처음에 한 눈을 감고 다른 한 눈으로 오랫동안 주시하면 건물 지붕의 모퉁이와 담이 모두 실제 형태대로 튀어나온다.

이익이 본 '대청에 걸려 있는 서양화'는 원근법과 입체감이 잘 표현된 풍경화일 것으로 보인다. 원근법이란 사물이 뒤로 갈수록 좁아 보이는 현상을 그린 투시 화법으로, 3차원의 공간을 2차원의 화면에 담는 서양화의 공간 표현법을 말한다. 이러한 투시 화법은 전통 회화에서는 볼 수 없던 새로운 방식이다. 그 생생한 실재감 때문에 이익에게는 서양화가 무척이나 신기하게 다가왔던 듯하다.

한편 연경의 천주당 벽화를 직접 본 사람들이 느낀 경이로움은 이보다 더 강렬했다. 1778년에 연경에 다녀온 이덕무(1741~1793)는 다음과 같은 글을 남겼다.

(천주당의) 북쪽 벽에는 철사 줄이 목에 매여 있는 큰 개의 그림

＊ 화상요돌 화상의 오목하고 돌출됨.
＊ 연경 중국 베이징(北京)의 옛 이름.

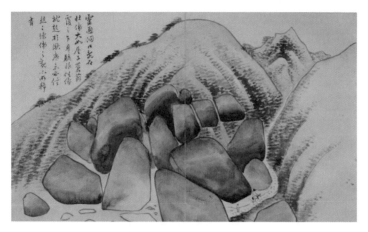

강세황 「영통동구」

이 있는데 언뜻 보니 물려고 덤비는 것 같아 무서웠다. 그 그림 밑에는 살아 있는 개 몇 마리가 그늘에 누웠는데 그림의 개와 살아 있는 개가 구분되지 않았다.

이덕무가 본 개 그림은 표현이 얼마나 사실적이었던지 보는 사람으로 하여금 두려움마저 느끼게 했던 모양이다. 자신이 처음으로 접한 서양화에서 받은 놀라움을 생생하게 묘사하고 있다.

'색'다른 조선 그림

18세기 이후 조선 후기 화단에 유입된 서양화는 여러 분야의 그림에 영향을 주었다. 그중에서도 산수화에 보이는 변화가 가장 주목할 만하다. 서양화법을 선두에서 받아들인 화가로는 김홍도의 스승으로도 유명한 강세황(1713~1791)이 거론된다.

강세황 「송도전경」

　강세황이 45세 되던 해, 개성을 여행한 뒤 그린 「영통동구」와 「송도전경」은 동·서양화의 접목이라는 점에서 주목된다. 서양화의 투시 원근법과 채색 기법을 사용했기 때문이다. 「영통동구」는 영통동 계곡의 명물인 거대한 바위에 초점을 맞추어, 가까운 바위는 크게 그리고 멀어지는 경물˙은 작게 그렸다. 산수화에 원근법을 적용한 것이다. 게다가 바위 표면에는 서양화의 채색법을 사용하여 독특한 느낌을 준다. 초록과 청록이 어우러진 미묘한 바위의 색감은 흡사 서양의 수채화를 연상시킬 정도로 특이하다. 개성 시내의 모습을 투시 원근법으로 그린 「송도전경」 또한 현대적 감각이 물씬 풍긴다.

　원근법과 함께 서양화의 중요한 특징으로 손꼽히는 것은 입체감이다. 서양화에서는 광선의 방향에 따라 생기는 명암의 대

˙ 경물 사계절에 따라 달라지는 경치.

비로 사물의 양감*을 표현한다. 이처럼 빛과 그림자를 통해 입체감을 나타내는 서양화와 달리, 동양화에서는 변화하는 광선에 주의를 기울이지 않았다. 하지만 서양화법이 조선에 전래하면서 조선 시대 그림에도 입체 표현이 나타나기 시작했다.

　명암법을 활용하여 입체감이 느껴지도록 제작된 그림으로는 신광현(1813~?)의 「초구도」 등이 있다. 이 그림에서는 이전 시대의 작품과 달리, 광선의 방향이 일정하게 설정되었음을 볼 수 있는데, 건물과 나무에 그림자 처리가 더해지면서 입체감이 나타난다.

---

* 양감 손에 만질 수 있는 듯한 용적감이나 묵직한 물체의 중량감을 전해 주는 상태.

여백에 대한 새로운 인식, '하늘색'

동양화의 특징 가운데 서양화와 가장 크게 구별되는 요소는 바로 '여백'이다. 여백이란 그림이 그려지는 화면에서 그려진 부분을 제외한 나머지 빈 곳을 말한다. 아무것도 그려져 있지 않지만, 그대로 하늘이 되기도 하고, 안개나 공기가 되기도 하고, 때로는 물이 되기도 한다. 하지만 서양화에서는 빈 곳을 허용하지 않는다. 작품에 빈 곳을 남기면 미완성작으로 인식되기 때문이다. 조선의 산수화에서 하늘은 여백으로 비워진 공간이지만, 서양화에서 하늘은 색이 칠해진 하나의 구체적인 공간이었다. 그런데 서양화의 영향으로 조선 후기 산수화에도 하늘을 채색한 그림이 등장하게 된다. 강희언(1738~?)의 「인왕산도」가 그것이다.

강희언은 조선 후기에 활동한 중인 화가로 적극적으로 서양화법을 수용했다. 그는 인왕산의 실제 경치를 그리면서 배경에

강희언 「인왕산도」

보이는 하늘 전체를 엷은 푸른색으로 채색했다. 이는 기존의 산수화에는 볼 수 없었던 것으로, 여백에 대한 새로운 인식을 보여 주는 특별한 시도였다.

삶에 대한 태도의 차이가 표현의 차이를 낳다

실학자들은 천주교와 함께 유입된 서양화를 대상의 '참다운 형상'을 묘사하는 데 적합한 화법으로 여겨 적극적으로 받아들였다. 그런데 서양화법에 매료되었던 실학자들의 태도를 보면 한 가지 특이한 사실이 발견된다.

박지원, 박제가, 홍대용과 같은 이용후생 학파(북학파)는 주로 서양화의 회화적 표현에 관심이 많았다. 이에 반해 이익이나 정약용 같은 경세치용 학파는 회화의 원리나 그림을 그릴 때 사용되는 기구에 더 많은 주의를 기울였다. 그들의 학문적 지향이 다르듯, 서양화법에 대한 인식 또한 특정 방면으로 나타나는 것이 흥미롭다.

조선 후기 실학자들의 관심을 받으며 유입된 서양화법은 다양한 분야의 그림에 영향을 끼쳤다. 하지만 서양화법의 유행은 그리 오래 지속되지 않았다. 그 까닭은 무엇일까? 아마도 '눈'에 보이는 현상보다 '정신'을 중요시한 동양화의 전통이 강하게 작용했기 때문이라고 여겨진다.

예로부터 동양에서는 눈에 보이는 사실을 그대로 옮겨 그리기보다 '마음'으로 해석하여 표현하고자 했다. 그 결과 동양의 화가들은 먹과 선을 위주로 대상의 의미와 느낌을 전달하는 데 주력했다. 반면 서양에서는 눈에 보이는 것을 그대로 화폭에 담으려고 원근법과 화려한 색을 사용하여 사실적인 표현을 추구했다. 동양화와 서양화에 나타나는 이 같은 차이는 정신적인 것을 추구하는 동양인과 눈에 보이는 현상에 집중하는 서양인의 삶에 대한 태도의 차이에서 비롯된 것으로 보인다. 세상을 바라보는 인식과 태도의 차이가 결과적으로 그만큼 다른 회화적 표현을 낳았던 듯하다.

활동

1 셋째 마당의 글을 읽고 경험을 통해 사고가 확장되는 과정을 다음의 표를 채우며
정리해 봅시다.

	관심 영역	주요 제재	사고의 확장
우주와 사랑을 품은 요리, 볶음밥	요리		
등나무 운동장 이야기		무주 공설 운동장	
왜 당신의 시간을 즐기지 않나요			
슈퍼마켓 백 배 즐기기			
서양화, 조선을 깨우다		서양화와 동양화	

2 다음 글을 읽고 펭귄의 '허들링'이라는 독특한 생태적 특성이 우리의 삶에 어떻게
확장되어 깨달음을 주는지 말해 봅시다. 또한 이처럼 관심을 갖고 있는 분야에서
의 경험 중 일상으로 확장할 수 있는 깨달음을 얻었던 경험이 있다면 글로 표현
해 봅시다.

남극에 겨울이 찾아오면 황제펭귄은 남극의 더 깊은 곳으로 들어가
칼날같이 매서운 추위에 맞서며 새끼를 낳고 키운다. 엄마 펭귄은 알
을 낳고 나면 새끼에게 먹일 먹이를 구하기 위해 먼바다로 떠나고, 아
빠 펭귄은 알을 품으며 엄마 펭귄이 돌아오기를 기다린다. 이 기다림

의 시간은 배고픔과 추위를 견디어야 하는 시간이기도 하다.

이들은 '허들링(huddling)'이라는 독특한 방법으로 추위를 견딘다. 허들링은 서로의 몸을 밀착하여 안쪽에서 바깥쪽으로 원을 만들어 가며 서로의 체온을 유지하는 방법이다. 가장 따뜻한 자리를 빼앗기지 않으려고 싸우는 대신 조금씩 양보하여 모두가 따뜻할 방법을 찾아 실천하는 황제펭귄의 모습은 무한 경쟁 시대를 살고 있는 우리에게 배려와 협동의 미덕을 보여 주는 훈훈한 모습이라 할 수 있다.

두 달여 동안 추위를 견디면, 새끼들이 알을 깨고 세상에 나온다. 아빠 펭귄은 위벽에 저장해 두었던 음식물을 토해 내어 새끼 펭귄에게 먹인다. 저장해 둔 음식물이 떨어져 갈 때쯤 사냥을 떠났던 엄마 펭귄이 돌아온다. 힘든 여정으로 상처를 입었지만, 엄마 펭귄 역시 자식에 대한 애착으로 가득 차 있다. 자신들이 겪을 고통을 두려워하지 않고 새끼들의 안전을 위해 혹독한 남극을 선택한 황제펭귄의 처절하고 숭고한 자식 사랑은 부모의 사랑을 쉽게 망각하는 오늘날의 세태를 떠오르게 한다.

자식을 사랑하고, 서로를 배려하며 협동하는 펭귄의 모습을 보며 수단과 방법을 가리지 않고 남들보다 뛰어나고 싶어서 애쓰는 우리의 모습이 부끄러워지는 것은 비단 나만의 생각은 아닐 것이라 믿는다.

— 황인숙 「자식 바보」, 『매일신문』 2012년 1월 30일 자 칼럼

　여러분은 요리 실력을 내세울 만한 메뉴 하나쯤을 갖고 있나요? 「우주와 사랑을 품은 요리, 볶음밥」은 제목 그대로 볶음밥에 대한 이야기입니다. 글쓴이는 자립을 위해 필요한 요리로 볶음밥을 추천합니다. 오래 걸리지 않고, 재료도 특별하지 않으며 방법도 간단한 요리. 무엇보다도 정해진 요리법이 없으니 자유로워 창의력을 자극하는 요리. 웬만해선 실패하지 않는 요리. 그렇다고 실패를 두려워할 필요도 없는 요리. 그래서 바로 여러분처럼 소년, 소녀와 같은 요리. 실패를 통해 궁극의 볶음밥을 만들어 내듯 여러분도 수많은 실패를 통해 빛나는 삶을 완성할 수 있음을 글쓴이는 이야기합니다. 그러니 소년, 소녀여, 요리하라!

　인공적인 구조물을 만들어 내는 건축은 일반적으로 사람을 중심에 둔다고 생각합니다. 그러나 「등나무 운동장 이야기」의 글쓴이는 자연이 원하는 집을 짓는 건축가입니다. 주민들을 위해 운동장 관중석에 그늘을 만들어 달라는 군수의 부탁에 감응한 글쓴이는 그늘을 만들기 위해 허공에서 허우적대는 수백 그루의 등나무 순을 보며 다시 한번 감응합니다. 그리고 그 감응 받은 그대로 자연을 닮은 등나무 운동장을 만들어 냅니다. 글쓴이는 이 작업이 모더니즘 건축이 놓친 자연과 인간의 '교감'과 '감성'을 일깨워 주었다고 합니다. 그러나 비단 건축뿐일까요? '교감'과 '감성'은 우리 삶을 풍성하게 해 주는 중요한 두 단어임에 틀림없습니다.

　돈은 많지만 하루 종일 바쁘고 지친 삶을 사는 사람은 행복할까요? 「왜 당신의 시간을 즐기지 않나요」는 가난하지만 행복한 나라, 부탄을 여행하고 쓴 기행문입니다. 글쓴이는 전기도 들어오지 않고, 도로도 없는 오지와 같은 부탄의 한 도시를 방문해서 불편한 삶을 체험합니다. 하지만 오히려 행복한 삶을 사는 부탄의 사람들을 보며 행복의 조건이 무엇일까 깊이 있는 성찰을 하게 됩니다. 그리고 버릴 줄 알고, 포기할 줄 아는 마음, 이제 충분하다고 멈출 수 있고, 나눌 줄 아는 마음이 행복의 조건이 아닐까 생각합니다. 끝없는 경쟁과 경제적 가치에 매몰되어 사는 우리에게 부탄에서 깨달은 행복의 조건이 너무 멀게만 느껴지는 것 같아 서글퍼지기까지 합니다.

엄마는 왜 지금 당장 쓰지도 않을 치약을 묶음으로 해서 왕창 사 오셨을까? 우리는 종종 사람들의 이해할 수 없는 구매 심리가 궁금할 때가 있습니다. 「슈퍼마켓 백 배 즐기기」는 '닻 내림 효과'라는 사람들의 심리를 이용한 물건 판매 방식에 대해 설명하는 글입니다. 한 통의 치약을 사러 가는 사람의 마음을 움직여 5통을 사게 하는 충동구매 작전은 바로 소비자의 구매 기준을 판매자가 원하는 수준으로 옮기게 하는 전략에서 나옵니다. 글쓴이는 이런 닻 내림 효과를 물건을 사는 일에만 국한하지 않고, 우리 삶에도 적용해 봅니다. 그리고 높은 연봉에 닻을 내린 사람이 마음에 드는 직장을 찾기 어려운 이유를 설명해 줍니다. 물건을 사고파는 심리의 의도를 파악하는 즐거움을 찾을 수 있다면 여러분도 충분히 슈퍼마켓을 백 배 즐길 수 있지 않을까요?

서양화를 처음 본 조선의 선비들은 어떤 반응을 보였을까요? 「서양화, 조선을 깨우다」에서는 동양화와는 사뭇 다른 서양화에 매료된 조선 후기 실학자들의 반응에 주목합니다. 실학자들은 서양화법을 대상의 '참다운 형상'을 묘사하는 데 적합한 화법으로 여기고 적극 받아들였지만 '현상'보다 '정신'을 더 중요시하는 동양화의 전통에 밀려 그 유행은 오래 지속되지 않았습니다. 세상을 바라보는 동서양의 인식과 태도의 차이가 시공간을 뛰어넘어 회화적 표현에도 고스란히 드러난다는 사실이 놀라울 뿐입니다.

차별받지 않을 권리

김두식

모든 국민은 법 앞에 평등한가

불과 십수 년 전만 해도 신입 사원을 뽑는 기업체의 공고에 '25세 미만' 같은 조건이 붙어 있는 경우를 흔히 볼 수 있었다. 이 공고에 따르면 이제 막 26세가 된 사람은 아무리 탁월한 기량을 지니고 있더라도 지원조차 할 수 없는 셈이다. 최근 들어 이런 제한이 많이 사라지긴 했지만 '대학을 졸업한 지 1년 이내인 자'처럼 변형된 조건을 내세우는 곳이 아직 많다. 이처럼 '합리적인 이유가 없는 차별'은 능력 있는 많은 사람에게서 취업의 기회를 근원적으로 박탈하고 있다.

비단 나이에 따른 차별만이 문제인 것은 아니다. 성별이나 신체장애, 종교로 인한 차별이 있는가 하면, 단지 비형 간염 바이러스 보균자˚라는 이유만으로 취업을 거부당한 사람도 있다. 이처럼 각종 차별이 일상화되다 보면 우리도 모르게 이런 문제에 무감각해질 위험이 있다.

제도의 차원에서 이러한 차별의 예방이나 교정°에 실효적° 기능을 담당하는 것은 '법'이라고 할 수 있다. 아직 충분하지는 않지만 우리도 그런 법 조항을 갖고 있다. 우리나라의 헌법 제11조 제1항에는 "모든 국민은 법 앞에 평등하다. 누구든지 성별, 종교, 또는 사회적 신분에 의하여 정치적·경제적·사회적·문화적 생활의 모든 영역에 있어서 차별을 받지 아니한다."라고 명시되어 있다. 여기서 말하는 '성별, 종교, 또는 사회적 신분'은 수많은 차별 사례 중 몇 가지만을 예로 든 것이다. 국가인권위원회법에서도 차별 금지에 관한 상당히 넓은 범위의 영역을 이미 규정해 놓고 있는데도 차별은 쉽게 사라지지 않고 있다. 왜 그럴까? 차별을 막는 법 조항이 있음에도 차별이 존재하는 이유는 그 법을 해석, 적용, 시행하는 과정에 다음과 같은 문제점이 있기 때문이다.

첫 번째 문제점은 '성별, 종교, 장애, 나이, 사회적 신분, 출신 지역, 출신 국가, 출신 민족, 용모 등 신체 조건, 혼인 여부, 임신 또는 출산, 가족 형태 또는 가족 상황, 인종, 피부색, 사상 또는 정치적 의견, 형의 효력을 잃은 전과, 성적(性的) 지향, 학력, 병력(病歷)°' 등을 이유로 한 차별 현상의 상당 부분이 사적 생활 영역에서 일어난다는 점과 관련이 있다.

• 보균자 병의 증상은 보이지 않으나 병원균을 몸 안에 지니고 있어 다른 사람에게 병원균을 옮길 가능성이 있는 사람.
• 교정 가르쳐서 바르게 함.
• 실효적 실제로 효과가 있는.
• 병력 지금까지 앓은 병의 종류, 그 원인 및 병의 진행 결과와 치료 과정 따위를 이르는 말.

우리 사회의 민주화가 진척되어 감에 따라, 국가 권력에 의한 차별보다는 오히려 고용주, 서비스 공급자 같은 사적 생활 관계의 주체들에 의한 차별이 만연*하기 시작했다. 그런데 공적 영역에서 일어나는 차별은 헌법상의 차별 금지 조항이 직접 적용되는 데 반해, 사적 영역에서 발생한 차별은 모호하다. 가해자가 국가이고 피해자가 시민일 때는 피해자가 헌법 조항을 근거로 시정 조치를 국가에 직접 요구할 수 있지만 가해자와 피해자 모두 개인이면 이런 요구가 쉽지 않다는 것이다. 예컨대 내가 목욕탕에 갔다가 장애인이라는 이유로 입장을 거부당했다고 하자. 이런 상황에서 헌법을 기초로 그 목욕탕 주인에게 시정을 요구할 뾰족한 방법은 없다. 별도의 입법* 조치가 없는 한, 현재로서는 그 목욕탕 주인에게 불법 행위에 따른 손해 배상*을 청구*하는 일만 할 수 있다. 개인과 개인의 관계는 공법(公法)*이 아닌 사법(私法)*으로 해결해야 한다는 원칙이 우리 법체계의 바탕을 이루고 있기 때문이다.

두 번째로, 차별 행위에 따른 민사상의 손해 배상액이 너무 적다는 문제가 있다. 차별을 당한 사람이 독하게 마음먹고 민사 소송*을 제기해서 승소*해도 마음의 상처를 치유하기에 턱없이

---

* 만연 식물의 줄기가 널리 뻗는다는 뜻으로, 전염병이나 나쁜 현상이 널리 퍼짐을 비유적으로 이르는 말.
* 입법 법률을 제정함.
* 손해 배상 법률에 따라 남에게 끼친 손해를 물어 주는 일. 또는 그런 돈이나 물건.
* 청구 상대편에 대하여 일정한 행위나 급부(채권의 목적이 되는, 채무자가 하여야 할 행위)를 요구하는 일.
* 공법 국가나 공공 단체 상호 간의 관계나 이들과 개인의 관계를 규정하는 법률.
* 사법 개인 사이의 자산, 신분 따위에 관한 법률관계를 규정한 법. 민법, 상법 따위가 있음.
* 민사 소송 사법(司法) 기관이 개인의 요구에 따라 사법적(私法的)인 권리관계의 다툼을 해결하고

부족한 배상액을 받는 경우가 많다. 소송을 제대로 수행하려면 변호사 비용만 수백만 원이 드는데 그 결과물인 배상액이 기껏해야 수십만 원이라면 누구라도 소송을 포기할 것이다.

세 번째로, 불법 행위에 따른 손해 발생과 인과 관계 등의 입증˚ 책임을 모두 차별당한 사람이 지게 되어 있는 것도 문제이다. 우리 사법의 기본 원칙상 입증 책임은 원고의 몫이기 때문이다. 하지만 차별 행위가 있었다는 사실을 법정에서 입증하는 것은 결코 쉬운 일이 아니다. 예컨대 어떤 회사에 입사하지 못한 기혼 여성이 채용 과정에서 차별이 있었음을 주장하며 소송을 한다고 할 때, 오로지 기혼 여성이라는 이유로 회사가 자신을 떨어뜨렸다는 사실을 입증해 내지 못하면 패소˚한다. 이처럼 차별을 당한 개인이 소송에서 이기기란 매우 어렵다.

차별 철폐를 위해 우선 할 수 있는 일

우리나라의 경우 사회 전체가 다양화의 길을 걷기 시작한 1990년대 이후에서야 차별의 문제가 본격적으로 논의되었다. 논의 기간이 짧은 만큼 차별을 방지할 만한 뚜렷한 대책이 마련되지 못했다. 고작해야 국민 의식 개혁이나 각종 위원회 설치처럼 다분히 추상적이고 형식적인 수준이다. 물론 차별 문제를 단번에 해결할 묘책을 찾기는 쉽지 않다. 그러나 생각의 방향을

조정하기 위하여 행하는 재판 절차.
• 승소 소송에서 이기는 일. 소송 당사자의 한 편이 자기에게 유리한 판결을 받는 일을 가리킴.
• 입증 어떤 증거 따위를 내세워 증명함.
• 패소 소송에서 짐.

조금만 바꾸어도 꽤 손쉬운 실마리를 찾을 수 있다.

나는 차별 금지 소송의 증가가 우리 의식 개혁의 중요한 출발점이 될 수 있다고 생각한다. 차별 행위가 있을 때마다 피해자들이 소송을 하고, 단돈 십만 원이라 할지라도 손해 배상금을 받아 내는 일이 이어진다면 서서히 의미 있는 변화가 나타날 것이다. 그런데 소송을 하려면 큰돈이 들고 귀찮은 일도 많아서 현재의 우리 법 제도에서 차별 철폐 관련 소송이 활성화되기는 몹시 어렵다. 지금까지 그나마 몇 건의 차별 철폐 관련 소송들이 주목받을 수 있었던 것은 공익 문제에 관심이 있는 소수의 변호사가 신념을 가지고 적극적으로 변호해 주었기 때문이었다. 그러나 아무래도 영리를 추구할 수밖에 없는 변호사들에게 계속 선의만을 기대할 수는 없다. 나는 바로 이 부분이야말로 국가가 개입해야 할 지점이라고 본다. 차별받는 이웃과, 그들을 위해 일하고 싶은 변호사들 사이를 가로막는 벽은 다름 아닌 '돈'이며, 그 벽을 무너뜨리는 역할은 국가의 몫이라고 생각한다.

우리나라에는 차별 문제에 적극적으로 개입하려는 의지를 지닌 국가인권위원회가 이미 존재한다. 하지만 현재 그 권한은 차별 행위를 조사하고 권고하는 정도로 제한되어 있다. 국가인권위원회가 차별 철폐와 시민권 보호의 진정한 보루* 역할을 하려면 단순히 '조사'하고 '권고'하는 정도를 넘어, 피해자를 대리해서 직접 소송을 할 수 있는 권한과 예산을 가져야 한다. 인권을

• 보루 지켜야 할 대상을 비유적으로 이르는 말.

위해 싸우도록 훈련된 변호사들이 차별 관련 소송을 대리하는 일에 매진할 수 있는 기반이 조성되어야 하기 때문이다.

차별 철폐와 관련된 소송들이 계속되면 저력˚ 있는 우리 시민들은 차별 금지와 평등의 의의를 빠르게 학습할 것이다. 이를 통해, 말뿐인 의식 개혁이 아니라 생활 속에서 자연스럽게 배워 나가는 의식 개혁이 이루어질 수 있다. 또한 차별 철폐 소송을 하는 전문 변호사들이 앞서 언급한 바와 같이 기존 법체계의 한계에 자꾸 부딪히면 이를 해결할 새로운 법률의 제정을 준비하게 될 것이고, 그 새로운 법을 만드는 과정에서 시민들의 의식은 더욱 향상될 것이다. 새 법을 시행해 나가다가 다른 한계에 부딪히면 또 새로운 법률 제정 운동이 나타날 것이다. 이런 건전한 순환 구조 안에서 시민의 삶과 우리의 법체계는 함께 발전할 수 있다. 국가 권력을 견제하는 소극적인 역할을 넘어 시민의 권리를 적극적으로 옹호하는 법의 새로운 역할은 이러한 노력에서 태동˚할 것이다.

• 저력 속에 간직하고 있는 든든한 힘.
• 태동 어떤 일이 생기려는 기운이 싹틈.

여성도 사람입니까[*]

수전 앤서니

시민 여러분, 저는 지난 대통령 선거에서 선거할 권리가 없는데도 투표를 했다는 혐의로 기소당하고 여러분 앞에 섰습니다. 오늘 저녁에 저는 제 행동이 범죄가 아닐 뿐만 아니라 헌법이 모든 시민에게 보장한 권리 행사였다는 점을 말씀드리려고 합니다. 이러한 권리는 주 정부도 부정할 수 없습니다.

우리의 정치 체제는 모든 개인이 자유롭게 정치 의사를 형성하고 투표할 권리가 있다는 사상에 근거를 두고 있습니다. 정부는 국민 각자가 천부적[*]인 인권을 향유할 수 있도록 보장할 의무가 있습니다. 인권이 시혜적[*]이라는 생각은 이미 낡은 사상으

---

[*] 1872년 미국의 대통령 선거 당시 여성에겐 투표권이 없었으나 수전 앤서니는 투표에 참여한 죄목으로 재판을 받게 되자 자신의 무죄와 여성에 대한 억압을 중지할 것을 주장하는 대중 연설을 29차례나 행하였다. 이 글은 그중의 일부이다.
[*] 천부적 태어날 때부터 지닌. 또는 그런 것.
[*] 시혜적 은혜를 베푸는. 또는 그런 것.

로 취급받고 있습니다. 국가가 생기기 전에는 각 개인에게 스스로의 생명과 자유와 재산을 보호할 권리가 있었습니다. 정부가 수립되어 개인이 국가에 속한다고 하더라도 그 권리를 포기하는 것은 아닙니다. 사람들은 단지 국가의 법으로 보호받는 것입니다. 생각이 다를 때 야만적인 폭력에 호소하지 않고 문명적인 방법으로 해결할 것을 약속한 것뿐입니다.

미국 건국의 선각자˙들이 남겨 놓은 기록 어디에도 개인의 권리가 정부에서 나온다는 말은 없습니다. 독립 선언서, 연방 헌법, 주 헌법, 영토에 관한 법률 모두가 천부의 인권을 보호하는 내용입니다. 그 어디에도 정부가 개인에게 권리를 준다고 되어 있지 않습니다.

> 모든 인간은 창조주에게 불가침˙의 인권을 부여받았으며, 생명, 자유, 행복을 추구할 권리는 천부의 권리이다. 이러한 인권을 보장하고자 정부가 수립되고, 정부의 정당한 권한은 국민의 동의에서 나온다. (미국 독립 선언서의 일부)

여기에는 정부의 권위가 국민의 인권에 우선한다는 말도 없고 특정한 계층에 완전하고 평등한 권리의 향유를 제한할 수 있다는 내용도 없습니다. 모든 남자에게 완전한 권리가 부여된 것처럼 '모든 여성도' 정부에 발언권이 있습니다. 독립 선언서의

˙ 선각자 남보다 먼저 사물이나 세상일을 깨달은 사람.
˙ 불가침 침범하여서는 안 됨.

첫 문단은 자연권*으로서 참정권*을 선언하고 있는 것입니다. 투표할 수 있는 권리가 보장되지 않는다면 어떻게 정부의 권한이 "국민의 동의에서 나온다."라고 할 수 있겠습니까?

독립 선언서에는 명백히 모든 국민에게 투표권이 있다는 의미가 내포되어 있습니다. 정부가 아무리 국민 복리*를 거스르는 정책을 시행한다고 하더라도 참정권 없이는 그런 정부를 교체할 수도, 새로운 정부를 수립할 수도 없기 때문입니다. 참정권이 없는 국민은 고대와 같이 폭력적인 반란이나 폭동에 호소할 수밖에 없습니다. 이 나라 국민의 절반은 부당한 법률을 폐지하거나 새롭고 정당한 법안을 만드는 데 글자 그대로 아무런 권한도 없습니다.

여성은 자신의 대표도 없이 세금을 내야 하고, 동의한 적도 없는 법률에 복종해야 하고, 배심원이 될 권리도 없이 재판을 받아야 하고, 결혼 기간에는 신체의 자유와 가사 노동의 임금과 아이에 관한 권리도 인정해 주지 않는 정부의 통치를 받으면서 전적으로 남성의 자비심에 맡겨져 있습니다. 이것은 평등사상 위에 세워진 미국의 건국 이념에 정면으로 배치되는 것입니다. 독립 선언서는 왕이나 귀족의 존재를 인정하지 않고 모든 사람은 태어날 때부터 평등하다고 선언하고 있습니다. 독립 선언서를 보면 남성도 여성을 지배할 권한이 없습니다. 독립 선언서가 채택되어 계급과 계층의 구분이 없어졌고 노예나 농노나 평민

----

* 자연권 자연법에 의하여 인간이 태어나면서부터 가지고 있는 권리.
* 참정권 국민이 국정에 직접 또는 간접으로 참여하는 권리.
* 복리 행복과 이익을 아울러 이르는 말.

이나 아내나 여성이나 모두 종속된[*] 위치에서 해방되어 평등이라는 자랑스러운 원칙 아래 놓인 것입니다.

미국 헌법의 서문은 이렇게 시작하고 있습니다.

우리 미국 국민은 더 완벽한 국가를 만들고 정의를 세우고 국내 평화를 확보하고 국방력을 강화하고 복리를 증진하고 우리 자신과 자손들이 자유라는 은총을 영원히 누리도록 보장하고자 미합중국 헌법을 제정한다.

헌법을 제정한 것은 '우리 미국 국민'이지 '우리 백인 남성'이나 '우리 남성'이 아닙니다. 우리가 헌법을 제정한 것은 '자유를 주려는 것'이 아니라 '자유를 보장하려는 것'이며 '우리 국민의 절반과 자손의 절반'의 자유가 아닌 '우리 모두의 자유'를 보장하는 데 있습니다. 민주 국가에서 자유를 보장받는 데 유일한 수단인 참정권을 빼앗긴 여성에게 '자유의 은총을 누리고 있다.'고 하는 것은 완전한 조롱일 뿐입니다.

국민이 수행해야 할 모든 의무(병역 의무만을 제외한)에서 여성은 남성과 동일한 부담을 지고 있습니다. 그러나 국민의 권리 중 가장 근본적인 권리인 투표권과 배심원이 될 권리는 여성에게 주어지지 않고 있습니다.

미국 정부는 여성에게 과세하고 벌금을 물리고 징역형을 내리고 심지어 사형에도 처하게 할 뿐만 아니라 재산을 소유하고

•종속되다 자주성이 없이 주가 되는 것에 딸려 붙게 되다.

여권을 발급받고 시민권을 취득할 권리도 부여하고 있습니다. 헌법은 독신 여성에게만 시민권을 취득할 권리를 부여하고 있는 것이 아닙니다. 헌법 제2장에 "결혼한 여성은 남편의 동의 없이도 시민권을 취득할 수 있다."라고 규정되어 있습니다.

또한 "외국인이 법적 절차에 따라 시민권을 취득할 의사를 표시하였으나 실제로 시민권을 취득하기 전에 사망한 때에는, 그의 아내와 자녀는 시민권 취득에 필요한 선서만 하면 미국 시민으로 간주되고 시민으로서 모든 특권과 권리를 향유한다."라고 규정되어 있습니다.

외국에서 태어난 여성이 시민권을 취득하여 시민의 모든 특권과 권리를 취득한다면 미국에서 태어난 여성도 태어나면서부터 취득한 국적에 따라 평등한 권리와 특권을 갖는 것이 당연하지 않습니까?

이제 유일하게 남은 의문은 이것입니다. 여성도 인간인가? 제 주장에 반대하는 사람들도 차마 여성은 인간이 아니라고 주장할 만큼 후안무치하지˚는 않습니다. 여성이 사람이라면 미국 국민이고 따라서 어떤 주 정부도 그들의 헌법상 특권과 권리를 침해하는 법을 제정할 수는 없습니다. 그러므로 여성을 차별하는 주 헌법이나 주 법은 흑인을 차별하는 법이 무효이듯 전부 무효입니다.

투표할 수 있는 권리가 시민으로서 갖는 권리의 하나에 불과합니까? 투표권을 박탈당한 반역 죄인이나 전과자는 투표권의

• 후안무치하다 뻔뻔스러워 부끄러움이 없다.

의미를 잘 알고 있을 것입니다. 투표권은 단순히 시민의 권리 중 하나가 아니라 그것 없이는 다른 모든 권리가 의미 없는 그러한 권리입니다. "투표권을 획득하라, 그러면 나머지 모든 권리가 따라올 것이다." 이것은 기본적인 정치 원리입니다.

(하략)

잊힐 권리와 알 권리

윤용아

'인간은 망각의 동물이다.'라는 말이 있다. 사람들은 누구나 시간이 흐르면 과거의 일을 잊어버릴 수밖에 없다는 뜻이다. 그런데 어떤 일이든 잊을 수밖에 없다는 사실이 정말 불행하기만 한 일일까? 물론 살다 보면 무언가를 잊어버렸다는 사실이 애석할* 때가 있다. 하지만 항상 그런 것은 아니다. 프리드리히 니체*가 '망각은 새로운 것을 받아들이게 하는 적극적이고 능동적인 힘'이라고 말했듯이 결국 잊어버린다는 사실은 과거에 얽매이지 않고 현재를 살아가게 하는 원동력이 되기도 한다.

그런데 자연스레 잊혀야 할 일들이 도무지 잊히지 않아 괴로워하는 사람들이 있다. 그들은 인터넷에 남아 있는 잊고 싶은

---

* 애석하다 슬프고 아깝다.
* 프리드리히 니체(1844~1900) 독일의 철학자. 실존 철학의 선구자이다.

과거의 흔적이나 뜻하지 않게 퍼진 사진 때문에 고통받는다고 한다. 이렇듯 원치 않게 유출된 정보들은 인터넷이라는 특성상 한번 떠돌기 시작하면 회수하기 어렵고, 오랜 시간이 지나도 사라지지 않기 때문에 피해자들은 구제받을 방법이 마땅치 않다. 그러다 보니 최근에는 '잊힐 권리'라는 말이 등장했다. 2012년 유럽 일반 정보 보호 규정(GDPR)에서 처음 쓰였는데, 디지털 시대로 접어들면서 보통 사람들의 일상까지도 인터넷을 통해 기록되다 보니 새롭게 떠오르게 된 권리이다.

지난 2014년 5월, 자신의 집이 빚 때문에 경매에 넘어갔던 사실이 더 이상 검색되지 않도록 삭제해 달라는 한 변호사의 소송에, 유럽 사법 재판소는 '개인은 해당 포털 사이트에 검색 결과의 삭제를 요구할 권리가 있다.'라는 판결을 내렸다. 이는 공식적으로 잊힐 권리를 인정한 첫 사건으로, 전 세계의 누리꾼들이 검색 사이트에서 자신과 관련된 정보를 삭제해 달라고 요구할 수 있는 근거가 마련된 셈이었다.

우리나라에서도 잊힐 권리의 법적 허용 문제가 논란이 되고 있다. 노출되길 원하지 않았던 정보가 인터넷에 유출되어 정신적 피해를 입고 있는 사람들에게는 자신의 정보가 올라간 사이트를 찾아다니며 일일이 삭제 요청을 하는 것 외에는 뾰족한 대응 수단이 없다. 피해 사례가 속출해서인지 요즘에는 삭제하고자 하는 개인 정보를 지속적으로 감시하며, 최대한 제거할 수

• 유럽 일반 정보 보호 규정 개인 정보의 처리와 보호 및 이동에 관한 규정. 정보 주체가 자신에 관한 개인 정보의 삭제를 정보 관리자에게 요구할 권리(삭제권–잊힐 권리)를 비롯한 접근권, 정정권, 처리 제한권 등과 같은 정보 주체의 권리들을 규정하고 있다.

있도록 돕는 업체도 생겼다. 그러나 이런 방식에는 분명 한계가 있으므로 법적으로 확실하게 잊힐 권리를 보장해야 한다는 목소리가 나오고 있다. 해당 정보가 단순한 개인 정보라면 사생활을 보호하기 위해서라도 그 정보의 삭제를 요청할 수 있는 권리를 지켜 주어야 한다는 것이다.

　하지만 반대의 목소리 또한 만만치 않다. 이는 알 권리를 지켜 주어야 한다는 주장으로, 개개인이 정치·사회 현실 등에 관한 정보를 자유롭게 알 수 있어야 한다는 것이다. 불법적인 정보가 아니라면 어떤 사람의 정보를 찾아보고 그에 관한 판단을 내리는 것은 각자의 자유인데, 이미 공개된 정보를 당사자가 원하지 않는다는 이유로 삭제하는 것은 지나친 정보의 통제일뿐 더러 나아가 개개인의 판단마저 억압하려는 것이나 다름없다는 의견이다. 즉, 잊힐 권리가 때에 따라 더욱 중요한 알 권리를 침해하게* 된다며 맞서고 있다. 그뿐만 아니라 잊힐 권리를 법적으로 보장하게 되면 최대 수혜자인 법적인 권력이나 자본을 소유한 사람들에게 악용될 소지가 크다고 말하기도 한다. 예를 들면 힘 있는 정치인이나 거대 기업이 자신의 허물은 노출되지 않도록 막고, 유리한 정보만 온라인상에서 공유되도록 할 수도 있다는 것이다.

　자, 그렇다면 잊힐 권리의 문제는 알 권리라고 하는 또 다른 권리와 정면으로 충돌하는 셈이다. 여러분은 두 가지 권리 중 어떤 권리가 중요하며, 어떤 권리를 지켜 주었을 때 더욱 바람

• 침해하게 **침범하여 해를 끼치게.**

직하고 건강한 사회가 될 수 있다고 생각하는가? 디지털 시대에 태어난 사람이라면 꼭 한번 고민해 봐야 할 문제가 아닐까?

나에게는 꿈이 있습니다[*]

마틴 루서 킹

미국 역사상 가장 위대한 자유 시위로 기록될 오늘 이 시간, 여러분과 함께 있으니 가슴이 벅차오릅니다.

100년 전, 지금 우리 위에 그림자를 드리우고 있는 저 동상의 주인공 에이브러햄 링컨이 노예 해방 선언에 서명했습니다. 노예 해방 선언은 사그라지는 불의의 불꽃 속에서 고통받아 온 수백만 흑인 노예들에겐 희망의 봉홧불[*]이었으며, 기나긴 속박[*]의 밤을 걷어 내는 찬란한 기쁨의 새벽이었습니다.

그로부터 100년의 세월이 흘렀지만, 흑인들은 자유를 누리지 못하고 있습니다. 100년의 세월이 흘렀지만, 흑인들은 차별의

---

* 이 글은 1963년 8월 28일 노예 해방 100주년을 기념하여 워싱턴에서 열린 평화 대행진에서 했던 연설이다.
* 봉홧불 나라에 병란이나 사변이 있을 때 신호로 올리던 횃불.
* 속박 어떤 행위나 권리의 행사를 자유로이 하지 못하도록 강압적으로 얽어매거나 제한함.

족쇄*를 찬 채 절름거리고 있습니다. 100년의 세월이 흘렀지만, 흑인들은 물질적 풍요의 바다에서 가난의 섬 안에 고립되어 살고 있습니다. 100년의 세월이 흘렀지만, 흑인들은 미국 사회의 구석진 곳에서 고통당하며 망명객처럼 부자유스러운 생활을 하고 있습니다.

오늘 우리는 치욕스러운 상황을 극적으로 전환하기 위해서 이곳에 모였습니다. 우리는 현재 사태가 긴급함을 인식시키기 위해서 이 신성한 장소에 모였습니다. 우리는 지금 당장 흑백 차별의 어둡고 황폐한 계곡에서 벗어나서 인종적 정의의 양지 바른 길로 걸어 나가야 합니다.

흑인들의 시민권을 보장하지 않는 한 미국은 평화로울 수 없습니다. 정의의 새벽이 밝아 오는 그날까지 폭동의 소용돌이가 계속되어 미국의 토대를 뒤흔들 것입니다.

정의의 궁전에 이르는 문턱에 서 있는 여러분께 이 점을 말씀 드리고 싶습니다. 정당한 자리를 되찾으려는 우리의 행동은 결코 나쁜 것이 아님을 명심하도록 하십시오. 자유에 대한 갈증을 증오와 원한으로 채우려고 하지 맙시다. 위엄 있고 규율 잡힌 태도로 투쟁해야 합니다. 우리는 창조적인 항의 운동을 물리적 폭력으로 타락시켜서는 안 됩니다. 거듭해서 당부하지만, 우리는 물리적 힘에 대하여 영혼의 힘으로 대처하는 당당한 태도를 가져야 합니다.

흑인 사회를 지배하는 새로운 투쟁성에 이끌려 백인들을 불

* 족쇄 자유를 구속하는 대상을 비유적으로 이르는 말.

신해서는 안 됩니다. 오늘 이 자리에 참가한 많은 백인을 보면 알 수 있듯이, 백인 형제 중에는 백인과 흑인이 운명 공동체라는 사실을 인식하는 사람들이 많습니다. 이 백인들은 자신들의 자유는 우리의 자유와 단단히 얽혀 있음을 인식한 사람들입니다. 우리 혼자서는 걸어갈 수 없습니다. 우리는 언제나 앞장서서 행진해야 합니다. 결코 뒷걸음질 쳐서는 안 됩니다.

여러분 중에는 큰 시련을 겪고 있는 사람들이 있을 것입니다. 여러분 중에는 좁디좁은 감방에서 방금 나온 사람도 있을 것입니다. 여러분 중에는 자유를 달라고 외치면 갖은 박해를 당하고 경찰의 가혹한 폭력에 시달려야 하는 지역에서 오신 분들도 있을 것입니다. 여러분은 갖은 고난에 시달려 왔을 것입니다. 아무 잘못도 하지 않고 받는 고통은 반드시 보상을 받을 것이라는 신념을 가지고 계속 활동합시다.

미시시피로 돌아갈 때, 앨라배마, 사우스캐롤라이나, 조지아, 루이지애나로 돌아갈 때, 그리고 북부 여러 도시의 빈민가로 돌아갈 때, 언젠가는 이런 상황은 변화될 것이라는 확신을 가지고 돌아갑시다.

절망의 구렁텅이에 빠져서는 안 됩니다. 친애하는 여러분께 이 말씀을 드리고 싶습니다. 우리는 지금 비록 역경에 시달리고 있지만, 나에게는 꿈이 있습니다. 나의 꿈은 아메리칸드림[•]에 깊이 뿌리내리고 있는 꿈입니다.

• 아메리칸드림 미국 사람들이 갖고 있는, 미국적인 이상 사회를 이룩하려는 꿈. 무계급 사회와 경제적 번영, 자유로운 정치 체제 따위이다.

나에게는 꿈이 있습니다. 조지아 주의 붉은 언덕에서 노예의 후손들과 노예 주인의 후손들이 형제처럼 손을 맞잡고 나란히 앉게 되는 꿈입니다.

나에게는 꿈이 있습니다. 이글거리는 불의와 억압이 존재하는 미시시피 주가 자유와 정의의 오아시스가 되는 꿈입니다.

나에게는 꿈이 있습니다. 내 아이들이 피부색을 기준으로 사람을 평가하지 않고 인격을 기준으로 사람을 평가하는 나라에서 살게 되는 꿈입니다.

지금 나에게는 꿈이 있습니다!

나에게는 꿈이 있습니다. 지금은 지독한 인종 차별주의자들과 주지사가 간섭이니 무효니 하는 말을 떠벌리고 있는 앨라배마 주에서, 흑인 어린이들이 백인 어린이들과 형제자매처럼 손을 마주 잡을 수 있는 날이 올 것이라는 꿈입니다.

지금 나에게는 꿈이 있습니다!

이것은 우리 모두의 희망입니다. 저는 이런 희망을 가지고 남부로 돌아갈 것입니다. 이런 희망이 있다면 우리는 절망의 산을 토막 내어 희망의 이정표를 만들 수 있습니다.

이런 희망이 있다면 우리는 나라 안에서 들리는 시끄러운 불협화음*을 아름다운 형제애의 교향곡으로 바꿀 수 있습니다. 이런 희망이 있다면, 언젠가는 자유를 얻을 수 있다는 확신이 있다면, 우리는 함께 행동하고 함께 기도하고 함께 투쟁하고 함께 감옥에 가고 함께 자유를 위해서 싸울 수 있습니다.

---

* 불협화음 어떤 집안 내의 사람들 사이가 원만하지 않음을 비유적으로 이르는 말.

내 꿈이 실현되는 날이 반드시 올 것입니다. "나의 조국은 아름다운 자유의 땅, 나는 조국을 노래 부르네. 나의 선조들이 묻힌 땅, 메이플라워호*를 타고 온 선조들의 자부심이 깃들어 있는 땅. 모든 산허리에서 자유의 노래가 울리게 하라!" 우리 모두가 이 구절을 새로운 의미로 암송할 수 있게 될 날이 올 것입니다. 미국이 위대한 국가가 되려면 우리의 꿈은 반드시 실현되어야 합니다.

뉴햄프셔의 높은 산꼭대기에서 자유의 노래가 울리게 합시다.

펜실베이니아의 웅장한 앨러게니 산맥에서 자유의 노래가 울리게 합시다.

콜로라도의 눈 덮인 로키 산맥에서 자유의 노래가 울리게 합시다.

캘리포니아의 구불구불한 산비탈에서 자유의 노래가 울리게 합시다.

조지아의 스톤 산에서 자유의 노래가 울리게 합시다.

테네시의 룩아웃 산에서 자유의 노래가 울리게 합시다.

미시시피의 수많은 언덕들과 둔덕들에서 자유의 노래가 울리게 합시다.

전국의 모든 산허리에서 자유의 노래가 울리게 합시다.

이렇게 된다면, 모든 주, 모든 시, 모든 마을에서 자유의 노래가 울린다면, 흑인과 백인, 유태교도와 기독교도, 신교도와 구교도를 가리지 않고 우리 모두가 손에 손을 잡고 오래된 흑인

---

* 메이플라워호 1620년에 영국에서 미국으로 첫 이민을 간 청교도들이 타고 간 배의 이름.

영가*를 함께 부르게 될 그날을 앞당길 수 있을 것입니다.

"마침내 자유를 얻었네, 마침내 자유를 얻었네. 마침내 우리는 자유를 얻었네."

• 영가 미국의 흑인들이 부르는 일종의 종교적인 성가.

1 넷째 마당의 글에서 글쓴이가 인식하고 있는 문제점은 무엇인지 찾아보고 이러한
   문제점에 대한 글쓴이의 생각은 무엇인지 정리해 봅시다.

	인식하고 있는 문제점	글쓴이의 생각
차별받지 않을 권리	헌법에 보장되어 있음에도 불구하고 우리 사회에 만연해 있는 각종 차별 문제	
여성도 사람입니까		
잊힐 권리와 알 권리		
나에게는 꿈이 있습니다		

2 다음은 세계인권선언문의 내용을 간추린 것입니다. 이를 바탕으로 최근 우리 사회
   에서 논란이 되고 있는 인권 쟁점을 찾아보고 그에 대한 자신의 생각을, 근거를
   들어 이야기해 봅시다.

제1조 모든 인간은 동등하고 존엄하다.
제2조 어떠한 이유로도 차별받아서는 안 된다.
제3조 자기 생명을 지킬 권리, 자유와 안전을 요구할 권리가 있다.
제4조 노예의 삶을 살아서는 안 된다.
제5조 고문이나 잔인한 형벌을 받아서는 안 된다.
제6조 법 앞에서 '한 사람의 인간'으로 인정받을 권리가 있다.
제7조 모든 사람은 법 앞에 평등하며 법의 보호를 받을 권리가 있다.

제8조 억울할 때는 법에 도움을 청할 권리가 있다.

제9조 자의적으로 체포, 구금, 추방되어서는 안 된다.

제10조 공평하고 공개적인 재판을 받을 권리가 있다

제11조 죄가 입증되기 전까지는 무죄로 추정될 권리가 있다.

제12조 자신의 사생활을 보호받을 권리가 있다.

제13조 자기 나라 어디든 갈 수 있고, 그 나라를 떠나거나 다시 돌아올
　　　　수도 있다.

제14조 정치적 박해를 피해 다른 나라로 망명할 권리가 있다.

제15조 국적을 가질 권리가 있다.

제16조 성인이 된 남녀는 결혼할 권리가 있다.

제17조 자기 재산을 소유할 권리가 있다.

제18조 내가 원하는 종교를 가질 수 있다.

제19조 자유롭게 생각하고 표현할 권리가 있다.

제20조 평화적으로 단체를 만들고 모일 권리가 있다.

제21조 정치에 참여할 권리가 있다.

제22조 사회 보장 제도를 누릴 수 있다.

제23조 자신이 원하는 일을 자유롭게 할 권리가 있다.

제24조 휴식과 여가의 권리가 있다.

제25조 건강하고 행복한 생활을 누릴 권리가 있다.

제26조 교육을 받을 권리가 있다.

제27조 문화 생활을 즐길 권리가 있다.

제28조 인권이 실현되는 세상에서 살 권리가 있다.

제29조 인권이 보장되는 사회를 만들 의무가 있다.

제30조 나의 권리를 보장받기 위해 타인의 권리를 짓밟을 권리는 없다.

　헌법 제11조 제1항에는 "모든 국민은 법 앞에 평등하다."고 되어 있습니다. 하지만 정치, 사회, 문화적 생활의 모든 영역에서 우리 사회는 여전히 차별이 존재하고 있습니다. 「차별받지 않을 권리」는 차별받지 않을 권리를 헌법이 보장하고 있음에도 불구하고 여전히 차별이 존재하는 이유에 대해 조목조목 밝혀내고 이러한 차별을 없애기 위해 우리가 할 수 있는 일이 무엇인가를 알려 주는 글입니다. 글의 내용처럼 말뿐인 의식 개혁이 아니라 생활 속에서 배워 나가는 의식 개혁을 통해 평등한 삶을 지향할 수 있다면 그것이 곧 함께 나누는 삶의 전제가 될 것입니다.

　모든 국민이 갖는 기본적인 권리 중 하나인 참정권을 여성이 누린 지는 사실 얼마 되지 않습니다. 「여성도 사람입니까」는 1872년 미국 대통령 선거에서 투표했다는 이유로 기소된 수전 앤서니라는 여성이 자신의 권리를 주장하기 위해 쓴 연설문입니다. 참정권은 국민이 직간접적으로 국정에 참여할 수 있는 정치적 자유권입니다. 국민으로서 모든 의무는 남성과 똑같이 부담 지우면서 여성이라는 이유로 참정권을 제한한다는 것은 결국 민주주의 사회에서 여성에게만 정치적 자유를 제한하겠다는 것입니다. 그러니 당연히 여성도 사람이냐고 되묻지 않을 수 없었을 것입니다. 그러나 비단 이러한 남녀의 차별 문제가 200여 년 전의 다른 나라 이야기만은 아니겠지요? 이 글을 통해 우리 사회에 만연해 있는 차별의 문제에 대해 한번 깊이 생각해 보기 바랍니다.

　빠르게 변화하는 세상의 속도에 따라 권리의 문제도 다양한 양상을 띱니다. 「잊힐 권리와 알 권리」는 일상화된 인터넷 공간에서 의도치 않게 유출된 개인 정보를 삭제할 수 있는 권리에 대한 논쟁을 다룬 글입니다. 개인 정보이고 나의 의도와 무관했으니 삭제를 요청할 수 있는 권리가 당연히 있는 것이 아니냐고 할 수도 있지만, 한편에서는 그것이 지나친 정보의 통제로 이어져 알 권리를 침해할 수 있다는 주장도 있습니다. 잊힐 권리와 알 권리. 이러한 권리의 충돌 문제를 솔로몬의 지혜처럼 해결할 수 있어야 바람직하고 건강한 사회가 될 수 있지 않을까요? 여러분은 누구의 손을 들어 줄 건가요?

　「나에게는 꿈이 있습니다」는 1963년 미국의 노예 해방 100주년을 기념하기 위한 대행진에서 마틴 루서 킹 목사가 했던 연설문입니다. 똑같은 인권을 가진 사람을 노예로 부리며 물건처럼 다루던 시절은 지나갔지만, 여전히 피부색으로 차별하던 시대에 경종을 울린 글입니다. 그러나 이 연설이 있은 지 50여 년이 지난 지금도 인종 차별 문제는 끝나지 않았습니다. 비단 인종 차별뿐일까요? 우리는 여전히 보이지 않는 차별의 시대를 살고 있음을 부정할 수 없습니다. 보이지 않는 차별의 벽을 부수고 킹 목사가 염원하던, 모두가 하나가 되어 자유의 노래를 부르는 그 순간 우리는 진정한 함께 나누는 삶을 실현할 수 있을 것입니다.

작가 소개

구본권 1965~ 정보 기술 분야 언론인. 서울대학교 철학과를 졸업하고 한양대학교에서 언론학 박사 학위를 받았다. 지은 책으로 『당신을 공유하시겠습니까?』 『인터넷에서는 무엇이 뉴스가 되나』 『로봇 시대, 인간의 일』 『나에 관한 기억을 지우라』 등이 있다.

권오철 1974~ 사진작가. 서울대학교 조선해양공학과를 졸업했다. 지은 책으로 『별이 흐르는 하늘』 『신의 영혼 오로라』 『진짜 너의 꿈을 꿔라』 등이 있다.

김남희 1971~ 도보 여행가, 여행 작가. 건국대학교 정치외교학과를 졸업하고, 영국 버밍엄 대학교 관광정책학 석사 과정을 수료했다. 지은 책으로 『소심하고 겁 많고 까탈스러운 여자 혼자 떠나는 걷기 여행』 『외로움이 외로움에게』 『삶의 속도, 행복의 방향』(공저) 등이 있다.

김대식 과학자, 대학교수. 독일 막스-플랑크뇌과학연구소에서 뇌과학으로 박사 학위를 받았다. 지은 책으로 『내 머릿속에선 무슨 일이 벌어지고 있을까』 『김대식의 빅퀘스천』 『기계와의 경쟁』 등이 있다.

김두식 1967~ 변호사, 법학자. 고려대학교 법대를 졸업하고 미국 코넬 대학교에서 석사 학위를 받았다. 지은 책으로 『헌법의 풍경』 『평화의 얼굴』 『불멸의 신성 가족』 『불편해도 괜찮아』 『욕망해도 괜찮아』 등이 있다.

김정숙 1962~ 미술사학자. 서울대학교 미술대학을 졸업하고 한국학중앙연구원의 한국학대학원 박사 과정을 졸업했다. 지은 책으로 『흥선대원군 이하응의 예술 세계』 『옛 그림 속 여백을 걷다』 등이 있다.

김찬호 1962~ 사회학자. 연세대학교 사회학과를 졸업하고 동 대학원에서 사회학 박사 학위를 받았다. 지은 책으로 『사회를 보는 논리』 『문화의 발견』 『생애의 발견』 등이 있다.

나희덕 1966~ 시인. 연세대학교 국문학과를 졸업하고 동 대학원에서 박사 학위를 받았다. 1989년 중앙일보 신춘문예에 시가 당선되어 작품 활동을 시작했다. 시집으로 『뿌리에게』『그 말이 잎을 물들였다』『그곳이 멀지 않다』『어두워진다는 것』『사라진 손바닥』『야생 사과』, 산문집 『반 통의 물』『저 불빛들을 기억해』 등이 있다.

노명우 1966~ 사회학자. 서강대학교 사회학과를 졸업하고 베를린 자유대학교에서 사회학 박사 학위를 받았다. 지은 책으로 『세상 물정의 사회학』『호모 루덴스, 놀이 하는 인간을 꿈꾸다』『혼자 산다는 것에 대하여』 등이 있다.

마틴 루서 킹Martin Luther King, Jr. 1929~1968 미국의 목사이자 흑인인권운동가. 목사의 아들로 태어나 보스턴 대학교 신학부에서 박사 학위를 받았다. 인종 차별을 없애기 위해 비폭력 저항 운동을 벌이고 노동자들의 생존권 투쟁을 지지하는 등 평화를 위해 헌신했다. 1964년 노벨평화상을 받았다. 지은 책으로 『나에게는 꿈이 있습니다』『왜 우리는 기다릴 수 없는가』『양심을 깨우는 소리』 등이 있다.

박완서 1931~2011 소설가. 1970년 『여성동아』 장편소설 공모에 『나목』이 당선되어 등단하였다. 주요 작품으로 『미망』『그 많던 싱아는 누가 다 먹었을까』 등이 있고, 산문집 『꼴찌에게 보내는 갈채』『두부』『호미』『못 가 본 길이 더 아름답다』 등을 펴냈다.

박지원 1737~1805 조선 후기의 문장가·실학자. 호는 연암(燕巖). 청나라에 다녀와서 기행문집 『열하일기』를 써서 이름을 떨쳤고, 한문 단편소설 「양반전」「허생전」 등을 지었다. 문집에 『연암집』이 있다.

성석제 1960~ 소설가. 연세대학교 법학과를 졸업했다. 1994년 소설집 『그곳에는 어처구니들이 산다』를 펴내면서 소설을 쓰기 시작했다. 소설집 『황만근은 이렇게 말했다』『어머님이 들려주시던 노래』 등이 있고, 산문집 『소풍』『농담하는 카메라』 등이 있다.

수전 앤서니Susan B. Anthony, 1820~1906 미국의 사회운동가. 여성 참정권 운동, 노예 제도 폐지 운동에 헌신했다. 여성으로는 처음으로 미국 대통령 선거에 투표했다가 재판을 받고 100달러 벌금형을 선고받았지만 이를 거부했다.

신영복 1941~2016 학자, 작가. 서울대학교 경제학과를 졸업했다. 1968년 통일혁명당 사건으로 구속되어 20년간 감옥 생활을 했다. 지은 책으로 『감옥으로부터의 사색』『엽서』『나무야 나무야』『더불어 숲』『처음처럼』『담론』 등이 있다.

오주석 1956~2005 미술사학가. 서울대학교 동양사학과 및 동 대학원 고고미술사학과를 졸업했다. 호암미술관, 국립중앙박물관 학예연구원을 거쳐 중앙대 교수를 지냈다. 지은 책으로『단원 김홍도』『옛 그림 읽기의 즐거움』『오주석의 한국미 특강』등이 있다.

윤대녕 1962~ 소설가. 단국대학교 불문과를 졸업했다. 1990년『문학사상』신인상으로 등단했다. 소설집『은어낚시 통신』『남쪽 계단을 보라』『많은 별들이 한곳으로 흘러갔다』『제비를 기르다』『대설주의보』, 산문집『그녀에게 얘기해 주고 싶은 것들』『어머니의 수저』『이 모든 극적인 순간들』등이 있다.

윤용아 1964~ 교사. 중·고등학교에서 일반사회 과목을 가르치고 있다. 지은 책으로『생각하는 십 대를 위한 토론 콘서트: 사회』『소통을 꿈꾸는 토론 학교: 사회·윤리』『존재의 철학자 하이데거 VS 의미의 철학자 비트겐슈타인』등이 있다.

이권우 1963~ 도서평론가. 경희대학교 국문학과를 졸업했다. 지은 책으로『책읽기의 달인, 호모 부커스』『어느 게으름뱅이의 책읽기』『책과 더불어 배우며 살아가다』『죽도록 책만 읽는』『책 읽기부터 시작하는 글쓰기 수업』등이 있다.

이규보 1168~1241 고려 중기의 문신·문인. 호는 백운거사(白雲居士). 당대를 풍미한 명문장가로 이름을 떨쳤다. 지은 책으로『동국이상국집』『백운소설』, 장편 서사시「동명왕편」등이 있다.

이석영 1966~ 천문학자, 대학교수. 연세대학교 천문학과를 졸업하고 미국 예일 대학교에서 천문학 박사 학위를 받았다. 지은 책으로『모든 사람을 위한 빅뱅 우주론 강의』『초신성의 후예』등이 있다.

이은희 1976~ 과학 저술가. 연세대학교 생물학과를 졸업하고 고려대학교 과학기술학협동과정 박사 과정을 수료했다. 지은 책으로『하리하라의 생물학 카페』『과학 읽어주는 여자』『하리하라의 과학 블로그』『하리하라의 과학 고전 카페』『바이오 사이언스』『하리하라, 미드에서 과학을 보다』『하리하라의 몸 이야기』등이 있다.

이주헌 1961~ 미술평론가. 홍익대학교 서양화과를 졸업하고 일간지 미술 담당 기자로 일했다. 지은 책으로『50일간의 유럽 미술관 체험 1·2』『내 마음속의 그림』『명화는 이렇게 속삭인다』『느낌 있는 그림 이야기』『화가와 모델』『지식의 미술관』『역사의 미술관』등이 있다.

이준구 1949~ 경제학자. 미국 프린스턴 대학교에서 경제학 박사 학위를 받았다. 경제학 이론 및 개념을 쉽고 친절하게 설명하는 글을 주로 쓰고 있다. 지은 책으로『새 열린 경제학』『쿠오바디스 한국 경제』『36.5℃ 인간의 경제학』등이 있다.

장영희 1952~2009 영문학자, 수필가. 서강대학교 영문학과를 졸업하고 뉴욕 주립대학교에서 영문학 박사 학위를 받았다. 태어난 지 1년 만에 두 다리를 쓰지 못하는 소아마비 1급 장애인이 됐지만 장애를 딛고 영문학자, 수필가의 길을 걸어 왔다. 수필집『내 생애 단 한 번』『문학의 숲을 거닐다』『축복』『살아온 기적 살아갈 기적』등이 있다.

정기용 1945~2011 건축가. 서울대학교 미술대학 및 동 대학원 공예과를 졸업하고, 파리 제6대학교 건축과, 파리 제8대학교 도시계획과를 졸업했다. 지은 책으로『사람 건축 도시』『기적의 도서관』『감응의 건축』등이 있다.

정민 1960~ 국문학자. 한양대학교 국문학과를 졸업하고 동 대학원에서 문학 박사 학위를 받았다. 지은 책으로『한시 미학 산책』『미쳐야 미친다』『비슷한 것은 가짜다』『죽비 소리』『오직 독서뿐』등이 있다.

정약용 1762~1836 조선 후기의 실학자, 사상가, 시인. 호는 다산(茶山). 조선 순조 때 천주교 박해 사건에 연루되어 40세 때부터 18년 동안 전라도 강진에서 유배 생활을 했다. 지은 책으로『목민심서』『흠흠신서』『경세유표』등이 있다.

정여울 1976~ 작가, 문학평론가. 서울대학교 독문학과를 졸업하고 동 대학원에서 국문과 박사 학위를 받았다. 지은 책으로『그림자 여행』『그때 알았더라면 좋았을 것들』『마음의 눈에만 보이는 것들』『공부할 권리』『마음의 서재』『정여울의 문학 멘토링』『소통』등이 있다.

정진권 1935~ 수필가. 서울대학교 국어교육과를 졸업하고 고등학교 교사, 문교부 편수관 등을 지냈다. 제1회 수필문학 신인상을 수상했다. 수필집『비닐우산』『푸른 나무들에 저 붉은 해를』등이 있다.

최인호 1945~2013 소설가. 연세대학교 영문학과를 졸업했다. 1967년 조선일보 신춘문예에 소설이 당선되어 등단했다. 소설집『타인의 방』『내 마음의 풍차』, 장편소설『별들의 고향』『깊고 푸른 밤』『해신』, 수필집『최인호의 인연』『눈물』등이 있다.

최재천 1954~ 생물학자. 서울대학교 동물학과를 졸업하고 하버드 대학교에서 생물학 박사 학위를 받았다. 지은 책으로 『개미 제국의 발견』 『생명이 있는 것은 다 아름답다』 『최재천의 인간과 동물』 『과학자의 서재』 등이 있다.

피천득 1910~2007 수필가, 시인, 영문학자. 호는 금아(琴兒). 중국 호강(滬江)대학교 영문학과를 졸업하고 서울대학교 교수를 지냈다. 수필집 『인연』 『금아 문선』 등과 시집 『금아 시문선』 『산호와 진주』 등이 있다.

작품 출처

구본권	「로봇 시대와 인간의 일」, 『로봇 시대, 인간의 일』, 어크로스 2015
권오철	「책 한 권으로 인생이 바뀐 이야기」, 국립어린이청소년도서관 누리집
김남희	「왜 당신의 시간을 즐기지 않나요」, 『삶의 속도, 행복의 방향』, 문학동네 2013
김대식	「기계와의 경쟁」, 『이상한 나라의 뇌 과학』, 문학동네 2015
김두식	「차별받지 않을 권리」, 『헌법의 풍경』, 교양인 2011
김정숙	「서양화, 조선을 깨우다」, 김정숙 외 17인 지음 『실학, 조선의 르네상스를 열다』, 네이버캐스트 2015
김찬호	「확신이 없어도 괜찮아」, 『생애의 발견』, 인물과 사상사 2009
나희덕	「반 통의 물」, 『반 통의 물』, 창작과비평사 1999
나희덕	「내 유년의 울타리는 탱자나무였다」, 『반 통의 물』, 창작과비평사 1999
노명우	「우주와 사랑을 품은 요리, 볶음밥」, 금정연 외 10인 지음 『소년이여, 요리하라!』, 우리학교 2015
마틴 루서 킹	「나에게는 꿈이 있습니다」, 『나에게는 꿈이 있습니다』, 이순희 옮김, 바다출판사 2000
박완서	「오해」, 『노란 집』, 열림원 2013
박지원	「통곡할 만한 자리」, 『열하일기 1』, 김혈조 옮김, 돌베개 2009
박지원	「상기(象記)」, 『세계 최고의 여행기 열하일기 (하)』, 고미숙 외 편역, 북드라망 2013
성석제	「소년 시절의 맛」, 『소풍』, 창비 2006
수전 앤서니	「여성도 사람입니까」, 마이클 리프·미첼 콜드웰 『세상을 바꾼 법정』, 금태섭 옮김, 궁리출판 2006
신영복	「높은 삶을 지향하는 진정한 합격자가 되십시오」, 『나무야 나무야』, 돌베개 1996
신영복	「당신이 나무를 더 사랑하는 까닭」, 『나무야 나무야』, 돌베개 1996
오주석	「미완성의 걸작」, 『옛 그림 읽기의 즐거움 1』, 솔출판사 2008
윤대녕	「한 그루 나무처럼」, 『이 모든 극적인 순간들』, 도서출판 푸르메 2010
윤용아	「잊힐 권리와 알 권리」, 『생각하는 십 대를 위한 토론 콘서트: 문화』, 꿈결 2015

이권우 「책 속에 길이 있다」, 『책 읽기부터 시작하는 글쓰기 수업』, 한겨레출판 2015

이규보 「이옥설(理屋說)」, 이지훈·김준우 엮음 『한국 대표 수필선 33』, 삼성출판사 2007

이석영 「초신성의 후예」, 『초신성의 후예』, 사이언스북스 2015

이은희 「라면의 과학」, 정이현 외 7인 지음 『라면이 없었더라면』, 로도스 2013

이응태의 부인 「원이 아버지께 올리는 편지」, 안귀남 『조선 시대 한글 필사본과 문자 생활』, 문예원 2016

이주헌 「시각상과 촉각상」, 『지식의 미술관』, 아트북스 2015

이준구 「슈퍼마켓 백 배 즐기기」, 『이준구 교수의 인간의 경제학』, 알에이치코리아 2017

장영희 「네가 누리는 축복을 세어 보라」, 『살아온 기적 살아갈 기적』, 샘터사 2009

정기용 「등나무 운동장 이야기」, 『감응의 건축』, 현실문화 2014

정민 「삶을 바꾼 만남」, 『미쳐야 미친다』, 푸른역사 2004

정약용 「수오재기(守吾齋記)」, 『다산의 마음』, 박혜숙 옮김, 돌베개 2008

정여울 「우리에겐 꿈을 쉽게 포기하는 버릇이 있다」, 『그때 알았더라면 좋았을 것들』, 21세기북스 2015

정진권 「비닐우산」, 손광성 엮음 『한국의 명수필 1』, 을유문화사 2006

최인호 「우리는 어디로부터 왔는가」, 『최인호의 인연』, 랜덤하우스코리아 2010

최재천 「과학자의 서재」, 『과학자의 서재』, 움직이는 서재 2015

피천득 「플루트 연주자」, 『수필』, 범우사 2009

지은이	작품명	수록 교과서
구본권	로봇 시대와 인간의 일	미래엔(신유식), 천재(박영목)
권오철	책 한 권으로 인생이 바뀐 이야기	신사고(민현식)
김남희	왜 당신의 시간을 즐기지 않나요	해냄(정민)
김대식	기계와의 경쟁	천재(박영목)
김두식	차별받지 않을 권리	지학사(이삼형)
김정숙	서양화, 조선을 깨우다	동아(고형진)
김찬호	확신이 없어도 괜찮아	창비(최원식)
나희덕	반 통의 물	미래엔(신유식), 비상(박안수)
나희덕	내 유년의 울타리는 탱자나무였다	지학사(이삼형)
노명우	우주와 사랑을 품은 요리, 볶음밥	천재(이성영)
마틴 루서 킹	나에게는 꿈이 있습니다	지학사(이삼형)
박완서	오해	천재(박영목)
박지원	통곡할 만한 자리(아, 참 좋은 울음터로구나!)	금성(류수열), 미래엔(신유식)
박지원	상기(象記)	신사고(민현식)
성석제	소년 시절의 맛	해냄(정민)
수전 앤서니	여성도 사람입니까	천재(이성영)
신영복	드높은 삶을 지향하는 진정한 합격자가 되십시오	창비(최원식)
신영복	당신이 나무를 더 사랑하는 까닭	신사고(민현식)
오주석	미완성의 걸작	신사고(민현식)
윤대녕	한 그루 나무처럼	비상(박영민)
윤용아	잊힐 권리와 알 권리	해냄(정민)
이권우	책 속에 길이 있다	비상(박안수)
이규보	이옥설(理屋說)	동아(고형진), 지학사(이삼형)
이석영	초신성의 후예	천재(박영목)
이은희	라면의 과학	창비(최원식)